USA TODAY BESTSELLING AUTHOR

DALE MAYER

Vengeance dans les Rosiers

Jolis Jardins Maudits 18

Vengeance dans les rosiers : Jolis Jardins Maudits, tome 18
Beverly Dale Mayer
Valley Publishing Ltd.

Copyright © 2021

Traduit de l'anglais par Emma Valieu et Valentin Translation

Il s'agit d'une œuvre de fiction. Les noms, les personnages, les lieux, les marques, les médias et les incidents mentionnés sont le produit de l'imagination de l'auteur ou utilisés de manière fictive. Toute ressemblance avec des événements, des lieux ou des personnes, existant ou ayant existé, est entièrement fortuite.

ISBN-13 : 978-1-773369-53-2
Format Print

Résumé du livre

Une nouvelle saga cosy mystery de l'auteure best-seller d'USA Today, Dale Mayer. Suivez la jardinière et détective amatrice Doreen Montgomery et ses amusants (et vraiment adorables) chat, chien et perroquet, tandis qu'ils attrapent les meurtriers et résolvent des crimes dans la merveilleuse ville de Kelowna, en Colombie-Britannique.

Du luxe à la misère… Les balles commencent à voler… La rage monte… surtout chez certains !

Lorsque la virée vers Rosemoor pour passer une soirée à faire la fête tourne au drame, la vie de Doreen bascule. Elle ne peut que regarder avec horreur Mack se faire tirer dessus sous ses yeux. Épouvantée, elle se jure de résoudre cette affaire, et vite, avant que le tireur ne réalise qu'il a échoué et ne revienne pour un deuxième essai.

Le caporal Mack Moreau s'est déjà fait tirer dessus, mais cette fois, c'est bien pire, car Doreen a assisté à la scène. À présent, elle a l'intention de coincer le tireur avant même que Mack ne commence à guérir. Ce n'est pas une bonne idée. Elle n'a pas encore envisagé que le tireur n'en avait pas après Mack, et qu'il voulait peut-être lui tirer dessus. Après tout, elle s'est créé un réseau de connaissances suite aux nombreuses affaires dans lesquelles elle a été impliquée. Combien d'entre eux veulent la tuer ?

Mais Doreen ne se laisse pas décourager et, avec sa fidèle équipe à ses côtés, elle est déterminée à protéger Mack en retrouvant le tireur avant qu'il ne recommence.

Inscrivez-vous ici pour être informés de toutes les nouveautés de Dale !
https://geni.us/DaleNews

Chapitre 1

Fin août, mardi soir

QUELQUES JOURS PLUS tard, Doreen Montgomery se rendait chez Nan accompagnée de Mack Moreau et des animaux qui sautillaient à leurs côtés. Ils adoraient aller se promener la majeure partie du temps, tout comme aller n'importe quand chez Nan. Mais avoir Doreen et Mack, ensemble, pendant cette promenade qui les menait à leur endroit préféré ? Inutile de préciser que les bestioles étaient en plein délire de joie ! Même Thaddeus luttait pour choisir quelle épaule chevaucher sans s'arrêter de passer de Doreen à Mack pour revenir ensuite à Doreen.

— Ça devient un peu une habitude…, fit-elle remarquer.

— Est-ce que deux fois, c'est considéré comme une habitude ? la questionna Mack d'un ton taquin. Je ne viens pas vraiment ici à chaque fois que tu vas à Rosemoor.

— Peut-être, répondit-elle en haussant les épaules, trop contente pour s'en soucier.

— Je dois y aller maintenant, car Nan organise une fête pour vous.

Doreen gloussa.

— Je lui ai demandé de ne pas s'embêter…

— Ouais, mais tu sais aussi à quel point elle adore faire ce genre de trucs.

— Oui, c'est vrai, murmura-t-elle. Elle s'amuse vraiment, on peut le dire.

— Et elle a raison. C'est important pour elle.

Doreen acquiesça.

— Et tout ce qui est important pour Nan l'est aussi pour moi.

— Bien que je ne sois pas sûr de souhaiter que Bernard soit là…, déclara Mack d'un ton étrange.

— Ça ne changerait rien qu'il soit là, rétorqua immédiatement Doreen, il n'est pas essentiel pour moi, pas de cette façon.

— Au moins, mon frère a transmis la paperasse à ton ex, pour régler votre histoire de divorce.

— Je sais. C'est énorme, n'est-ce pas ? s'extasia-t-elle en tapant dans ses mains. J'ai aussi reçu un message de Scott de la maison de vente aux enchères, mais je n'ai pas réussi à le joindre directement. Un truc à propos des antiquités… Mais il a précisé que c'étaient de bonnes nouvelles, ajouta-t-elle en lui adressant un grand sourire. Il semble que nous aurons de quoi manger pour un jour de plus !

— Hourra ! s'exclama Mack avec un large sourire. Vous avez la récompense de dix mille dollars de Bernard. Avec de la chance, Nick progresse dans ton divorce. Et désormais, en plus, l'argent de la vente des antiquités qui pourrait arriver bientôt. Tu vas crouler sous l'argent avant même de t'en rendre compte.

— Même si je vais partager cette récompense avec Esther, j'ai un peu la sensation de paraître insolente en ce qui concerne l'argent en ce moment, avoua-t-elle. J'ai conscience que cinq mille, ce n'est pas beaucoup. Mais comme l'a dit Candy, tant qu'on n'a pas à revendre ses vêtements pour s'acheter de quoi se nourrir, on ne sait pas ce que c'est d'être pauvre.

— Mais j'ai aimé ta réponse, indiqua Mack. Ça montre que tes priorités sont les bonnes.

— Je l'espère, admit-elle tout bas. Comment ça se passera pour Candy après tout ça ?

— Mieux que ce à quoi elle s'attend, je pense. Je veux dire, elle a bel et bien possédé le vrai diamant pendant dix ans, pourtant elle ignorait qu'il ne s'agissait pas de la réplique. Techniquement, même si elle n'a rien commis d'illégal, elle fait quand même partie du plan initial pour dérober une bague en diamant très chère, ajouta-t-il, alors ça serait la seule issue. Je l'ai laissée aux bons soins du procureur, mais j'imagine qu'elle s'en sortira avec une petite peine ou un sursis, voire rien du tout. À la fin, elle était là pour aider à résoudre tout ça. En tout cas, c'est ce qu'elle a affirmé.

Doreen haussa les épaules.

— Candy ne s'est pas plainte quand j'ai appelé la police pour nous donner un coup de main, souligna-t-elle, toujours grand sourire. Alors pour moi, Candy a fini par contribuer à élucider l'affaire, et elle devrait être épargnée. De plus, elle a suivi une thérapie pendant longtemps, va continuer de la suivre et semble déterminée à s'en remettre.

— Je sais, acquiesça Mack. Et tout ce qu'elle pourra faire pour se remettre sur les rails sera un grand pas.

— Je suis d'accord. C'est plutôt triste de voir les mêmes personnes commettre des crimes encore et encore.

Mack hocha la tête.

Comme ils arrivaient au coin d'une voie verte en se dirigeant vers l'appartement de Nan, Doreen leva les yeux vers le ciel et soupira.

— C'est une soirée parfaite.

— Et tout le monde sera là, renchérit Mack en ricanant. Quel plaisir !

— J'aurais préféré qu'il n'y ait pas toute cette attention, grommela-t-elle.

Ils parvinrent au gros rosier qui longeait le sentier qui menait au parking de l'entrée de Rosemoor.

Doreen sourit et déclara :

— Ne sont-elles pas magnifiques ?

— Je ne pensais pas qu'elles fleurissaient à cette époque de l'année.

Doreen opina du chef.

— Les roses peuvent fleurir pendant très longtemps, si elles y sont enclines. C'est comme une sorte de revanche.

Mack regarda Doreen.

— D'où ça vient ? lui demanda-t-il.

Elle haussa les épaules en lui adressant un petit sourire satisfait.

— Tu sais… Comme dans *Vengeance dans les rosiers*.

Mack leva les yeux au ciel.

— Et si tu faisais une pause dans toutes ces affaires de meurtre ?

— Peut-être, dit-elle gaiement. J'ai l'intention de profiter de la soirée en tout cas.

— Bien !

Ils parcouraient les derniers mètres quand un homme fit irruption à côté d'un véhicule garé et s'exclama à l'intention de Mack :

— Hé, poulet !

Mack se tourna vers lui, sourcils froncés.

— Je peux vous aider ?

— Absolument que tu peux m'aider ! Tu peux crever !

Puis il tira sur Mack. Il ouvrit le feu une seconde fois vers Doreen, mais elle s'était déjà jetée auprès de Mack qui avait chuté dans le rosier.

— La vengeance est un plat qui se mange froid ! s'écria l'homme avant d'ajouter, dans un rire : Et maintenant, vous êtes mort vous aussi !

Il déguerpit dans le véhicule et s'en alla aussi vite que possible.

Tout ce que Doreen pouvait faire – tandis qu'elle essayait de stopper le saignement sur la poitrine de Mack – était de songer à ses propres mots. *Vengeance dans les rosiers.* Avait-elle contribué à ce que cela arrive ?

Chapitre 2

DOREEN ÉTAIT RÉFUGIÉE dans la salle d'attente des urgences, encore plus secouée et choquée qu'elle le croyait possible. Tout ce qu'elle voyait, c'était le corps en sang de Mack dans les buissons. Elle n'arrêtait pas de se lever et de faire les cent pas avant de se rasseoir. Plusieurs collègues de Mack, même le capitaine, l'avaient déjà abordée pour lui poser questions sur questions sur questions. Elle avait peu d'informations à leur donner, la matière était plutôt inexistante. Elle savait que Darren s'était rendu à Rosemoor pour parler à un tas de gens au foyer pour personnes âgées, mais elle avait du mal à imaginer que quiconque aurait quelque chose à raconter. Il n'y avait pas grand-chose à dire.

Après avoir ressassé tout ça dans son esprit encore et encore, Doreen n'était pas certaine qu'elle aurait pu agir différemment, mais en même temps, la culpabilité la rongeait. Elle ne s'attendait pas à une chose pareille.

Et les paroles du tireur la concernaient également... Instinctivement, elle s'inquiétait que ce tir soit lié à l'une de ses affaires cauchemardesques, mais elle en doutait. Elle avait indiqué au capitaine qu'elle était quasiment sûre que ce coup de feu avait un rapport avec une enquête de Mack. Le capitaine avait déployé une équipe qui enquêtait dessus en ce moment même, cependant, il voulait s'assurer qu'elle allait bien.

— Ne seriez-vous pas mieux chez vous à vous reposer ? lui redemanda-t-il.

— Non, répondit-elle. Je ne peux pas le laisser ici.

Il la regarda, lui sourit et lui tapota les mains.

— Je suis vraiment content que vous preniez soin de lui, mais Mack ne sera pas très heureux si vous vous épuisez encore plus que lors des dernières affaires. Vous êtes ici depuis des heures. De plus, ça a été plutôt chaotique de votre côté ces derniers temps. Vous devriez vous reposer autant que possible. Ils vont emmener Mack en chirurgie, mais la balle n'a causé aucun dommage, donc tout ira bien pour lui.

Elle inspira de nouveau en tremblant, observa le capitaine puis lui sourit légèrement.

— J'ai conscience que ça devrait me calmer, et j'apprécie. En plus, il serait furieux si je me sentais coupable, mais…

— Et pourquoi vous sentez-vous coupable ? la questionna le capitaine, curieux. Vous saviez que ça allait arriver ?

— Non, bien sûr que non. Mais j'ai comme l'impression que j'aurais dû faire plus ! s'exclama-t-elle d'une petite voix. Ou au moins voir quelque chose. Tout ce que je peux vous dire, c'est la couleur du véhicule et à quoi ressemblait l'individu, mais ce n'est même pas clair. Il portait un chapeau et des lunettes de soleil, et il tenait un petit pistolet. Je n'ai rien remarqué suffisamment nettement pour vous transmettre quoi que ce soit d'utile. Nous descendions simplement pour rejoindre la fête et puis… (Elle s'arrêta et secoua la tête.) Je ne veux même pas y penser.

— L'un de mes hommes se trouve encore là-bas, il discute avec tous les résidents.

Doreen opina du chef.

— Je sais que Darren s'y est rendu. Et j'espère vraiment que quelqu'un à Rosemoor a vu quelque chose, mais il y a des chances qu'ils ne sachent pas bien quoi. (Il la regarda d'un air curieux, et elle haussa les épaules.) Vous savez ce que c'est, quand un crime survient. Personne n'a été témoin de rien jusqu'à ce qu'on pointe du doigt un élément sans aucun rapport. Alors, ils réagissent : « Oh, vous voulez parler du mec que j'ai vu à telle et telle heure ! », singea-t-elle en agitant la main. C'est comme si on devait stimuler la mémoire des gens.

Le capitaine sourit.

— Vous avez parcouru du chemin. Vous êtes presque devenue une pro en un temps record !

— J'ignore où je suis arrivée, marmonna-t-elle. Il semble que rien de tout cela n'a été utile puisque Mack s'est fait tirer dessus cette nuit.

C'était un bilan extrêmement triste pour le genre de boulot qu'elle effectuait. Elle grommela doucement pour montrer qu'elle souhaitait avoir des nouvelles de l'état de Mack.

Comme pour répondre à son vœu, le médecin qui l'avait admis sortit, la considéra et lui demanda :

— Vous êtes encore là ? (Puis son regard se posa sur le capitaine, et son ton devint un peu plus formel.) Mack est encore en chirurgie, mais je n'ai pas encore eu de ses nouvelles.

— Et ce n'est pas trop sérieux ? s'en enquit Doreen.

— Ça l'est, car toute intervention chirurgicale est un acte sérieux, expliqua le praticien, mais dans son cas, ça aurait vraiment pu être pire. Si la balle s'était logée plus bas...

Doreen hocha la tête.

— C'est ça le truc, hein ? Je veux dire, Mack est un grand gaillard. Et je ne sais même pas s'il avait déjà esquissé un geste d'évitement de sorte que le tir manque totalement sa cible.

— Dans tous les cas, reprit le docteur de tout son sérieux, c'est une bonne chose que ça se soit déroulé de cette façon. Mack va s'en tirer sans problème. (Mais il la dévisagea d'un air soucieux.) Vous, en revanche...

Le capitaine se leva et opina du chef.

— Je sais. J'ai essayé de la convaincre de rentrer chez elle, mais elle insiste pour rester.

Le médecin acquiesça avant de s'immobiliser.

À cet instant, les grandes doubles portes des urgences s'ouvrirent, et ce fut comme si la moitié de Rosemoor arrivait à grandes foulées. Dès que Nan, qui menait la charge, aperçut Doreen, elle s'écria et courut jusqu'à elle.

— Tu vas bien ? lui demanda-t-elle.

— Je vais bien, murmura Doreen en tendant les bras pour enlacer sa grand-mère. Ce n'est pas moi qui suis blessée, c'est Mack.

Nan hocha une fois la tête.

— J'ai entendu ça aussi. Darren pose des questions à tout le monde au foyer. C'est tellement frustrant de se dire que nous nous trouvions là-bas, la plupart activement affairés dans la préparation de cette fête, et voilà ce qui arrive... Et bien évidemment, aucun de nous n'a vu quoi que ce soit, car nous étions trop occupés à l'intérieur.

— Bien sûr, approuva Doreen en se frottant le visage pour effacer sa fatigue. Comment crois-tu que je me sens ? J'étais juste à côté de Mack quand c'est arrivé.

— Oh, je suis certaine que tu culpabilises ! susurra Nan. Et pourtant, il n'y a aucune raison à cela. Tu ne pouvais pas anticiper ce qui allait se produire.

Doreen lui lança un regard triste.

— Mais tu continueras de culpabiliser de toute manière, je le sais, déclara Nan avant de considérer le capitaine. Capitaine, vous devriez la renvoyer chez elle. Je m'y suis rendue pour la retrouver, mais bien évidemment, elle n'y était pas. C'est pourquoi j'ai réuni la troupe pour nous assurer que vous ne la reteniez pas.

Le regard du capitaine passa de Doreen à Nan puis revint sur Doreen.

— Je ne la retiens d'aucune manière. Je ne tente pas de la garder dans cet hôpital, elle est libre de partir. En réalité, j'ai essayé plusieurs fois de la convaincre de rentrer chez elle. Cependant, elle ne compte pas laisser Mack.

En entendant cela, le groupe entier de séniors derrière Nan poussa un soupir ravi.

— Oh, ça nous fait vraiment plaisir d'entendre ça ! s'exclama Richie avant de se tourner vers Nan et de lui chuchoter : je veux doubler ma mise sur ce pari.

Doreen s'écria et bondit sur ses pieds. Nan tendit immédiatement le bras pour tapoter celui de sa petite-fille.

— Tout va bien !

Elle réprimanda Richie des yeux, et il se mit à rougir en se rendant compte qu'il avait dit quelque chose de totalement inapproprié devant le capitaine. Et devant Doreen.

Cette dernière regarda Richie, pivota vers le capitaine et demanda :

— Est-ce que Mack va rester dans cet hôpital ?

Il se tourna vers le médecin qui était encore là, avec un air étrange sur le visage comme s'il étudiait le clan hétéroclite de personnes âgées devant lui.

— Doc, est-ce que Mack sortira bientôt ?

— Nous allons naturellement le garder cette nuit et probablement encore quelques jours, annonça-t-il. Mais la durée dépendra de l'avis du chirurgien. Sans parler du fait que quelque chose peut mal se passer pendant l'opération…

En entendant cela, la lèvre inférieure de Doreen tremblota.

Le praticien secoua la tête.

— Nous ne nous attendons pas à rencontrer un souci, se pressa-t-il d'ajouter pour la rassurer.

Elle ne savait pas quoi dire, mais ce n'était pas parce qu'il ne s'attendait pas à rencontrer de problèmes qu'il n'y en aurait pas. Elle se passa une main sur le front avant d'observer Nan.

— Il pourrait séjourner ici un moment. Peut-être que je devrais rester un peu à la maison.

Même si elle ignorait pourquoi… Toutefois, le *pourquoi* la frappa.

— Je dois m'occuper de mes animaux ! Dès que Mack a été emmené, j'ai essayé de monter dans l'ambulance avec lui, mais ils ne m'y ont pas autorisée à cause d'eux, déclara-t-elle, outrée. Franchement, je ne comprends pas. Pourquoi les animaux ne seraient-ils pas permis ?

Le capitaine la fixa du regard.

Les épaules de Doreen s'affaissèrent.

— D'accord, c'est bon. Je ne me montre pas raisonnable.

— Et c'est le signe très clair que vous devez rentrer chez vous pour vous reposer, répliqua le capitaine. Si Mack reprend connaissance, je lui dirai de vous appeler. Sinon, je suis sûr que vous serez informée de son état de santé plus tard dans la soirée.

— Ce qui signifie que, comme je ne fais pas partie de la famille, on ne m'autorisera pas à le voir. (Elle grommela puis considéra le capitaine.) Avez-vous contacté son frère et sa mère ?

— J'ai téléphoné à Millicent, et quelqu'un a joint son frère. Je crois qu'il est en chemin.

— Bien, il habite sur la côte.

Elle détestait que son esprit vagabonde vers les façons d'échapper à Nick. Elle réalisa alors qu'elle devrait composer avec lui aussi, ce qui l'aida à prendre sa décision à cet instant.

— Considérant le calvaire qui va suivre, marmonna-t-elle, je ferais aussi bien de retourner chez moi et d'essayer de me reposer un peu.

Mais elle hésitait et scrutait la zone d'attente des urgences, même si elle avait conscience que Mack n'y était pas.

Alors, le capitaine se mit debout.

— Une voiture de patrouille vous ramènera chez vous. Je vous promets que si quelqu'un apprend quoi que ce soit, je vous tiendrai au courant.

Elle l'observa avec reconnaissance.

— Merci.

Puis elle surprit Nan qui tentait de passer la tête derrière plusieurs rideaux pour voir qui se trouvait aux urgences. Elle la saisit par le bras et lui demanda à voix basse :

— Que fais-tu ?

— Je regarde qui a des ennuis aujourd'hui, jasa-t-elle. On ne sait jamais sur qui on peut tomber dans un endroit comme celui-là.

Doreen leva les yeux au ciel tandis que ceux du médecin de garde s'agrandirent. Doreen grimaça et s'excusa.

— Je suis désolée. Je vais les faire sortir d'ici.

Il hocha lentement la tête.

— C'est un groupe d'amis intéressant que vous avez là.

— Pas seulement le mien, rétorqua Doreen en riant. Ils sont ici aussi pour soutenir Mack.

— Oh, bien évidemment ! confirma Richie. Même si mon petit-fils m'a dit de rester chez moi.

Le capitaine le dévisagea et soupira.

— Et bien sûr, ce n'était pas quelque chose que vous étiez enclin à faire, hein ?

— Non, bien sûr que non ! Pas si Doreen se trouve ici, confirma Richie. C'est là qu'il y a de l'action ! Et si ce pauvre Mack a été blessé, nous devons nous montrer solidaires avec lui.

Le capitaine aperçut soudain le large bus de Rosemoor dehors, devant l'entrée principale.

— Vous avez carrément réquisitionné un bus ? Qui le conduit ? demanda-t-il, suspicieux.

À cette question, ils affichèrent tous un air innocent.

— Nous avons tous notre permis, murmura Nan.

Doreen grommela.

— OK, s'il n'y a rien d'autre, c'est mon rôle de tous les ramener chez eux, déclara-t-elle avant de se tourner vers le groupe de séniors. Peu importe qui a pris le volant, sans révéler son nom, remettez tous vos fesses dans ce véhicule, ajouta-t-elle avec une pointe d'autorité. Et reconduisons tout le monde sans encombre à Rosemoor.

— Toi aussi, ma chérie, intervint Nan en la scrutant. Tu sembles pâlotte.

— Merci, Nan, la railla Doreen en se massant les tempes.

C'était tout ce qu'elle avait envie d'entendre en ce moment, mais elle s'excusa tout de même auprès du capitaine.

— Vous pourriez me donner un coup de main ?

Ensemble, ils chassèrent rapidement le gang entier – ou en tout cas les douze qui étaient encore présents – vers la porte d'entrée de l'hôpital. Doreen s'assura de sourire gentiment à chacun d'entre eux, car elle avait conscience qu'ils étaient venus ici en écoutant leur cœur.

Enfin, ça et la curiosité, mais elle n'allait pas y songer maintenant. Il était impératif de les évacuer de l'entrée des urgences, qu'ils étaient précisément en train d'obstruer.

Dès qu'ils furent tous remontés dans le bus, Doreen chuchota à Nan :

— Je t'en prie, dis-moi que ce n'est pas toi qui conduis…

— J'ai conduit jusqu'ici, lui répondit-elle avant de glousser bruyamment. Je vais recommencer pour le retour.

Alors, elle bondit sur le siège du conducteur et chassa Doreen avant de lui fermer les portes au nez. Doreen regarda le capitaine.

— Si vous avez toujours la voiture de patrouille…

— Au diable ! J'ai ma voiture. On va les suivre pour s'assurer qu'ils arrivent à bon port, puis je vous ramènerai chez vous.

— Merci. Je dois vraiment retourner auprès des animaux.

— OK, donc je vais vous reconduire d'abord puis vérifier que le bus est arrivé à Rosemoor.

Il fit un rapide mouvement de tête et marcha prestement jusqu'à son véhicule stationné. Quand Doreen s'assit sur le siège avant, elle sourit.

— Vous avez conscience que ça ne fera que jaser davantage.

Il se mit à rire.

— Avec ce groupe qui s'est échappé de Rosemoor, les

rumeurs vont déjà bon train.

— Ils ont tous bon cœur et ils savourent la vie, chose dont on doit être reconnaissant.

Il la considéra avant de hocher lentement la tête.

— Vous savez quoi ? Ma mère vivait à Rosemoor. Je ne me rappelle pas qu'elle se soit autant amusée que cette bande-là.

— C'est Nan. Elle rassemble tout le monde pour se divertir, qu'ils s'en rendent compte ou non, se moqua Doreen qui avait gardé son sourire. Et pour elle, ça vient complètement du cœur, alors c'est dur de se disputer avec elle.

— Je suis d'accord avec vous. Vous et votre grand-mère avez assurément fait bouger les choses en ville.

— Je ne l'avais pas anticipé, se défendit-elle avec tristesse, et je n'avais certainement pas prévu que Mack soit blessé.

— Mack est un grand garçon. Il sera bien plus prudent la prochaine fois.

— Mais il n'y avait pas à être prudent ! s'insurgea-t-elle en songeant de nouveau à l'événement. C'était ça, le plus bizarre. Je pense que le tireur nous attendait là.

— Mais comment aurait-il pu savoir que vous seriez là tous les deux ?

Doreen fronça les sourcils, se tourna pour regarder par la vitre passager puis montra son ignorance.

— Aucune idée. J'ignore avec qui ma grand-mère a pu discuter, qui elle aurait pu motiver à venir. Et tous les résidents de Rosemoor ont sûrement de la famille en ville susceptible d'avoir été invitée. Je ne sais pas si le tireur l'a appris par le bouche-à-oreille. Et avec ces rumeurs autour de moi et Mack, peut-être qu'il avait simplement décidé de s'arrêter chez Nan pour lui parler, ou bien pour parler avec

Richie, qui est lié à la police par le biais de son petit-fils Darren, suggéra Doreen en contemplant le capitaine. Toutes sortes d'options ressortent quand on envisage la situation sous cet angle. L'homme armé a appelé Mack « poulet », mais peut-être que n'importe lequel d'entre vous aurait pu être pris pour cible aussi.

Le capitaine devint soucieux, mais hocha lentement la tête.

— Je n'avais pas vu les choses ainsi, mais je le ferai désormais.

Doreen sourit.

— Vous êtes un homme bon. J'espère vraiment que Mack va s'en tirer.

— Pas de ce ton défaitiste, la gronda-t-il en pivotant vers elle. Nous devons nous convaincre que Mack n'a pas été salement blessé et nous rappeler que c'est un grand garçon. Il… On lui a déjà tiré dessus, auparavant.

Elle fit la grimace.

— Cela ne m'aide *pas* à me sentir mieux.

Il afficha un sourire.

— Je me doute, mais ce que je suis en mesure d'affirmer, c'est qu'après avoir déjà reçu une balle, Mack connaît sûrement les conditions pour se rétablir.

Il quitta la route principale.

— Oh, ce sera éprouvant aussi ! déclara Doreen, préoccupée. Il ne sera pas content du tout. Je ne parviens pas à le visualiser en patient docile.

— Sans doute pas, lui dit le capitaine en souriant. Sauf si, bien sûr, il passe plus de temps avec vous pendant sa convalescence.

Elle fronça les sourcils.

— Bien évidemment ! Qui d'autre pour s'occuper de

lui ? (Elle y réfléchit.) À part sa mère…

— Je ne sais pas si c'est seulement une option. Millicent n'est pas en meilleure santé. C'est Mack qui s'occupe d'elle en général. Toutefois, Nick est en chemin, donc il sera présent aussi.

— Bien, marmonna-t-elle en grimaçant, avec une main sur la tempe tandis qu'elle sentait le mal de tête revenir. Ce n'est pas un scénario facile, peu importe de quel côté on le considère. J'espère vraiment que vous mettrez la main sur ce tireur bientôt.

— Moi aussi. Et plus tôt on arrivera à en parler à Mack, mieux ce sera.

Doreen hocha la tête puis le regarda.

— Vous allez sécuriser l'hôpital, n'est-ce pas ?

Le capitaine lui jeta un coup d'œil tandis qu'il prenait un autre virage.

— Et pourquoi pensez-vous qu'on en ait besoin ?

— Car ce gars avait Mack pour cible. Une fois qu'il découvrira qu'il n'est pas mort…

Le capitaine opina lentement du chef.

— C'est sans doute une réflexion à entamer.

— Oh, Seigneur ! répondit-elle en se redressant sur son siège. Si vous ne mettez pas en place de mesures de sécurité, je retourne à l'hôpital.

— Pourquoi ?

— Parce que ce type va revenir !

— Mais vous n'en savez rien.

Elle le dévisagea d'un air désapprobateur.

— Je ne le sais peut-être pas, se défendit-elle, mais *je le sais*, si vous voyez ce que je veux dire.

Il soupira.

— Oui, je vois ce que vous voulez dire. Je regarderai qui

est disponible, et nous enverrons quelqu'un sur place pour garder un œil sur Mack.

Elle lui adressa un sourire.

— Vous voyez ? J'étais certaine que vous étiez un homme bon.

Il rit.

— Je travaille avec Mack depuis longtemps. Nous ne permettrons pas que quelque chose lui arrive.

Immédiatement, elle eut les larmes aux yeux.

— Et vous savez, j'aurais bien affirmé ça aussi, mais ça n'a pas très bien marché pour moi, plus tôt ce soir…

Le capitaine n'avait rien à répondre à ça. Heureusement, il arriva au cul-de-sac pile à cet instant et bien vite dans l'allée de la maison de Doreen. Elle le remercia en souriant.

— Je vais rassembler mes animaux puis descendre jusqu'à Rosemoor.

— Bonne idée, approuva-t-il avant d'hésiter. Vous voulez que je vous y conduise ? J'y vais de toute façon.

Elle secoua immédiatement la tête.

— Non, ça me fera du bien de marcher un peu. Ça m'aidera à me calmer. Vous avez mon numéro de téléphone, n'est-ce pas ?

— Vous me l'avez donné à l'hôpital, lui rappela-t-il gentiment.

Elle soupira.

— Vous voyez ? Une autre raison pour sortir et m'aérer l'esprit.

— Mais n'oubliez pas : il va bien.

— J'ai compris, dit-elle sans vraiment le penser. Merci de m'avoir ramenée.

Et elle marcha jusqu'à sa porte d'entrée.

Chapitre 3

DOREEN S'AVANÇA SUR son petit porche afin d'ouvrir la porte au moment où Richard sortit sur le sien pour lui dire :

— Et maintenant, quoi ?

Doreen se tourna vers lui, et il désigna la voiture qui s'en allait.

— Mack s'est fait tirer dessus, déclara-t-elle, hébétée, ces dernières heures de stress et d'incertitude la frappant de plein fouet.

Sans attendre sa réaction, mais parvenant à entendre son exclamation choquée, elle entra chez elle pour saluer ses animaux. Elle passa quelques minutes assise sur le sol devant le salon, à les câliner. Ça avait été un énorme choc pour eux d'avoir vu Mack blessé. Elle avait été obligée de les ramener à la maison et de les laisser derrière la porte verrouillée pendant tout ce temps, alors qu'elle avait dû se rendre à la hâte à l'hôpital. En parlant de ça, elle n'était même pas sûre de la façon dont elle y était parvenue. Son front se plissa sous la réflexion, et elle se rendit compte qu'elle avait laissé sa voiture là-bas. Elle poussa un grognement.

— Bon Dieu ! jura-t-elle à voix basse. J'ai accepté qu'on

me ramène, mais maintenant, ma voiture est coincée à l'hôpital.

Elle secoua la tête en se disant que ce n'était pas un problème pour le moment ; le problème actuel, c'était d'aller à Rosemoor pour retrouver le capitaine et parler au groupe de séniors que Nan avait déployé. Le chaos persisterait si Doreen ne se montrait pas. Elle aimait profondément sa grand-mère et elle savait aussi que celle-ci adorait Mack, donc cet intérêt communautaire indiscipliné continuerait jusqu'à ce que cette affaire soit résolue.

Le capitaine préférerait certainement l'avoir en dehors de son chemin, mais elle ne se laisserait pas dissuader, pas quand elle devait s'assurer que cette enquête soit élucidée, seulement pour garder Mack en sécurité.

Elle souriait presque tandis qu'elle errait jusqu'à la cuisine pour y nourrir les animaux. Elle leur accorda dix minutes pour s'asseoir et manger. Elle regarda sa cafetière avec envie, mais se rendre à Rosemoor signifiait prendre le thé avec Nan. Par conséquent, elle serait avisée de ne pas boire plus de café, sans compter que celui qu'elle avait pris à l'hôpital était affreux et que son estomac n'était pas en forme. Après avoir octroyé quelques minutes supplémentaires à ses compagnons, elle prit la laisse de Mugs qui arriva en courant. Goliath l'interrogea du regard, et elle lui répondit en hochant la tête.

— Ouais, Goliath, on y va. On retourne tous voir Nan.

À ce nom, même lui reprit du poil de la bête et vint à vive allure. Thaddeus s'exclama : « Thaddeus est là ! Thaddeus est là ! »

Doreen tendit le bras, et il sauta dessus pour remonter rapidement jusqu'à son épaule, ses serres un peu plus recroquevillées qu'à la normale. Elle le pressa davantage contre le creux de son cou et lui murmura :

— J'ai besoin de savoir que vous allez tous bien, et j'ai besoin de votre soutien à tous, afin qu'on découvre ce qui est arrivé à Mack, d'accord ?

Comme elle marchait jusqu'à la rivière et descendait le sentier menant à Rosemoor, elle était reconnaissante de la présence de la lumière artificielle autour d'elle. Elle était en mesure de voir où elle posait les pieds, même dans le noir. L'eau s'écoulait lentement à côté d'elle. Mission Creek ressemblait plus à une crique à cette époque de l'année, mais était susceptible de se transformer en torrent à tout moment. Si elle n'était pas aussi éreintée, elle se demanderait comment une telle étendue d'eau pouvait avoir un nom si inapproprié, mais elle n'avait pas l'énergie suffisante pour cela.

Une profonde fatigue la frappa, tout autant que l'envie de se saisir de cette affaire. Les coups de feu se répétaient dans sa tête, mais avant de commencer à enquêter activement, elle devait parvenir à… calmer sa grand-mère. Quelqu'un à Rosemoor avait forcément vu quelque chose… Cependant, Doreen aimerait aussi découvrir ce que Darren avait appris. Même s'il ne lui dirait pas. Il fallait seulement qu'elle sache qui, à Rosemoor, était susceptible d'avoir été témoin de quelque chose afin d'aller en parler avec eux directement.

Et c'était là toute la difficulté de ce lieu : qui savait quoi ? Qui *pensait* simplement savoir quelque chose ? Et qui voulait tellement être au courant de quelque chose qu'il ou elle ajoutait un petit potin par-ci, par-là pour feindre d'en savoir plus. Doreen s'imagina le haut niveau d'excitation des séniors, surtout en apprenant que Mack allait bien. Elle ne pouvait qu'apprécier tous ces gens qui s'inquiétaient pour lui, même si elle aurait aimé qu'ils soient un peu moins démons tratifs. Mais c'était la façon de faire de Nan. Elle arrivait presque à entendre la voix de Mack résonner dans sa tête : *Nan ? Et vos manières à vous, alors ?*

Cela la fit sourire, et elle murmura :

— Contente-toi d'aller mieux, grand gaillard.

Et avec les animaux qui sautillaient joyeusement à ses côtés – ravis de l'avoir de nouveau avec eux et d'être dehors – , Doreen se mit à marcher d'un rythme plus lent jusque chez Nan. Elle ignorait combien de temps prendrait la découverte de la vérité, mais elle sentait une tension bouillir en elle, une tension qui lui indiquait que quelque chose avait pourri dans son monde et que Mack en avait payé le prix.

Bien sûr, ça aurait pu être la culpabilité de Doreen qui s'exprimait, puisqu'elle n'était pas tout à fait sûre que cela la concernait. En se remémorant les paroles du tireur, il lui semblait qu'il ciblait davantage Mack. En premier lieu. Est-ce que l'homme armé avait parlé de vengeance pour elle également ? Peut-être qu'il avait tiré sur elle aussi. Elle se souvenait distinctement de deux coups de feu.

Ses pieds ralentirent tandis qu'elle y réfléchissait sérieusement ; ce qu'elle voulait vraiment, c'était avoir accès à un enregistrement de la scène, pour la revoir encore et encore, en quête de détails pour résoudre cette histoire. Il était difficile de se rappeler à quoi ressemblait le type ; il était d'une taille quelconque et possédait une voiture grise quelconque. Il y en avait des milliers comme ça sur la route. Elle avait quatre portières, un capot et l'avant quadrangulaire. Elle n'était même pas certaine qu'il y ait eu le moindre logo sur le devant du capot. Il ne lui restait donc qu'une voiture banale, un homme banal, un ensemble banal. Rien qui soit très utile, par conséquent.

Quand elle arriva chez Nan et posa le pied sur le patio,

elle ne vit aucun signe de sa grand-mère. S'étaient-ils tous rassemblés chez quelqu'un d'autre ? Elle traversa le petit appartement de Nan avec les animaux dans son sillage, et prit la direction du couloir. Une fois encore, silence complet. Tout était calme. Doreen fronça les sourcils, tandis qu'elle et son gang errèrent jusqu'à l'une des grandes pièces communes. Comme elle s'en rapprochait, elle entendit un vacarme devant elle.

Dans son souffle, elle murmura aux animaux :

— On dirait qu'on les a trouvés…

Elle pénétra dans la pièce et entendit Nan s'écrier :

— On doit agir pour aider ! Nous ignorons qui a ouvert le feu, mais on ne peut pas laisser les gens qui se trouvent sur notre propriété ni même ceux qui viennent nous rendre visite se faire tirer dessus, déclara-t-elle. Cela signifie qu'aucun de nos amis ou membres de nos familles n'est en sécurité !

Une clameur de ralliement provint de tous dans la pièce.

Doreen grogna. Elle vit le capitaine qui se tenait devant la foule comme s'il tentait de présider une réunion, mais qu'il en avait perdu le contrôle. Son regard consterné fouilla la salle puis atterrit sur elle. À cet instant, son visage s'illumina.

— Quand on parle du loup, cria-t-il par-dessus les protestations, Doreen est ici !

Tout à coup, tout le monde se tourna et observa partout avant de la remarquer. Presque immédiatement, de lourds applaudissements emplirent les lieux.

Chapitre 4

QUAND LE BRUIT finit par mourir, la mer de visages devant Doreen s'ouvrit et lui accorda – à elle et ses animaux – un chemin pour remonter jusqu'aux côtés du capitaine.

Nan jeta un œil à Doreen, et ses bras enlacèrent sa petite-fille.

— La voilà ! Elle va nous sauver la mise !

Doreen répondit à l'étreinte de sa grand-mère, puis fit quelques pas vers le capitaine et lui demanda tout bas :

— Que se passe-t-il ?

Il lui lança un regard amusé.

— Ai-je eu l'air trop soulagé de vous voir ?

— Ouais, en effet, indiqua-t-elle avec un air suspicieux. Alors, je répète : que se passe-t-il ?

— Votre grand-mère essaie de rallier les troupes pour résoudre la tentative de meurtre sur Mack.

— Et je suis sûre que vous leur avez servi le discours officiel ?

— Oui, acquiesça-t-il même s'il parut troublé.

— Et je présume qu'ils vous ignorent, comme d'habitude ?

Il confirma d'un signe de tête.

— Je ne comprends pas. Presque tous les citoyens de cette ville sont respectueux de la loi. Donc quand je dis stop, ils arrêtent.

Le coin de la bouche de Doreen s'étira vers le haut.

— Mais chacun de ces gens ici est suffisamment vieux pour savoir à quoi on ressemblait quand on courait partout tout nu en suçotant notre doudou. Ça sape quelque peu notre autorité…

Ses lèvres se tordirent de plus en plus jusqu'à ce qu'il se mette à rire à gorge déployée. Quand il parvint à se calmer, il posa le bras sur les épaules de Doreen pour une accolade.

— Pas étonnant que Mack vous aime tant, déclara-t-il avec un sourire. Je n'avais pas réfléchi à ma réputation sous cet angle.

— Une fois qu'on est suffisamment souvent dans leurs parages, on comprend qu'ils respectent vraiment peu de choses et qu'ils ont tous un lien avec ce que vous avez fait dans votre vie. Et leurs souvenirs peuvent remonter à *trèèèès* loin !

Il continua de ricaner puis acquiesça.

— Alors, ce sera peut-être à vous de le leur expliquer.

— Vous voulez dire qu'ils ne me voient plus en couche-culotte ? Vous avez tort. C'est le cas. (Elle soupira.) Mais en même temps, ils ont aussi constaté que j'ai accompli certaines choses qui leur ont été bénéfiques à tous, alors ça m'a été d'un grand secours. Et puis Nan ne les laisserait pas me traiter autrement.

— Vous plaisantez, ils ont plus de respect pour vous et Nan qu'ils n'en ont pour moi.

Doreen sourit.

— Ça, c'est parce que vous passez encore pour le méchant parfois. Cela ne fait pas partie de ma description de ce travail.

Les lèvres du capitaine se tordirent de nouveau, et il hocha la tête.

— C'est à vous de les inciter à se calmer pour les remettre à leur place.

— C'est ça, le problème. Ils ne vont pas là où ils doivent aller, souligna-t-elle dans un soupir.

Après avoir entendu cela, Nan en fut amusée, puis elle se tourna vers la foule pour s'exclamer :

— Laissez Doreen parler !

Presque dans l'immédiat débutèrent des frappes de cannes sur le sol et un piétinement, même si c'était à une cadence étrange, tandis qu'ils bougeaient et se déplaçaient lentement pour faire face à Doreen. Puis un chant s'éleva.

— Doreen, Doreen, Doreen…

Elle observa autour d'elle et secoua la tête.

— D'accord, les amis, calmez-vous avant d'avoir une crise cardiaque ! (En réponse parvint un rire étouffé ; son regard se posa sur Nan.) Vous avez des chaises pliantes ou une salle avec suffisamment de sièges pour que tout le monde puisse s'asseoir ?

Vint alors un soupir de soulagement collectif. Nan considéra les autres avant de se frapper la bouche de la main.

— Oh, mais je n'y avais même pas pensé ! Vous voyez ? Voilà pourquoi Doreen est ici ! s'exclama-t-elle à l'intention de la foule.

— Bonne idée, s'écria un vieil homme, car je suis sur le point de m'effondrer.

Doreen désigna la salle commune attenante qui contenait un tas de canapés et de divans.

— Dans ce cas, allons là-bas pour que tout le monde

s'installe. Peut-être qu'on peut avoir du thé ou autre ? demanda-t-elle à Nan. Veux-tu aller user de tes stratagèmes auprès du personnel de cuisine ?

Nan gloussa et disparut, la foule s'installa lentement, et Doreen secoua la tête en réaction à la façon si lente dont les gens parcouraient le chemin jusqu'à un lieu plus confortable. Elle regarda le capitaine.

— Vous venez avec moi ?

— Oh, absolument ! dit-il, amusé. Vous leur avez déjà fait faire plus que moi.

— Leur avez-vous demandé de s'asseoir ?

— Non, j'espérais les disperser.

Doreen ricana.

— Oh non ! Vous connaissez la règle pour l'élevage de chevaux et les enfants turbulents ? Ou dans ce cas-ci, les séniors ?

— Vous en avez ?

Elle éclata de rire.

— Non, pas du tout, mais le principe est toujours de simplifier l'acte à réaliser et de compliquer celui à laisser de côté.

Un air étrange se lut sur le visage du capitaine tandis qu'il réfléchissait à ce précepte.

— Vous savez quoi ? Je pense que ça marche dans n'importe quelle situation.

— Eh oui ! Et maintenant, ne vous éloignez pas pendant qu'on essaie de résoudre ça. On doit les faire redescendre un peu, autrement, ils vont tous se déchaîner.

En suivant la foule, Doreen repéra Darren. Elle lui adressa un signe.

— Darren ! Vous avez eu des nouvelles de l'hôpital ?

Il acquiesça et se joignit à Doreen et au capitaine.

— Mack est réveillé et va bien. Il a été admis dans une chambre privée de l'hôpital. On n'est toujours pas autorisé à aller le voir cependant, même pendant les heures de visite.

Doreen fronça les sourcils en demandant si cela avait été dit à dessein. Il secoua la tête.

— Non, c'est moi qui le dis. Le docteur veut que Mack reste au calme quelque temps. Peut-être que plus tard dans la soirée ou demain matin, vous pourrez vous y rendre.

Doreen opina lentement du chef.

— Ce sera tout le calme qu'aura Mack, car après ça, je l'emmènerai loin de cet endroit, annonça-t-elle.

Le capitaine soupira lourdement.

— Je suis assurément soulagé que vous n'ayez pas annoncé ça devant la foule…

Elle le regarda, surprise, puis acquiesça.

— Oh, croyez-moi ! J'ai avec moi un affreux tas de personnes qui s'arrangent avec la loi.

Maintenant que tout le monde était assis en grand cercle, elle se mit au centre de ce dernier et s'assit. Tous les animaux s'installèrent autour d'elle.

— J'ignore ce que vous avez entendu précisément de l'histoire, donc je vais vous raconter ce que je sais. Ensuite, je prie tous ceux ici qui auront des informations à fournir de les donner.

Elle exposa un rapide récit de la promenade depuis sa maison avec Mack et les animaux. Mugs était à ses pieds, et ses oreilles se dressaient quand elle mentionnait son nom. Thaddeus l'imita en sortant sa tête de sous les cheveux de Doreen pour s'exclamer : « Thaddeus est là ! Thaddeus est là ! »

Immédiatement, tout le monde se mit à rire et à taper dans ses mains. Goliath se contenta de leur jeter l'un de ses longs regards blasés, puis s'étira de tout son long en remuant sa queue. Doreen continua.

— Nous sommes arrivés au coin de Rosemoor et avons remarqué un véhicule garé à l'opposé de la porte d'entrée. Un homme en est sorti quand il nous a vus, a levé ses mains, s'est écrié « Poulet ! », puis a déclaré quelque chose à propos du fait que la vengeance est un plat qui se mange froid et a tiré sur Mack, qui avait déjà amorcé un mouvement d'évitement. Je ne suis pas exactement en mesure de déterminer si Mack essayait de me pousser hors de la trajectoire ou s'il bougeait vers le tireur, mais il s'est pris une balle en haut du torse – en réalité plutôt dans l'épaule – et s'est effondré dans le rosier.

Elle prit quelques minutes pour se calmer pendant que tout le monde hochait sagement la tête.

— Je vais poser des questions simples : est-ce que quelqu'un a vu ce véhicule garé devant ? Levez les mains.

Tout le monde secoua la tête. Personne ne leva la main.

— Est-ce que quelqu'un sait s'il y a eu la moindre altercation plus tôt au cours de cette soirée ? demanda-t-elle à la foule.

À cet instant, un petit bout de femme brandit la main. Doreen la considéra, le cœur serré.

— Oui… quelle information avez-vous ?

— Mes genoux me jouent des tours, ça n'arrive que quand de vilaines choses sont sur le point de se produire, expliqua-t-elle. J'ignorais simplement que ce serait Mack qui serait blessé. Si j'avais su… (Elle se leva lentement, et sa tête surplomba à peine celles de tous les gens assis.) Je l'aurais mis en garde, mais j'ignorais que ce serait lui.

Alors, plusieurs personnes se mirent à rire, et un homme opina du chef.

Doreen observa ce dernier.

— Je suis désolée, je ne suis pas certaine de connaître votre nom, commença-t-elle. Avez-vous déjà entendu parler des problèmes de genoux de cette femme ?

— Je ne sais pas si ses genoux lui posent des problèmes, mais elle a mentionné plusieurs fois le fait qu'ils étaient douloureux avant que de vilaines choses ne surviennent.

Doreen le fixa un moment.

— Intéressant… D'accord. En dehors de cette histoire de genoux, est-ce que quelqu'un a quelque chose à ajouter ?

À cet instant, plusieurs personnes levèrent la main.

— Merci d'être tous aussi polis. (Elle pointa un gentleman du doigt.) Je crois que vous êtes Uriah ?

Il confirma tandis qu'il parut ravi qu'elle connaisse son nom.

— Je veux savoir ce que nous allons faire, déclara-t-il avant de se mettre debout. C'est une chose de présenter le crime puis de demander des réponses, mais est-ce que vous avez déjà un plan ?

Au mot *déjà*, elle comprit à quel point ils comptaient sur elle. Elle regarda le capitaine.

— Je vous dirai ce qu'il y a d'officiel, indiqua le capitaine, les mains sur les hanches, en se tournant vers eux pour les sonder. Et vous n'allez pas aimer ça.

Ces paroles furent suivies de railleries tout autour d'eux.

Doreen leva une main. Il y eut instantanément le silence. À ses côtés, le capitaine jura dans sa barbe. Elle l'observa d'un air interrogateur. Il se contenta de hausser les épaules.

— Ils ne m'obéiraient pas ainsi, déplora-t-il tout bas.

Doreen reposa les yeux sur tous les autres, qui la considéraient, dans l'expectative.

— D'abord, la version officielle, c'est que la police enquête.

En retour, il y eut des sifflets et des huées. Elle brandit de nouveau la main. Et là encore, le silence se fit.

— D'une façon *moins officielle*…

Des regards chargés d'espoir apparurent sur leurs visages, et tout le monde souriait en attendant qu'elle s'explique.

— De toute évidence, je vais enquêter sur ce qui s'est passé. Mais plus important, comme Nan l'a mentionné plus tôt, nous devons nous assurer que vous êtes en sécurité.

Cela fit rire un homme.

— Nous sommes déjà morts de toute manière ! lança-t-il avec malice. Laissez-nous au moins nous amuser un peu avant de nous en aller !

Doreen hocha la tête, sachant parfaitement où il voulait en venir.

— J'ai compris ça, et j'ai conscience que pour vous une bonne partie de cette histoire n'est qu'un divertissement, mais souvenez-vous que Nan a été attaquée lors de l'une de mes récentes affaires, et nous ne voulons pas que ça se répète.

Tout le monde pivota vers Nan et acquiesça.

— Vous marquez un point, approuva un homme. C'est une chose de mourir vieux. C'en est une autre de voir la mort arriver plus tôt à cause d'un assassin.

— Tout à fait, dit Doreen tout bas. Alors évidemment, je vais travailler selon les règles de la police.

Elle avait veillé fermement à ce que sa formulation convienne, sans énerver le capitaine ni quiconque en ces lieux.

— Je resterai donc en contact avec Nan, et vous ne prendrez aucun pari ! ajouta-t-elle en jetant à cette dernière un regard strict avant de se tourner vers tous les autres. Vous ne ferez *aucun* pari sur le résultat de l'opération de Mack. Il y a des personnes qui ne sont pas d'accord avec ça ?

Immédiatement, tout le monde secoua la tête.

— Pas concernant l'opération, ma chérie. Ça nous convient parfaitement, déclara Nan.

Doreen pivota pour faire face à sa grand-mère après avoir perçu le ton évasif de sa voix.

— Ou bien dans combien de temps sera résolue cette affaire. Nous œuvrerons jusqu'à ce qu'elle le soit, d'une façon ou d'une autre. Nous ne souhaitons pas que Mack soit de nouveau blessé ni que qui que ce soit d'autre ici le soit. Cette personne était garée dehors, de l'autre côté de la route devant ce bâtiment, comme s'il savait que la limite de la propriété était située à cet endroit. Ça aurait pu être fortuit, mais je ne crois plus vraiment aux coïncidences.

Elle marqua une pause.

— Et bien entendu, énormément de gens connaissent cet endroit et savent qui y vit et qui est en visite. (Elle les regarda d'un air sérieux, ses yeux allant d'un résident au suivant puis encore au suivant.) Si vous remarquez quoi que ce soit de suspicieux, contactez le capitaine et son équipe. Cependant, nous ne voulons pas que toutes les lignes de la police soient encombrées par des gens qui pensent que, vous voyez, le plombier fait un truc bizarre ou stupide, quelque chose comme ça.

— Mais comment saurons-nous si le plombier a un comportement suspect si on ne le déclare pas ? demanda l'une des femmes sur un ton curieux, comme si Doreen venait de formuler un étrange commentaire.

Doreen se tourna pour cacher sa façon instinctive de lever les yeux au ciel.

— Eh bien, simplement, n'inondez pas la police d'appels qui n'ont aucune consistance. Et je vous en prie, je ne vous ferai pas l'insulte de vous expliquer ce que cela signifie…

— C'est bon, dit Richie, ils pourront toujours parler à Nan ou à moi pour clarifier ce point.

— Et ça, ce n'est pas une mauvaise idée, déclara Doreen. Vous deux, vous pouvez intervenir pour la police et, si vous découvrez quoi que ce soit de crédible, contactez Darren.

Richie répondit d'un large sourire.

Doreen pivota vers Darren qui la dévisageait, horrifié. La bouche de Doreen se tordit.

— Mais Richie, s'il te plaît, ne monopolise pas les journées de Darren avec des coups de fil inutiles non plus.

Richie fit non de la tête.

— J'y penserai.

— Non, tu ne devrais pas seulement y *penser*, murmura doucement Doreen, mais je me demande si Darren a une autre opinion…

Richie renifla.

— Bien sûr que oui ! Il est jeune, ma chère. Il ne comprend pas encore vraiment la vie.

— D'accord. Bon, et bien évidemment, vous avez tous une telle expérience, si riche que, si vous êtes intelligents, vous saurez l'utiliser à bon escient.

Immédiatement, tout le monde se tint le dos plus droit.

— Nous ne devons seulement pas inventer des éléments pour attirer l'attention, répéta Doreen.

Elle détestait énoncer cela si clairement, mais il était temps de dire les choses.

Alors vint le silence. Quelques personnes baissèrent les yeux sur leurs mains, d'autres regardaient Doreen, étonnés. Heureusement, ils étaient plus nombreux à hocher simplement la tête.

— Vous savez quoi ? reprit Richie. Parler comme ça à nous autres requiert une personnalité très directe, et je comprends pourquoi tu y as été obligée. (Il se tourna et observa les gens autour de lui dans les yeux.) Vous entendez ça ? N'agissez pas uniquement pour feindre d'avoir quelque chose à raconter, insista-t-il. Vous avez une information ? Communiquez-la à Nan ou à moi. Nous déciderons si elle a de la valeur ou non, et ensuite, nous la transmettrons d'abord à Doreen. J'ai conscience que mon petit-fils n'aura pas le temps, ajouta-t-il.

Doreen vit Darren soupirer légèrement de soulagement. Mais elle savait qu'elle en entendrait parler…

— Parfait ! s'exclama-t-elle. Et maintenant, prenez une tasse de thé, et moi, je vais me rendre à l'hôpital.

— Pas avec les animaux, non, contesta une des dames. On ne peut pas les emmener dans un hôpital.

Doreen acquiesça.

— Je suis au courant, ils ne m'ont pas laissée monter avec eux dans l'ambulance. Vous arrivez à y croire ?

Et cela dévia la discussion sur le fait qu'on devrait autoriser les animaux partout où il y avait des gens. Sachant que cela allait distraire la foule quelques instants, Doreen pivota vers le capitaine.

— Est-ce que ça vous convient ?

Il confirma.

— Mieux que je ne l'espérais.

Darren s'approcha.

— Ouais… sauf que vous m'avez poussé sous les roues du bus.

— C'est bon. Apparemment, Richie vous couvre, dit-elle en riant.

Il soupira.

— Ça ne fera aucune différence. Vous le savez.

— Ça marchera si je parviens à les canaliser un peu.

Mais *un peu*, ça signifie *un peu*. Nous ne pouvons pas en faire trop, étant donné qui ils sont.

Darren acquiesça.

— Et vous avez raison. Ils ont eu leurs lots d'expérience et de connaissance. Mais s'ils ne sont au courant de rien, ils ne sont au courant de rien, tout simplement.

— J'ai été un témoin oculaire de toute la scène et, malheureusement, je ne sais pas grand-chose non plus. Mais croyez-moi, si quelqu'un était en mesure de dégoter la moindre information capitale, celle-ci serait la bienvenue. (Elle se tourna vers le capitaine.) Je suppose qu'il n'y a aucune caméra aux alentours de Rosemoor, n'est-ce pas ?

Il secoua la tête.

— Non, en effet. Et il y a trop de voitures grises en ville. En l'absence de description précise, il est impossible d'identifier celle de l'homme armé. Par conséquent, vérifier les caméras principales de la ville pour chercher son véhicule ne sera ni efficace ni productif.

— C'est ce à quoi je m'attendais, déplora Doreen en se massant le bas de la nuque. Et je suppose que vous allez passer en revue les anciennes enquêtes de Mack ?

— Bien évidemment, répondit Darren, exaspéré.

— Mais ces enquêtes, continua Doreen en l'observant attentivement, ne vous diront pas automatiquement *Hé ! Ce mec déteste Mack.*

— Non, bien évidemment, concéda le capitaine.

— Et l'autre élément à prendre en compte, c'est que si une personne a pris Mack pour cible, elle pourrait être liée à l'une des affaires que j'ai déterrées.

Darren et le capitaine échangèrent un regard, et elle comprit qu'ils y avaient déjà songé.

— Bien sûr que vous aviez déjà pensé à ça…, admit-elle

en opinant du chef. Mais le tireur a bien dit que *la vengeance était un plat qui se mangeait froid.*

— Et qu'est-ce que ça signifie selon vous ? lui demanda le capitaine, curieux.

Elle haussa les épaules à son intention.

— Que ce n'est pas une affaire récente et qu'il a patienté avant de saisir l'opportunité d'agir. Alors, pourquoi maintenant et pourquoi Mack ? De toute évidence, Mack a fait quelque chose qui a déplu à ce type, mais pourquoi maintenant ? Est-ce qu'il s'est récemment retrouvé dans le journal ? A-t-il été soudainement mis en évidence aux yeux d'une personne ? Quelqu'un a-t-il oublié qu'il avait une dent contre lui, et le revoir l'a-t-il suffisamment énervé pour avoir envie d'agir ?

— Que voulez-vous dire par là ? l'interrogea Darren.

— Peut-être que le tireur était en prison, précisa-t-elle franchement. Peut-être qu'il en est sorti et qu'il a échafaudé des plans durant plusieurs années pour retrouver Mack.

— Et ce serait sans doute possible également, murmura le capitaine. C'est la raison pour laquelle nous allons éplucher toutes les affaires de Mack.

— Oui, bien sûr. Et je sais déjà que vous me tiendrez informée. (Un bâillement la prit par surprise, donc elle leur serra la main.) Ça a été une nuit assez difficile. Si j'en ai terminé ici, je vais me rendre à l'hôpital et voir si j'arrive à les amadouer pour entrer.

— Le docteur a bien précisé « aucun visiteur », répéta Darren.

— Ouais, aucun visiteur sauf la famille. Non, je ne suis pas de sa famille, et non, je n'irai pas prétendre le contraire pour rendre visite à Mack. Cependant, je connais bien un membre de sa famille, et il travaille actuellement pour moi.

— C'est-à-dire ? la questionna Darren.

— Le frère de Mack, Nick, est avocat, et il gère mon maudit divorce…

Elle marqua une pause, la bouche ouverte, et fixa le capitaine.

— Quoi ? demanda le capitaine.

— Je ne crois pas qu'il ferait ça…, commença-t-elle, mais…

— Qui ? répéta le capitaine.

— Mon ex.

— Expliquez.

— Robin était mon avocate pour le divorce. Elle est morte ici il n'y a pas très longtemps, et j'ai été suspectée. Vous vous en souvenez ?

Le capitaine comme Darren hochèrent la tête.

— Elle s'est occupée de mon divorce, a tout raté et a commis toutes sortes d'actes illégaux, y compris concernant les procédures de divorce. D'après ce que m'a raconté Nick, ça remettait en cause les signatures sur les papiers. Donc tout a dû être refait. Et bien évidemment, désormais, mon ex est assez mécontent, car sa solution de facilité visant à sortir de ce mariage sans rien me céder ne lui paraît plus du tout simple aujourd'hui. (Elle haussa les épaules.) Je me fiche de tout ça en partie bien sûr, mais Nick a pas mal insisté pour que j'en obtienne quelque chose.

— Alors vous devriez, l'encouragea le capitaine. Si votre ex avait de l'argent avant votre mariage, c'est une chose. Cependant, si vous avez contribué à ce qu'il en gagne pendant votre union, c'est une tout autre histoire.

Doreen acquiesça.

— C'est ce que le frère de Mack m'a dit également. Et j'ai bel et bien aidé mon mari avec ses affaires pendant ces quatorze années de mariage. Mathew, mon ex, ne possédait pas grand-chose au départ quand nous nous sommes mariés, mais il détient des millions aujourd'hui.

— Par conséquent, un accord doit être trouvé, et votre ex est parfaitement conscient de ce qu'un divorce est susceptible de lui coûter.

— Bien, admit-elle, sourcils froncés. Vous devriez étudier de plus près l'agression de Mack. Ça ne ressemble pas à mon ex puisqu'il ne se salirait pas les mains. Toutefois, s'il a pu missionner quelqu'un pour s'en occuper à sa place, ce serait sa façon de faire.

— Mais quelle serait sa motivation ? demanda le capitaine.

— Dans ce cas-ci, uniquement la contrariété. De plus, maintenant que Robin est morte et que son testament ne désigne pas Mathew, tout ce qui concerne l'argent lui saute à la figure. Je ne sais pas s'il tient Mack pour responsable des failles de ce divorce ou pas… Tout ce que je suis en mesure d'affirmer, c'est qu'à chaque fois que je lui ai parlé ces derniers temps, Mathew était du genre bien énervé. Et peut-être qu'il aurait engagé quelqu'un pour tirer sur Mack simplement parce qu'il sait qu'il compte pour moi.

— Peut-être… C'est quelque chose que nous ne pouvons pas nous permettre d'ignorer, concéda le capitaine en sortant son bloc-notes. Autre chose à suggérer ?

— Ouais, ce gars, Steve, avec tous les cadavres sur sa propriété…

— C'est l'une de *ces* affaires. Il faut qu'on les épluche de nouveau.

— Moi aussi. Si je découvre quoi que ce soit, je vous tiendrai informé. (Elle se mit debout.) Je me demandais également si je pouvais me faire emmener à l'hôpital.

Le capitaine la considéra.

— Je sais, vous m'avez ramenée chez moi, mais… (Elle haussa les épaules, honteuse.) Ça montre à quel point j'étais affectée, car ma voiture est toujours là-bas, à l'hôpital.

— Oh, bon Dieu ! s'exclama Darren. Ouais, je vais vous y conduire tout de suite, mais vous n'arriverez toujours pas à voir Mack.

— Je comprends, mais au moins je pourrai récupérer ma voiture.

Sur ce, elle marcha jusqu'à Nan et l'enlaça avant de l'embrasser pour lui dire au revoir.

— Je me rends à l'hôpital.

Le visage de Nan perdit de sa jovialité, et elle répondit à son étreinte.

— Prends soin de toi, ma chérie.

Après avoir fait signe, Darren mena Doreen et les animaux dehors jusqu'à sa voiture de patrouille. Une fois dedans, Doreen ferma momentanément les yeux.

— Mack va vraiment bien, murmura Darren.

— Je suis contente de l'entendre, lui répondit-elle avec un demi-sourire.

— Je n'avais pas réalisé qu'il se passait quelque chose entre vous deux.

— Je n'en suis pas certaine. J'ai été prise par surprise également.

Cela fit rire Darren.

— Ouais, c'est une réaction normale après ce genre d'événements.

— J'ignore si c'est normal, murmura-t-elle. C'est simplement un peu trop confus pour le moment. J'aimerais savoir s'il va bien.

— Comme nous tous. Mack est très populaire au poste.

Elle ne parvenait pas à l'imaginer être moins apprécié. Il avait beaucoup de cœur.

Alors qu'ils se dirigeaient vers l'hôpital, Doreen demanda :

— Cela vous dérange de m'accompagner jusqu'à ma voiture ? Je veux m'assurer qu'elle est encore là. Ce serait horrible si elle avait été embarquée… En plus, je voudrais y laisser les animaux le temps d'aller rapidement m'enquérir de Mack.

Le véhicule était là ; Doreen poussa un soupir ravi. Comme il était en vue, elle dit :

— Comme je suis contente de voir ma voiture !

Elle sortit de celle de Darren, suivie des animaux, et s'inclina vers le siège passager avant de refermer la portière.

— Merci beaucoup de m'avoir déposée.

Darren hocha la tête et partit.

Chapitre 5

D OREEN VÉRIFIA QUE tout allait bien avec sa voiture, y installa les animaux tout en leur promettant de revenir tout de suite, puis elle entra immédiatement dans l'hôpital. Après avoir atteint la réception, elle expliqua qui elle était et qui elle souhaitait voir.

La réceptionniste lui sourit et lui apprit :

— Je suis désolée. Les heures de visite sont terminées. Et en plus, son dossier médical interdit les visiteurs…

— Aucun ? Et la famille ? demanda Doreen, curieuse.

— Oui pour la famille, déclara-t-elle avant de hausser un sourcil. Vous en faites partie ?

Doreen secoua la tête.

— Non.

Un homme se mit à rire derrière elle.

— Mais vous savez quoi ? Si on donnait à Mack l'occasion de répondre à cette question, il dirait peut-être quelque chose de différent…

Ayant entendu la voix de Nick, Doreen se tourna vers lui, et il lui ouvrit les bras. Et tout comme avec Mack, elle s'en approcha et accepta l'étreinte.

— Comment va-t-il ? le questionna-t-elle en se reculant

pour le regarder.

— Je suis presque certain qu'il n'est pas en forme. Je viens tout juste de lui parler. (Il observa la réceptionniste et l'interrogea :) Est-ce que je peux faire monter Doreen simplement pour qu'elle le voie à travers la vitre ?

— Ça me va, et, si vous avez l'accord d'une infirmière, Doreen pourra rendre une petite visite à Mack, autrement, elle ne sera pas autorisée à entrer.

— J'ai compris. (Nick mena Doreen dans le couloir.) Je viens juste de lui parler. Il se sent mieux. Il est réveillé ou, en tout cas, il l'était la dernière fois que je l'ai vu. Il est pas mal énervé à cause de toute cette histoire.

Doreen grimaça.

— Il est en colère contre moi ?

Nick la dévisagea, surpris.

— Pourquoi serait-il en colère contre vous ?

Elle le regarda fixement.

— Parce que je ne l'ai pas protégé.

Il secoua la tête, perplexe.

— Ce n'est pas votre boulot de protéger Mack. Je suis quasi certain qu'il est énervé parce qu'il n'a pas attrapé ce gars lui-même.

— Évidemment, mais le véhicule est parti si vite ! s'écria-t-elle. Ce n'est pas comme si nous avions eu un seul moment pour décider de poursuivre l'agresseur. J'aurais seulement aimé avoir une meilleure idée de ce à quoi ressemblait cette voiture avant qu'elle ne s'éloigne.

— Vous l'avez vue ? demanda Nick, curieux.

— J'étais avec Mack quand il s'est fait tirer dessus, répondit-elle, surprise. Vous ne le saviez pas ?

— Non, Mack ne l'a pas précisé, reconnut-il, soucieux, comme s'il n'aimait pas cette idée.

Elle y réfléchit quelques instants.

— C'est intéressant…

— En effet, n'est-ce pas ? Mais quand même, Mack a la réputation de vous protéger…

— Peut-être même quand il ne le devrait pas, marmonna-t-elle.

Nick la considéra de nouveau tandis qu'ils montaient jusqu'à la chambre d'hôpital de Mack, et elle haussa les épaules.

— Je ne sais pas quoi dire, Mack me sort toujours du pétrin.

Les lèvres de Nick se tordirent en entendant cela.

— Vous pourriez essayer de ne pas vous y mettre, dans le pétrin.

— Je pourrais, confirma-t-elle en levant les yeux au ciel, si je pensais que ça lui éviterait d'avoir des ennuis.

Nick opina du chef.

— Je n'arrive pas à imaginer quel effet ça a fait de voir Mack tomber, exprima-t-il d'une voix enflée par l'émotion.

— C'était horrible, murmura-t-elle. Absolument horrible. Mais il était encore conscient, il jurait, donc je me suis dit qu'il n'était pas trop sévèrement touché. Mais c'est… c'est après coup, en apprenant qu'il avait atterri en chirurgie et en écoutant tous ces gens dans la salle d'attente qui discutent de choses susceptibles de mal tourner. En plus, les médecins vous donnent toujours d'énormes avertissements sur les risques inhérents à une opération… Alors, quelles options avons-nous ? Nous faisons confiance au chirurgien et nous espérons que ça ne soit pas vain.

— Oh, je comprends ! J'ai pris un vol dès que j'ai su, mais heureusement, j'ai eu la chance de parler à Mack et de constater de mes propres yeux qu'il ira bien. (Il pivota vers la porte de la chambre d'hôpital dotée d'une petite vitre.) Si vous regardez par là, vous le verrez.

Elle s'exécuta, et il était là. Elle l'observa un long moment puis soupira de soulagement.

— Il a l'air d'être le même… Il dort, donc je ne vais pas le déranger.

À cet instant, une voix derrière eux aboya :

— Non, vous ne le ferez clairement pas.

Doreen se tourna et découvrit un policier.

— Vous montez la garde ?

Il l'étudia un moment.

— Qui êtes-vous ?

— Je suis Doreen.

Le flic laissa échapper un gros soupir.

— Bien sûr que vous êtes Doreen… Vous savez que tout le monde m'a prévenu que vous alliez essayer de rentrer là-dedans pour rendre visite à Mack, même si vous n'en avez pas le droit ? Et pourtant, vous vous montrez un peu trop raisonnable, alors vous me rendez soupçonneux.

Doreen fronça les sourcils.

— Peut-on vraiment être trop raisonnable ? le questionna-t-elle, curieuse.

Comme il se contentait de la regarder, elle haussa les épaules.

— Je suis contente que le capitaine ait assigné un garde à Mack. Et peut-être que vous pourriez… quand Mack sera réveillé, lui dire que j'étais là ?

Le visage du flic s'adoucit.

— Je peux faire ça, mais je ne vous laisserai pas entrer.

— Ne vous inquiétez pas pour ça. (Et avec un dernier regard vers Mack qui dormait, elle se retourna vers Nick.) Vous restez ici quelques jours ?

— Oui. Je serai chez maman.

— Oh, très bien ! J'ai conscience que cela a dû être absolument dévastateur pour elle aussi.

— Oui, en effet. Je lui ai demandé si elle voulait se rendre à l'hôpital, mais elle n'est pas vraiment en mesure de se déplacer en ce moment. Par conséquent, je suis d'abord venu pour m'assurer qu'il n'y avait pas de raison d'être là.

— Et comme Mack est en voie de guérison désormais, il n'y a sans doute pas d'urgence.

— En tant que mère, elle serait capable d'être présente en un claquement de doigts, indiqua Nick avec fermeté. Mais je suis parvenu à la convaincre que ce serait mieux de voir Mack en matinée, après qu'il aura dormi un peu et qu'on en saura plus.

— Qu'on en saura plus ?

— Qu'on en saura plus, répéta Nick.

— Comme des réponses des médecins concernant l'opération ? demanda Doreen.

— Je les ai déjà eues. Ils ont retiré la balle, et c'est une blessure relativement mineure, mais ils le gardent pour la nuit et attendent de voir comment il sera demain.

— D'accord. L'autre inquiétude porte sur la façon dont Mack s'en sortira seul chez lui.

— J'ai pensé que je pourrais peut-être rester avec lui quelques jours…, l'informa Nick avant de la regarder avec le sourire. Sauf si ça me met sur le chemin…

Doreen le fixa d'un air d'incompréhension pendant un moment.

— Si vous parlez de moi, je ne vais pas emménager pour m'occuper de lui, mais je serai à même de faire des allées et venues pour vérifier son état. Cependant, si vous vous attendez à ce que j'aille porter de la soupe à une personne blessée, eh bien… (Elle grimaça.) Disons simplement que Mack serait obligé de m'expliquer comment préparer de la soupe.

Nick éclata de rire.

— Mack m'a parlé de vos trucs de leçons de cuisine.

— Ouais, marmonna-t-elle. Ce serait bien, lors d'une journée comme celle-ci, que j'en sache suffisamment pour retourner à la maison afin de lui concocter quelque chose de spécial, mais je n'en suis pas encore là.

— Et ce n'est pas un problème non plus. La dernière chose que voudrait Mack, ce serait que vous soyez aux petits soins pour lui.

Elle considéra le frère de Mack, et ses lèvres se tordirent.

— Vraiment ? Je soupçonne que ce soit seulement en partie vrai. Quand on ne se sent pas très bien, je crois qu'on aime tous être un peu cajolés même si on prétend le contraire.

— Oui, c'est exact, confirma Nick en agitant la tête. Vous avez plutôt raison sur ce point.

Doreen lui sourit.

— J'ai ma voiture au parking, donc je vais rentrer à la maison, surtout que les animaux sont avec moi. Je dois essayer de dormir un peu. J'appellerai Mack plus tard.

— Oui, allez-y. Et je passerai chez vous demain matin.

— Bien, j'aimerais avoir des nouvelles de Mack tôt dans la matinée.

— Vous voulez dire que vous n'allez pas passer un coup de fil d'emblée ?

Elle fit la grimace.

— Si, probablement. Ent. Alors que ça ne me ferait aucun bien puisqu'ils ne me donneraient pas d'informations médicales.

— C'est vrai… Par conséquent, si c'était moi qui appelais à la place et que je vous transmettais les nouvelles ensuite ?

— Ça me va, accepta-t-elle avec le sourire. Et embrassez votre mère pour moi. Je sais à quel point elle doit s'inquiéter en ce moment.

Nick lui adressa un sourire.

— Si vous voulez passer pour la saluer, je crois que ce ne serait pas de refus non plus, lui dit-il gentiment.

Elle étudia la question.

— Peut-être, mais il est vraiment tard.

Puis elle retourna vers l'endroit où elle avait laissé les animaux, dans la voiture. Elle monta rapidement dans celle-ci. Ils lui sautèrent dessus, et elle sentit des larmes tomber sur ses joues.

— Je sais, les amis, je sais. C'était Mack cette fois. C'est Mack qui s'est fait tirer dessus.

Et cela lui faisait mal d'une façon dont elle ne s'était même pas attendue. Elle souhaitait presque que son futur ex-mari soit responsable de ça, pour être en mesure de lui donner des coups, de lui crier dessus et de le fustiger pour avoir blessé quelqu'un qui comptait pour elle. Mais soudain, elle se dit qu'il y avait des chances que ce ne soit pas son ex et qu'elle cherchait simplement un exutoire.

De plus, Mathew semblait être une cible potentielle, car elle avait encore beaucoup d'ennuis avec lui… Tout ce qu'elle voulait, c'était qu'il s'en aille comme tant d'autres choses dans sa vie. Mais ça n'en prenait pas le chemin… En tout cas, pas avant longtemps.

De retour chez elle, elle se prépara du thé et s'affala sur place. Puis, retrouvant son courage, elle appela rapidement la mère de Mack. Dès que cette dernière répondit, Doreen lui dit à quel point elle était désolée.

Millicent soupira.

— J'y serais allée tout de suite, mais il a été emmené en chirurgie. Et depuis, il ne s'est pas réveillé.

— Je viens de croiser Nick à l'hôpital, et j'ai aperçu Mack par la vitre. Cependant, honnêtement, il n'y a rien que vous puissiez faire. Il dort. Je ne suis pas autorisée à entrer pour le voir.

— C'est une honte ! Espérons qu'il ne soit pas là-bas trop longtemps.

— Je l'espère aussi. Bref, je voulais seulement que vous sachiez que si je peux vous aider à traverser ça de quelque façon que ce soit, demandez-moi simplement.

Millicent, d'une voix plus forte qu'elle ne s'y attendait, lui répondit :

— Oh, il y a quelque chose, et c'est une chose pour laquelle tu es douée !

— Laquelle ? lui demanda Doreen avec curiosité.

— Résous ça, lui intima sèchement Millicent. Assure-toi que cette personne soit mise derrière les barreaux, pour qu'elle ne fasse plus jamais de mal à Mack.

Et là-dessus, Millicent raccrocha au nez de Doreen.

Chapitre 6

Mercredi matin

LE MATIN SUIVANT, Doreen se réveilla. Ses yeux étaient rouges, et elle avait des courbatures. Elle n'avait absolument aucune raison d'en avoir, alors ça n'avait aucun sens. Même après une douche chaude, elle avait toujours aussi mal que lorsqu'elle avait décidé de la prendre. Elle soupira et s'habilla rapidement pour descendre préparer le café. Elle vérifia sa montre et réalisa qu'il était déjà presque 8 heures. Le café commençait seulement à goutter quand son téléphone sonna. Elle s'en saisit, pensant qu'il s'agissait de Nick.

La voix de Mack parvint de l'autre bout du fil.

— Qu'est-ce que tu fabriques à parler ?! s'exclama-t-elle.

Après un moment de silence, il ricana.

— Bonjour à toi aussi.

Elle leva sa main libre, se massa la tempe et grommela :

— Bonjour. Comment tu te sens ?

— J'ai connu mieux, murmura-t-il, mais je vais bien.

— Tu as perturbé tout le monde.

— Sans le vouloir. J'ai conscience que ma mère s'est pas mal inquiétée aussi.

— Évidemment. Tu es son fils, elle t'aime profondément. Au moins, Nick est là pour elle.

— Je sais qu'il était censé t'appeler ce matin pour te donner de mes nouvelles, mais j'ai pensé te téléphoner à la place.

— Je suis contente que tu l'aies fait. Je suis réveillée depuis peu après une nuit très compliquée, alors je m'attendais au coup de fil de Nick, mais c'est bien mieux comme ça.

— Ne t'inquiète pas, je vais bien. J'ignore quand je sortirai d'ici, mais l'opération s'est bien passée. Ça va demander du temps pour que je me rétablisse pleinement, mais avec de la chance, ce ne sera pas si long.

— Ouais, tu dis ça, mais ils expliquent toujours que les blessures par balle aux épaules sont les pires.

— Elles peuvent l'être, confirma-t-il chaleureusement, mais je ne crois pas que celle-ci soit si mauvaise.

— Je n'en suis pas sûre du tout… D'ailleurs… (Elle hésita puis se lança :) Tu te souviens de quelque chose ?

— Je me rappelle qu'on m'a tiré dessus. Tout est arrivé si vite, mais j'ai eu le temps de mémoriser les détails. C'était une Camry argentée. Je n'ai pas reconnu le tireur, mais il mesurait environ 1 m 70, portait un jean, un tee-shirt, une chemise bûcheron à carreaux ouverte par-dessus, une casquette de baseball et des lunettes noires.

Doreen s'immobilisa et fixa le téléphone.

— Bon Dieu ! Tu te souviens de tout ça ?

— Bien sûr, pourquoi ce ne serait pas le cas ?

— Moi non, dit-elle, mécontente.

Mack ricana doucement.

— C'est un truc que je fais depuis longtemps.

— Je suis ravie de l'apprendre. Je suis sûre que ton capitaine souhaitera cette description puisque je n'avais pas grand-chose à lui donner.

— Je lui ai déjà parlé, précisa-t-il d'une voix qui gagnait en force.

— Au moins, tu as remarqué quelque chose. Honnêtement, j'ai entendu les coups de feu et vu que tu heurtais le rosier, mais au moment où j'ai compris qu'il s'en allait, il n'était déjà plus là.

— Et bien entendu, personne à la maison de retraite n'a été témoin de quoi que ce soit, hein ? demanda Mack, sa tonalité humoristique étant de retour dans sa voix.

Doreen sourit en comprenant qu'il allait vraiment bien.

— Je suis certaine que si tu as déjà discuté avec le capitaine, il t'a déjà passé un savon pour hier, marmonna-t-elle, mais tu as raison, apparemment, personne n'a rien vu.

— Et ce n'est pas contradictoire avec ce que nous avons découvert lors de la plupart de nos enquêtes. Soit tout le monde a remarqué quelque chose, mais se contredit, soit personne n'a rien d'intéressant à signaler.

— Et c'est là que le bât blesse. Tout le monde à Rosemoor se préparait pour la fête, donc ils étaient plus ou moins à l'intérieur.

— Ouais, marmonna-t-il. Je n'ai pas oublié. Peut-être qu'on pourra réessayer quand je sortirai d'ici.

— Je ne crois pas qu'il y aura la moindre fête avant que nous ayons résolu cette histoire, déclara-t-elle avant de relâcher un énorme soupir. Tâche que, au cas où le capitaine ne te l'aurait pas dit, m'ont confiée non seulement tout le monde à Rosemoor, mais aussi ta mère.

— Quoi ?

— Ouais, tout le monde attend que j'élucide ça. (Elle l'entendit balbutier d'une voix étouffée.) J'ai conscience que tu es déjà à l'hôpital, mais ne va pas déclencher une crise cardiaque pour ça. C'était plutôt attendu – enfin, dans un sens, je dirais –, mais je ne peux pas prétendre que j'ai vraiment hâte de me mettre en quête d'infos, car si c'est lié à l'une de tes vieilles affaires, tu sais que personne au poste ne me laissera m'intéresser à leur enquête.

— Et non seulement ils ne te laisseront *pas* te mêler d'une enquête officielle, mais ils feront de leur mieux pour t'en tenir éloignée. Je veux dire, j'exerce une certaine influence sur eux, et ils ont une certaine tolérance envers moi, car je collabore avec vous tout le temps et… eh bien… tu es mon problème, la railla-t-il en riant. Mais quand ça suppose que tu sois impliquée avec la police à ta sauce, c'est une tout autre histoire. Ils n'auront aucune patience avec toi. Et je ne veux pas que tu interfères, ajouta-t-il, sa voix gagnant plus de force. J'ai envie de retrouver mon poste.

Elle se sentit immédiatement grimacer.

— Et je veux que tu arrêtes de t'inquiéter, ordonna-t-elle. C'est toi qui es à l'hôpital, pas moi.

— Ouais, ça change, hein ?

— Tu vois ? Tu te sens déjà plus mal.

— Non.

— Si.

— Non, lâcha-t-il sèchement, sa voix retentissant dans le téléphone avec un timbre auquel Doreen n'était pas habituée.

— Si tu n'étais pas si contrarié, tu ne serais pas en train de crier sur moi, grommela-t-elle.

Il s'arrêta puis, calmement, répondit :

— OK, tu marques des points.

— Bon. Alors, reste tranquille, à l'hôpital, sois sage pour pouvoir récupérer, et je me tiendrai en dehors de ton chemin.

— Tu veux dire que tu ne viendras pas me rendre visite ?

— Je serai probablement trop occupée.

— À faire quoi ?

Il y avait une telle suspicion dans la voix de Mack qu'elle en rit.

— Tu n'as pas confiance en moi, hein ?

— J'ai confiance dans ta capacité à faire ce qui te semblera bon, rugit-il. Mais je n'ai pas confiance dans ta capacité à juger de ce qui est bon pour toi.

Elle cligna plusieurs fois des yeux.

— Doux Jésus, comment parviens-tu à m'embrouiller alors que tu n'es même pas ici, à mes côtés ?

— Bien trop facilement, marmonna-t-il. Je sors de l'hôpital dès que je le peux.

— Oui, mais ça n'ira pas aussi vite, contra-t-elle. Et il faut que tu y restes autant que possible.

— Et pourquoi cela ?

— Car il n'y a personne pour s'occuper de toi chez toi. Je veux dire, sauf si ton frère reste et qu'il est en mesure de faire tes commissions.

— Je peux marcher. Je n'ai rien de grave. Je n'ai pas besoin qu'on s'occupe de moi.

Elle ajouta, avec une note enjouée d'incrédulité :

— Oh, bien sûr ! C'est donc une bonne idée selon toi que je reste chez moi dans mon lit à me reposer quand je suis sévèrement blessée, mais quand c'est toi qui sors d'une opération, tu t'attends à ce que tout le monde te laisse tranquille ?

Elle espérait que Mack comprendrait au moins qu'il devait prendre soin de lui. Il grommela.

— Tu t'amuses là, hein ?

Elle y réfléchit puis se mit à ricaner.

— Oui, plutôt.

Mack poussa un soupir.

— Tu n'es toujours pas autorisée à t'emballer et à te rendre dingue à propos de tout ça.

— Oh, mais tu plaisantes ? C'est toi qui me rends dingue ! Et ton frère était censé me téléphoner tôt. (À cet instant, son portable se mit à vibrer, indiquant que Nick était en train de la contacter.) Oh, c'est lui justement ! Je dois lui parler. Je te rappellerai.

Et elle raccrocha au nez de Mack.

Quand elle répondit, Nick la questionna :

— Vous avez parlé à Mack ?

— Je viens de lui raccrocher au nez.

Il y eut un silence au bout du fil, puis il demanda lentement :

— C'est une bonne chose ?

— Ce n'est pas une mauvaise chose. Vous savez à quelle fréquence il me le fait ?

— Ah, souffla Nick avant de cesser de parler et qu'un étrange silence ne s'ensuive.

— C'est bon, dit gentiment Doreen. Vous avez eu des nouvelles ?

— Ouais, mais elles concernaient Mack.

— Oh ! lâcha-t-elle avant de soupirer, déçue. Dans ce cas, vous n'avez donc pas d'informations puisque je viens de discuter avec lui, et il n'a pas l'air d'en savoir beaucoup.

— Vous vous attendiez à ce que ce soit le cas ? l'interrogea-t-il avec curiosité. Il était avec vous au moment du coup de feu.

— Eh bien, il m'a donné une bien meilleure description du tireur. Même si ça n'aide pas beaucoup. Et quand je lui ai annoncé qu'on m'avait confié la résolution de cette affaire, il est devenu plutôt furieux.

— Furieux ?

— Bah, en colère, marmonna-t-elle. Mais c'est aussi la faute de votre mère.

— Qu'est-ce que ma mère a à voir avec ça ?

— Un tas de choses. Hier, elle m'a dit que j'étais censée élucider ça, et rapidement.

— Ma mère vous a demandé ça ? s'insurgea-t-il, sous le choc.

— Ouais, votre mère, confirma-t-elle d'un ton sec.

Nick soupira.

— Ce n'est pas que je ne vous crois pas. Je ne veux simplement pas vous croire.

— Vous n'avez aucune idée de ce à quoi ressemble cet endroit. Et ce n'est pas que votre mère… C'est tout le monde, là-bas, à Rosemoor. Ils prennent assez personnellement le fait que quelqu'un ait agressé Mack dehors, juste devant leur porte.

— Oui, mais à quel point tout cela est seulement une excuse pour participer ?

Doreen gloussa.

— Franchement ? Ils n'ont pas vraiment besoin d'excuse, alors c'est probablement vrai. De plus, je ferai bien évidemment quelque chose à ce sujet. Je veux dire, j'étais là-bas, avec Mack, et il m'est apparu que ça avait peut-être un lien avec l'une de mes affaires… Et si ce tir m'était destiné ? Mack m'avait déjà poussée hors de la trajectoire, donc il est assez probable qu'il ait pris une balle à ma place.

À cet instant parvint un nouveau silence choqué.

— Je n'avais même pas pensé à ça, finit par avouer Nick.

— Non. Et c'est ça, le truc. Personne ne réfléchit en ce moment. Tout le monde agit.

— Y compris vous.

— Absolument. Enfin, c'était le cas. Maintenant, mon cerveau fonctionne. C'est simplement qu'il ne me dit rien. (Nick éclata de rire, alors Doreen grimaça un sourire.) Je m'attendais un peu à vous voir ce matin.

— Je peux venir. J'ai des papiers pour vous.

— Ah, lâcha-t-elle avec une pointe de mécontentement dans son ton.

Nick s'esclaffa.

— Je vais passer afin qu'on arrive au bout de ces documents aussi. Je ne dirais pas non à du café, suggéra-t-il avec espoir. Ou en tout cas, à du café décent.

— Il y en a déjà, l'informa-t-elle avant de cesser de parler. Sauf si vous n'arrivez pas très vite, auquel cas j'aurai tout bu.

Sur ce, elle raccrocha au nez de Nick également.

Chapitre 7

QUAND NICK ARRIVA par le jardin du fond plutôt que par la porte d'entrée, Doreen leva les yeux, surprise. Presque dans l'immédiat, Mugs sauta et aboya, puis courut vers lui comme s'il était un intrus. Mais en se rapprochant, il devint très confus. Sa queue remuait puis s'arrêtait, remuait et remuait encore.

— Tout va bien, mon pote, dit Doreen en regardant Nick. Mugs est déboussolé à cause de l'absence de Mack.

— Ouais, j'imagine. Toutefois, il m'a déjà vu ici avant.

— Je pense qu'il est simplement un peu inquiet. Il comprend qu'il y a un truc, que quelque chose ne va pas. Je ne peux donc pas vraiment lui en vouloir.

— Je ne voyais pas ça autrement, acquiesça Nick en se baissant pour laisser Mugs lui renifler la main. Il s'entend vraiment bien avec Mack, hein ?

— Vraiment beaucoup. Mack est devenu un membre de la famille.

Nick leva les yeux et sourit.

— Vous savez, je crois qu'il aimerait vraiment ça.

Doreen haussa les épaules, timidement.

— Il est devenu un ami… J'ai été quelque peu choquée

de le voir se faire tirer dessus comme ça.

À ces mots, le visage de Nick s'assombrit.

— J'imagine que cela a été une horrible expérience pour vous.

Elle lui adressa un sourire.

— Vous êtes un homme bon vous aussi. De toute évidence, votre mère a effectué du bon boulot en vous élevant tous les deux.

Il éclata de rire de nouveau.

— Vous nous faites ressentir des choses. Bonnes ou mauvaises, je l'ignore, mais c'est comme si nous étions tous sur la sellette quand vous êtes dans le coin.

— Ouais, je crois que j'ai contrarié Mack, qui était sur le point d'avoir une attaque ce matin, déclara-t-elle allègrement. Je lui ai dit qu'au moins, il était au bon endroit pour ça. (Nick la regarda d'un air choqué, elle haussa les épaules.) Il n'aurait pas dû prononcer ces paroles…, ajouta-t-elle avec un sourire. J'essayais de lui expliquer ce que je faisais, mais, vous savez, il ne l'a pas bien pris.

Nick se massa la tempe.

— Vous pensez qu'il souffre ?

— Oh, j'en suis certaine ! confirma-t-elle, soucieuse. Il s'est fait opérer…

Nick prit une grande inspiration.

— Avez-vous déclaré quelque chose qui a contrarié Mack ? Du genre, suffisamment pour provoquer une vraie crise cardiaque ?

— Oh, bonté divine ! s'écria-t-elle, son expression changeant du tout au tout. Bien sûr que non ! Je ne lui ferais jamais de mal. Il s'est simplement agacé.

— Ouais, étrange, la façon dont ça se produit, la railla-t-il en l'observant curieusement.

— Vous voulez dire que je deviens agaçante ? (Elle y réfléchit puis acquiesça.) Vous savez quoi ? Vous avez sûrement raison.

Nick secoua simplement la tête.

— Ouais, je crois. Bon, vous avez du café ? Ou bien j'ai été trop lent ?

— J'ai du café, confirma-t-elle en se levant. Asseyez-vous, je vais vous chercher une tasse. Vous le prenez noir, c'est ça ?

— Oui.

Elle lui versa du kawa et retourna dehors pour le lui apporter. Elle lui tendit la tasse. Il avait un énorme tas de papiers devant lui, sur la table de la terrasse.

— C'est quoi tout ça ? demanda-t-elle avec suspicion.

— Ça, répéta-t-il en désignant la pile, c'est la contre-proposition de votre ex.

— Il communique avec vous ? demanda-t-elle en fixant les documents, stupéfaite.

Nick opina du chef vers ces derniers.

— Je crois que son nouvel avocat lui a ouvert les yeux sur ce qui se passera vraiment si et quand nous arriverons au tribunal.

— Bon Dieu… Je ne croyais pas que la moindre ruse marcherait avec lui.

— Ce n'est pas vraiment un chouette type, hein ?

— Non, pas du tout, renchérit-elle avec entrain, mais apparemment, vous êtes habitué aux types pas trop chouettes. (Il leva les yeux vers elle, elle haussa les épaules.) Je veux dire, vous ne vous êtes pas enfui quand il a fallu interagir avec lui.

— Non, ce n'est pas dans mes habitudes.

— Eh bien, vous savez comment était ma dernière avocate… (Elle s'assit bruyamment.) Et son offre, elle est raisonnable ?

— Pas aussi bonne qu'elle devrait l'être. Cependant, le fait qu'il négocie est énorme.

— Et donc, on parle de quoi dans ce cas ?

— Sur combien tablez-vous ?

Elle le regarda.

— Vous voulez dire que ce n'est pas un truc à signer ou autre ?

— Non, pas du tout. Ça, c'est la première manœuvre. Une salve, comme on pourrait l'appeler. Il a joué son coup, et maintenant, c'est à nous de riposter, expliqua-t-il, les sourcils levés.

— J'ignore ce qui serait le plus raisonnable, admit-elle d'une petite voix. Vous savez que je veux en terminer avec ça.

— J'en suis conscient et je suis d'accord avec vous. Mais on n'en est pas encore là.

Doreen se montra soucieuse.

— Dans ce cas, ripostez.

Nick lui sourit.

— Et vous me faites confiance ?

Elle y réfléchit puis hocha la tête.

— Oui.

— Et pourquoi ça ? Il semble que vous avez considéré la question.

— En effet, mais j'ai aussi compris que, si vous tentez de m'entuber, j'ai Mack, répliqua-t-elle avec un large sourire.

Nick éclata de rire.

— Vous savez quoi ? Je crois qu'on ne s'est jamais servi de mon frère aîné pour me menacer !

Doreen sourit.

— Je ne sais pas pour ce qui est de *menacer*, mais je suis

certaine qu'il ne sera pas très content si vous ne faites pas de votre mieux.

— C'est bien vrai. Et l'offre de Mathew n'est clairement pas *sa* meilleure. Il s'attend à une opposition, et nous allons la lui donner.

— Bien, et à ce propos, avant que tout ça n'aille plus loin, quand aurai-je mon argent ?

Nick y songea un moment.

— Hmm, une fois qu'une partie me reviendra, ou au tribunal, on devrait être en mesure d'obtenir ça assez rapidement. Le tout est d'essayer de trouver un accord d'abord.

Doreen y réfléchit.

— Donc je pourrais simplement signer maintenant et être payée dans un mois… peut-être deux ? demanda-t-elle avec espoir.

Nick la regarda d'un air alarmé.

— Ce n'est pas une bonne proposition, déclara-t-il avant d'hésiter. Mais vous êtes ruinée, c'est ça ?

Elle se souvint alors de quelque chose qui lui rendit le sourire.

— Je ne suis plus aussi ruinée que je l'étais.

Nick leva un sourcil.

— Après cette dernière affaire, avec la bague au diamant jaune… j'ai reçu dix mille dollars en récompense.

La mâchoire de Nick se décrocha.

— Sérieux ?

Doreen continua d'afficher son grand sourire et acquiesça.

— Oui, sérieux !

— Cela vous permettra de tenir un moment ?

— Eh bien, j'en dois la moitié à Esther. Cependant, si je

suis prudente, j'arriverai à terminer l'année avec ces cinq mille.

— Dans ce cas, nous allons clairement riposter. La question est : est-ce que ça vous va ?

— Je ne sais pas, car les nombres ne signifient rien pour moi. Je veux dire, je n'ai pas envie de prendre tout ce qu'il possède, mais je souhaite simplement ce qui est juste.

Nick l'observa un long moment puis hocha lentement la tête.

— Vous savez quoi ? Je peux suivre.

— Bien, alors, faites une contre-offre, et nous verrons comment réagira Mathew. Mais ne l'énervez pas, car je n'ai vraiment pas envie de subir ça.

— Vous avez encore bien peur de lui, n'est-ce pas ?

— Après avoir vécu ce que j'ai vécu, expliqua-t-elle calmement, avoir *bien peur* est assez inévitable. Et ce n'est pas une bonne chose. Mais si on veille à ce que tout se passe bien, au fil des mois, et que je peux en finir avec mon obligation d'interagir avec lui et ce mariage, j'en serai très reconnaissante. Et le fait que l'argent arrive enfin me rendra les prochains mois nettement plus faciles.

Nick lui sourit.

— Une belle somme est en jeu. Il a proposé beaucoup d'argent, mais pas assez.

— Et je vous laisse gérer ça, car si je regarde le montant actuel, je penserai sans doute qu'il est suffisamment énorme et je voudrai simplement signer.

Nick ramassa immédiatement les papiers afin qu'elle ne puisse pas les consulter. Cela la fit rire.

— Vous voyez ? Je ne saurais pas à combien se monte une offre raisonnable.

— Il y a quelque chose que vous souhaiteriez ? Comme

une voiture ? Quoi que ce soit qui aurait de la valeur pour vous ?

Doreen branla du chef.

— Je suis certaine qu'il a balancé tous mes vêtements. J'étais autorisée à prendre la voiture avec laquelle je suis arrivée, mon chien, deux valises et c'est tout.

Nick la regarda sans bouger, et elle observa un muscle qui s'agitait sur sa mâchoire.

— Vous n'aviez seulement droit qu'à deux valises de vos propres affaires ?

Elle confirma d'un lent signe de tête.

— Maintenant que j'y pense, ce n'était pas très correct de sa part, n'est-ce pas ?

— Ah non. Pas du tout. Vous aviez un véhicule que vous conduisiez tout le temps ?

Elle acquiesça.

— Mon mari était embarrassé par ma vieille bagnole, donc j'ai eu une voiture de sport, une Mercedes. Mais seulement quand je conduisais. Autrement, son chauffeur m'amenait partout où je devais aller.

— Et qu'est-il arrivé à votre Mercedes ?

Elle leva les yeux vers lui.

— Je n'en ai aucune idée, j'ai pris ma vieille voiture en partant, celle que j'utilise ici désormais.

Il opina lentement du chef et tapota les papiers devant lui.

— OK, je vais m'en occuper. Mais vous m'avez donné un meilleur aperçu de qui est cet homme en réalité.

— Oh, c'est quelque chose…

— Et concernant des bijoux ?

— Je n'avais pas le droit de les garder, vous avez oublié ?

Le front de Nick se plissa.

— Vous auriez dû mentionner ça avant. Là encore, y a-t-il des objets que vous désirez ?

— Non, je ne veux aucun de ces souvenirs. Ils venaient tous de lui.

— Et votre grand-mère ne vous a rien donné durant toutes ces années ?

— Non, pas vraiment. Elle les gardait pour moi ici. Elle n'a jamais apprécié ou fait confiance à Mathew. Alors, à part ça, il n'y a pas grand-chose de cette vie que j'ai envie de récupérer. Même après être partie tout ce temps, rien de ce que je me rappelle avoir eu à l'époque ne m'a jamais manqué.

— Et s'il continuait de rendre les négociations difficiles, ça pourrait prendre une année de plus.

Elle grommela.

— Je ne sortirai jamais de cette impasse financière, si ?

— N'oubliez pas la récompense de Bernard.

Doreen s'illumina.

— Vous savez que ça représente beaucoup pour moi.

— Tout à fait. Il s'agit de mille dollars par mois pendant cinq mois.

— Ou cinq cents par mois pendant dix mois, proposa Doreen.

— Vous pouvez vivre avec cinq cents dollars pendant un mois ? lui demanda Nick, surpris.

Elle haussa les épaules.

— La maison est payée, ça aide. Si je n'achète rien d'autre que de la nourriture et que je m'acquitte de mes factures, ça s'élève à cinq cents dollars pour les dépenses basiques. Cependant, j'ai un peu de retard dans le paiement de certaines. Je vais devoir vérifier si ce chèque de récompense a été encaissé par la banque. Ensuite, je réglerai ces factures. (Elle désigna le bloc-notes de Nick.) Puis-je prendre une feuille ?

Il détacha immédiatement une page et la lui tendit, avec son stylo. Puis elle commença à dresser une liste de tâches.

— J'aurais dû m'en occuper avant, mais j'ai des factures que je dois encore honorer et quelques courses à faire avant.

— C'est tout ?

Elle le regarda, sourcils froncés.

— Vous semblez surpris.

— Vous avez des cartes de crédit ?

— Aucune.

Il la fixa.

— Elles étaient à mon mari. Et quand il a décidé que nous en avions terminé, il les a résiliées. Par conséquent, je n'avais aucune carte et, bien évidemment, n'ayant pas possédé de compte à mon nom pendant toutes ces années, je ne pouvais pas en avoir une.

— Alors, aujourd'hui vous n'avez aucune carte ? Du tout ? la questionna-t-il d'une voix étranglée.

Doreen l'étudia.

— J'ai l'impression que vous ne vous rendez vraiment pas compte à quel point les choses ont été mauvaises.

— Non, clairement pas, confirma-t-il avant de baisser les yeux sur la paperasse tandis que son regard se durcissait. Mais vous pouvez parier qu'après ça, votre ex en aura une meilleure idée.

— Pourquoi ?

— Parce que je vais m'assurer qu'il comprenne désormais qu'il paiera pour vous avoir maltraitée tout ce temps, marmonna-t-il. (Il récupéra son stylo de la main de Doreen, puis inscrivit quelques annotations avant de prendre sa tasse de café et de la boire en entier.) Je vais officialiser tout ça et l'envoyer.

— Il pourrait faire marche arrière ? Par exemple retirer sa

proposition ?

Nick la regarda et lui sourit.

— Oui, il y aura toujours cette possibilité, mais pensez à ce que j'ai dit. Il n'a pas envie d'aller au tribunal, car il perdra nettement plus d'argent si un juge est impliqué.

Et elle dut se satisfaire de ça.

— Tant que vous en êtes sûr… Car n'oubliez pas : je sais comment est ce type.

— J'en suis conscient, et maintenant, je commence à le comprendre également. Ne vous inquiétez pas. Justice sera rendue, même si ça prendra un peu de temps.

Elle sourit.

— J'aimerais le croire, mais je le jure devant Dieu, il y a des tas de fois où ça n'arrive pas du tout et où les gens s'en sortent après un meurtre.

— Ils s'en sortent, provisoirement, reconnut-il. Cependant, la plupart du temps, nous parvenons à faire les choses correctement.

— Peut-être. Dans le cas présent, je souhaite m'assurer que quiconque a infligé ça à Mack paie.

— Et je dois m'assurer que votre ex qui vous a infligé ça paie également.

Elle dévisagea Nick et lui tendit la main.

— Marché conclu.

Il se mit à rire.

— Je ne devrais pas faire ça, admit-il tout en lui serrant la main, car Mack sera en colère s'il découvre que je vous ai donné mon accord pour que vous travailliez sur son affaire. Et pourtant, j'ai conscience que vous enquêtez déjà, peu importe ce que j'en dis.

Elle lui adressa un large sourire.

— Évidemment ! Mack est mon ami. Comment pourrais-je en faire moins ?

Chapitre 8

APRÈS QUE NICK fut reparti avec les signatures dont il avait besoin pour rejeter les propositions de Mathew, Doreen se leva et se prépara un petit-déjeuner. Ensuite, elle s'assit devant son ordinateur et écrivit des notes sur le tireur en fonction de ses propres connaissances. Elle ajouta la description de l'homme que lui avait donnée Mack. C'était plutôt vague, peu importe ce qu'on en dirait. Mais le truc, c'était que quelqu'un souhaitait la mort de Mack.

Doreen rejeta la possibilité qu'elle soit la cible initiale, car l'agresseur s'était exclamé « Poulet ! », en plus d'avoir été suffisamment près pour ouvrir le feu sur Mack. Mais il avait aussi été suffisamment proche d'elle pour lui tirer dessus. Et il fallait être très mauvais tireur pour commettre ce genre d'erreur. Par ailleurs, elle n'avait pas reconnu le type. Mais quelqu'un, quelque part, le connaissait. Alors, elle prit son téléphone et appela sa nanny.

Dès que Nan répondit d'une voix lumineuse et joyeuse, Doreen lui demanda :

— Quelqu'un a du neuf de votre côté ?

— Non. Nous attendons tous plus ou moins tes directives.

— Si seulement. Tout ce que j'ai, c'est un véhicule, une Camry argentée. Et un tireur de 1 m 70 plus ou moins déguisé.

— D'accord, ça ne suffit pas pour avancer.

— Non, en effet, et bien évidemment, Mack a transmis cette description à la police également.

— Bien sûr. Au moins, tu es parvenue à lui parler, non ? Il va bien ?

— Oui, je lui ai parlé. Et ça le démange de rentrer chez lui.

Cela amusa Nan.

— Forcément ! s'écria-t-elle affectueusement. Personne n'a envie de rester dans un hôpital.

— Non, peut-être qu'il s'en souviendra la prochaine fois que j'y serai.

Il y eut un silence, puis sa grand-mère s'exclama :

— Oh, j'espère bien que tu n'y retourneras pas !

— Moi non plus, admit Doreen en soupirant doucement. Ce qu'il me faut vraiment, c'est une faille dans cette affaire. Il me faut quelqu'un susceptible d'avoir travaillé hier, mais qui ne se trouvait pas à la réunion. Tu vois un membre du personnel qui n'était pas là ?

— Oh, tu sais quoi ? On en discutait justement et on se disait qu'on devait contacter Laura pour lui transmettre le bilan de la réunion.

— Pourquoi ça ?

— C'est l'une des gentilles femmes de ménage ici, mais elle est partie plus tôt ce jour-là.

— OK. Tu as un numéro de téléphone ?

— Oui, nous sommes assez proches. C'est justement l'une des raisons pour lesquelles nous avons rédigé une note, afin de nous assurer qu'elle sache comment s'est déroulée la réunion.

— Tu penses qu'elle sera intéressée par ces informations ? demanda Doreen, curieuse.

— Absolument. Et elle trouve que Mack est *mucho hombre* !

— Peu importe ce que ça signifie, marmonna Doreen.

— *Un bel homme* ! s'écria Nan en gloussant. Donc tu vois ma chérie, si tu ne chipes pas Mack, il y a un tas d'autres femmes qui s'en chargeront.

— Super, me voilà pleinement prévenue, avec tout ça…

— Tout à fait ! Alors, ne laisse pas, ne laisse surtout pas quelqu'un te couper l'herbe sous le pied. C'est plutôt un bon parti.

— Et quel âge a Laura ?

— Elle doit avoir, je ne sais pas, peut-être 60 ans ? hésita-t-elle. Aucune idée. Elle est plutôt jeune.

Façon de parler ! En entendant ça, Doreen fronça les sourcils et secoua la tête.

— Je ne suis pas sûre d'avoir à me soucier d'elle pour ce qui est de Mack.

— Non, mais tu ne peux pas te permettre d'être trop insolente à ce propos non plus, la réprimanda Nan. Car il y aura toujours quelqu'un prêt à te prendre ce que tu as.

— Oui, Nan. J'en suis consciente. Tu as un numéro de téléphone pour Laura ?

— Tu vas l'appeler ? demanda-t-elle, excitée.

— Quand doit-elle retourner à son travail ?

— Elle est en congé aujourd'hui, donc tu devrais la contacter chez elle.

— OK, marmonna Doreen. Tu sais à quelle heure elle est partie du travail hier ?

— Hum, environ 18 heures.

Après avoir parlé encore quelques minutes avec sa grand-mère, Doreen raccrocha et composa rapidement le numéro qu'elle lui avait donné. Lorsqu'une femme répondit, Doreen se présenta. L'autre femme s'exclama :

— Oh, ça alors ! Vous êtes la petite-fille de Nan !

— C'est moi, en effet. Et j'ai entendu dire que vous travailliez hier…

— Oui, oui, c'est exact. Je travaille chaque mardi.

— Et est-ce que vous auriez remarqué un homme qui poireautait devant le bâtiment dans une Camry argentée ?

— Devant ?

— Devant Rosemoor, quand vous êtes partie pour rentrer chez vous, répéta Doreen. Il y avait un véhicule garé de l'autre côté du rosier.

— Oui, c'est exact. Il y avait un homme. J'ignorais qui c'était. Je lui ai même demandé s'il avait besoin de quelque chose puisque je travaille là depuis si longtemps que je connais la plupart des résidents. Alors, s'il cherchait quelqu'un en particulier, j'aurais été en mesure de l'aider.

Doreen se redressa.

— Intéressant. Qu'a-t-il répondu ?

— Qu'il attendait de voir quelqu'un, mais qu'il était encore tôt.

— Ah, souffla Doreen avant d'y réfléchir un moment. Mais attendait-il d'entrer ?

— C'est ce que je crois, oui. Pourquoi ?

— Parce que je… je ne sais pas si vous êtes déjà au courant, bafouilla Doreen, hésitante, mais le caporal Mack Moreau a reçu une balle devant Rosemoor la nuit dernière.

Après une série de cris de surprise et de choc, la femme commença à pleurer.

— Oh, mon Dieu… je l'ignorais ! Je l'ignorais ! s'écria-t-elle, hystérique.

— Et comment auriez-vous su ? Vous n'étiez pas en service, et c'est survenu à Rosemoor, marmonna Doreen. Alors, comment auriez-vous pu savoir ?

— Mais c'est Mack ! (Et elle continua de sangloter.) C'est un si bel homme !

Doreen regarda fixement son téléphone.

— Vous avez raison, il l'est. Cependant, tout ira bien pour lui. Il a reçu une balle en haut de la poitrine, plutôt vers son épaule, de la part de ce type qui était en train de l'attendre.

Laura se fit silencieuse pendant un moment.

— Mais il m'a dit qu'il attendait quelqu'un qui se trouvait à l'intérieur.

— Et c'est possible, c'est fort possible. J'essaie simplement de comprendre de quoi il avait l'air.

— Je n'en ai aucune idée. Il avait des lunettes de soleil et une casquette de baseball.

— Mais c'était un homme ?

— Oui, c'était un homme. À part ça, je ne sais pas quoi vous dire.

— L'habitacle de sa voiture était-il en désordre ou propre ?

— C'était une voiture d'apparence normale.

— Donc elle n'était pas remplie de détritus de fast-food ou autre ?

— Non, rien de tel. Il était au téléphone. Je ne voulais pas le déranger et j'ai patienté quelques instants, mais il paraissait un peu énervé par sa conversation. Quand il a raccroché, il semblait encore contrarié, mais j'ai décidé de me montrer gentille et de lui demander s'il avait besoin de quelque chose, expliqua-t-elle.

— Et avez-vous discerné quelques noms ?

— J'ai entendu quelque chose à propos de *Bowman*.

— Intéressant. Et vous a-t-il donné son prénom ?

— Il parlait à un homme, je crois, pendant que j'attendais à proximité. Je crois que je l'ai entendu l'appeler *Wilson*.

— Intéressant. Donc il a demandé à ce Wilson d'*appeler Bowman…* D'accord. Et avez-vous saisi le nom de ce type ?

— Non. Mais il avait un bloc-notes avec un nom écrit dessus. Quelque chose comme Lenny. Je n'ai pas saisi le reste de la conversation. Et maintenant, je suis tellement navrée… je n'aurais jamais dû lui parler.

— Je n'en suis pas si sûre ! contesta Doreen, surprise, car vous êtes la première personne à me fournir des informations utiles.

— Vraiment ? s'écria la femme, ravie. Sérieusement ?

— Absolument, Laura. Je vous remercie vraiment pour ça. Vous pensez pouvoir vous souvenir d'autre chose ?

— Je ne sais pas, admit-elle, la voix emplie d'excitation. Tout est arrivé si vite, et j'essaie simplement d'être gentille…

— Et j'apprécie ça, car cela va définitivement aider Mack.

— Oh, tant mieux ! Peut-être devrais-je aller à l'hôpital lui rendre visite…

— Vous pouvez, lui dit Doreen, les sourcils levés. Cependant, seule la famille est autorisée pour le moment.

— Oh ! réagit Laura avec une pointe de déception dans la voix. C'est normal.

— Mais je suis sûre qu'il aimerait savoir que vous vous inquiétez.

— Oh, je m'inquiète ! C'est un homme si adorable, déclara-t-elle avant de glousser. Un homme vraiment, vraiment adorable.

— Oui, je suis d'accord, confirma Doreen en secouant la tête. Bon, maintenant, sachez que la police est susceptible de vous contacter pour corroborer ces renseignements.

— Oh oui, oui, il n'y a pas de problème ! Je parlerai à la police.

— D'accord, c'est bien. En tout cas, merci.

Et Doreen raccrocha rapidement. Plutôt que d'appeler Mack comme elle l'aurait fait en temps normal, elle téléphona au capitaine. Cependant, il n'était pas très aisé de joindre cet homme.

Quand elle y parvint finalement, il lui demanda :

— Doreen, comment allez-vous ?

— Je vais bien, annonça-t-elle avec précaution. Bon, je ne veux pas que vous vous énerviez, mais j'ai peut-être trouvé une piste pour vous...

D'abord, il y eut un silence au bout du fil.

— Quel genre de piste ? la questionna-t-il de façon professionnelle.

Elle lui raconta alors sa discussion avec Laura.

— Bon Dieu, comment avons-nous pu passer à côté d'elle ?

— Elle ne travaillait pas hier soir, donc elle ne participait pas à la réunion des résidents à la suite du coup de feu. Elle a quitté son boulot hier juste avant l'agression, alors elle s'est retrouvée à parler au tireur. Désormais, la question est..., dit-elle avant d'hésiter.

— Quoi ? Quoi ? s'impatienta vivement le capitaine.

— Maintenant que nous avons trouvé cette femme, quelles sont les chances que le tireur soit contrarié qu'elle l'ait vu de si près ?

— Je l'ignore, concéda-t-il avec un étrange ton dans la

voix. Laissez-moi y réfléchir.

— Bref, j'ai indiqué à cette dame que vous aurez sans doute besoin de confirmer les informations qu'elle m'a données, et elle est plutôt disposée à parler à la police.

— C'est bien, approuva-t-il d'un ton sec, vu que c'est une étape nécessaire.

— Je suis d'accord. Je bavardais avec Nan et je lui ai demandé si quelqu'un avait manqué la réunion la nuit dernière. C'est comme ça que j'ai su pour Laura. Par conséquent, je vous transmets ce renseignement.

D'une voix tout aussi formelle, le capitaine la remercia et déclara :

— C'est très apprécié. Nous allons prendre le relais à partir de là.

Et elle comprit que, d'un coup, elle venait d'être congédiée.

Chapitre 9

C'ÉTAIT LE DÉBUT d'après-midi, Doreen était assise chez elle et réfléchissait à une façon d'entrer en douce dans l'hôpital pour voir Mack. Mais elle ne pouvait pas y aller les mains vides et elle n'était pas bien sûre que cet homme veuille des fleurs de son jardin. Mais c'était une option, cela dit. Elle y songea intensément, sachant que ce que désirerait vraiment Mack, ce serait quelque chose comme un cookie. Elle prit rapidement son portable, envoya un message à Nan et lui demanda : **Qu'est-ce qu'on apporte à un homme malade dans un hôpital ?** Au lieu de lui répondre par message, Nan lui téléphona.

— Tu parles de Mack, je suppose.

— Oui. Je pensais essayer de lui rendre visite ni vue ni connue, mais je ne peux pas vraiment y aller les mains vides. Et même si traditionnellement on offre des fleurs, je ne suis pas certaine que ce soit ce qu'il aime.

— Non, peut-être pas, admit Nan en réfléchissant au problème. Mais c'est un geste traditionnel, donc je ne suis pas sûre que tu commettrais un impair.

— D'accord… mais ensuite, j'ai eu cette idée stupide

que, peut-être, il aimerait un cookie.

— Oh, ce serait une super attention ! s'écria Nan. Nous savons que le chemin qui mène au cœur d'un homme passe par son estomac.

— Ce n'est pas exactement à son cœur que j'essaie d'accéder, marmonna Doreen, et je ne peux pas faire de cookies de toute manière.

— Pourquoi pas ?

Doreen hésita puis parla entre ses dents :

— Je n'en ai jamais fait…

— Pardon, mais qu'est-ce que c'était ? Parle plus fort, qu'est-ce que tu as dit ?

Et Doreen se rendit compte qu'elle allait devoir se confesser.

— Je ne sais pas faire de cookies. Je n'ai jamais rien préparé de tel.

Nan cessa de parler un moment puis se mit à rire.

— Je serai là dans cinq minutes.

Puis elle raccrocha.

Avant d'oublier, Doreen s'assit devant son ordinateur et saisit rapidement les noms qu'elle avait obtenus de Laura. Elle avait conscience qu'elle n'obtiendrait pas de renseignements très utiles avec un simple nom pour commencer sa recherche. Le but était plutôt de sauvegarder l'information avant d'en savoir plus. Sa grand-mère était une experte en cuisine. Même si Doreen pouvait en apprendre beaucoup, elle réalisait également à quel point le fossé entre ce qu'elle savait et ce qu'elle devrait connaître en matière de cuisine était énorme.

Comme attendu, elle n'avait atterri nulle part à la suite de sa recherche au moment où elle leva les yeux et aperçut Nan qui cheminait depuis la rivière jusqu'à l'arrière de la propriété par le jardin. Doreen se mit debout, ouvrit la porte avec un grand sourire et laissa Mugs descendre en courant pour accueillir Nan.

— Tu n'avais pas à venir dans l'immédiat, fit remarquer Doreen tandis qu'elle observait Mugs qui bondissait autour de sa grand-mère.

Même Goliath était étendu sur le chemin, à la recherche d'attention. Thaddeus était perché sur l'épaule de Doreen, mais elle avait conscience qu'il allait passer sur l'épaule de Nan en un claquement de doigts.

— Bien sûr que si ! C'est mieux de battre le fer pendant qu'il est encore chaud, etc.

Doreen fit la grimace.

— Pourquoi est-ce que nous battons le fer ?

Nan lui lança un regard.

— Pour Mack, bien sûr.

Doreen poussa un soupir.

— Tu sais que Mack et moi, on s'entend bien, n'est-ce pas ?

— Oui, mais tu sais, apporter ton premier cookie fait maison à un homme malade à l'hôpital est le signe que tu t'intéresses à lui.

Et à cet instant, Doreen hésita.

— Peut-être que c'est un trop gros signe...

— Ça n'existe pas, un trop gros signe, la gronda Nan. De plus, tu es très inquiète pour lui, et honnêtement, il est temps que tu apprennes à faire des cookies toute seule.

— Si tu le dis.

Nan confirma immédiatement d'un signe de tête.

— Oui, je le dis, insista-t-elle d'un ton qui signifiait qu'elle ne supporterait aucune opposition. Bon, maintenant, qu'avons-nous comme ingrédients ?

— C'est le problème suivant… Je n'ai pas énormément de provisions ici et je n'ai clairement rien qui ressemble à des pépites de chocolat ou à d'autres ingrédients fantaisistes qui iraient dans un cookie, marmonna Doreen.

— Alors, nous ferons simplement de bons vieux cookies classiques, s'extasia Nan. Et un bon cookie vaut plus que tout.

Doreen opina du chef et sourit.

— J'aime bien les cookies.

Mais Nan la considéra d'un air répressif.

— Ils seront pour Mack.

— Tous ? s'écria Doreen, horrifiée.

Nan rit.

— OK, certains seront pour Mack.

— Il y a aussi son frère ici, tu sais ?

— Dans ce cas, nous serions avisées de nous y mettre !

Et d'emblée, Doreen remarqua que Nan n'avait même pas besoin d'une recette.

Doreen regarda sa grand-mère prendre le sucre et la farine dans le cellier, puis ouvrir le frigo en quête de beurre avant de s'immobiliser.

— Tu n'as pas de beurre ? demanda-t-elle en se tournant pour dévisager Doreen, horrifiée.

Doreen s'approcha du placard et en sortit le beurrier.

Nan se tranquillisa instantanément.

— Oh, bien ! Si tu avais de la simple matière grasse, ce serait mieux, sinon, nous utiliserons du beurre.

— Je ne sais même pas ce que c'est, de la matière grasse, concéda Doreen, choquée par le tourbillon qu'elle avait mis en route.

— C'est une graisse. On s'en sert surtout pour les cookies et la pâtisserie. Ça donne une texture et un arôme délicieux aux cookies.

Doreen n'était pas en mesure de dire grand-chose là-dessus, donc elle demeura tranquille et fit ce que sa grand-mère ordonnait. Même les animaux étaient suffisamment malins pour rester en dehors du chemin. En réalité, tous les trois étaient alignés à la porte de la cuisine et observaient. Doreen pouvait jurer que Mugs salivait.

Quand elle se rendit compte qu'elle suivait aveuglément les consignes, elle grimaça.

— On devrait peut-être s'arrêter un moment.

Nan se tourna vers elle et la considéra, surprise.

Doreen haussa les épaules.

— Si je veux apprendre à les faire, peut-être que je devrais, tu sais, les faire. En plus d'écrire la recette, de la filmer ou autre.

Un grand sourire traversa le visage de Nan.

— Tu sais quoi ? Tu as raison ! (Elle recula de quelques pas.) Tu devrais t'occuper du mélange de toute manière. Tu n'as pas de robot, n'est-ce pas ?

— Non, en effet. Mais je sais que Mack en a également parlé.

— J'en ai un, mais quand il a cessé de fonctionner, je me suis habituée à mélanger avec les mains, expliqua Nan en étudiant la cuisine. Mais je pense que tu devrais en avoir un.

— Pourquoi ? Parce que je ne sais pas mélanger avec les mains ? s'insurgea-t-elle d'un ton sec.

Nan ricana.

— Oh ! tu es suffisamment douée pour ça, mais ça demande trop de boulot, tu ne le ferais probablement pas.

Doreen grimaça.

— Donc maintenant, tu prétends que je suis fainéante ?

— Non, pas fainéante. *Occupée*, précisa-t-elle en souriant. Et quand les gens occupés se heurtent à quelque chose qui leur prendrait trop de temps, ils le laissent de côté, tout simplement.

— Possible, concéda Doreen, quelque peu inquiète que Nan ait raison. Je devrais aussi apprendre à me servir d'un robot...

— Quand tu auras compris à quel point ça te permet de gagner du temps et d'épargner tes efforts, ce sera une étape facile. J'en avais un, comme je l'ai dit, mais il est tombé en panne, et je n'ai pas pris le temps de le faire réparer.

— Ah, une excuse de fainéante...

Nan partit alors dans des éclats de rire.

— Oh, bonté divine ! Cependant, un robot est d'une grande aide pour tout le monde. Désormais, nous garderons l'œil ouvert pour t'en trouver un. Bien sûr, si tu finis par obtenir de l'argent, tu iras t'en acheter un neuf.

— Et même à ce moment-là, ce ne sera pas comme si je savais comment utiliser cet argent, donc il me faudra du temps pour déterminer ce que je pourrai acquérir avec ou pas.

Nan lui lança un regard.

— J'entends bien. Toutefois, tu dois apprendre à dépenser raisonnablement afin de prendre ce dont tu as besoin.

— Bien sûr, acquiesça Doreen en s'esclaffant. Mais dépenser pour ce dont j'ai besoin et dépenser quand j'ignore totalement de quoi j'ai besoin, ce sont deux choses différentes.

Elle remarqua que Nan voulait en débattre avec elle, mais elle s'en abstint, et Doreen apprécia.

Elle avançait dans le processus de fabrication de cookies, puis elle eut le sourire lorsqu'elles finirent par les disposer sur une plaque de cuisson, ce qui n'était pas difficile à faire. En réalité, rien de tout ça n'était difficile, même sans un robot. C'était presque un moment d'épiphanie qui aurait dû avoir lieu longtemps auparavant.

— À quoi tu penses maintenant ? demanda Nan.

— Je me dis que ce n'était pas très dur, marmonna Doreen. Et que j'aurais pu faire ça depuis le début.

— Oui, tu aurais pu, lui confirma gentiment Nan, mais n'oublions pas que tu es quelqu'un d'occupé.

— Bien sûr que je suis occupée, mais je ne le suis pas tant que ça. Je veux dire, si je l'avais voulu, j'aurais été capable d'en préparer.

— C'est ça le truc, et pour tout, lui reprocha Nan en la regardant, stupéfaite. Si tu l'avais voulu, tu aurais pu apprendre à cuisiner dès le début. Si tu l'avais voulu, tu aurais pu apprendre toutes sortes de choses. Mais le truc, c'est que tu étais encore dans un état d'esprit où tu n'avais pas à te soucier de tout ça, où ça ne faisait pas partie de ton expérience. Par conséquent, agir différemment doit être volontaire, et je pense qu'une motivation toute nouvelle commence à entrer lentement dans ton monde, dans lequel tu as désormais le choix. Avec le temps, tu découvres qui tu es et ce que tu souhaites.

Nan tendit le bras et tapota la main de sa petite-fille.

— Maintenant, prépare la théière pour qu'on puisse avoir une tasse de thé quand les premiers cookies sortiront du four.

Doreen la dévisagea, stupéfaite.

— Ils seront prêts aussi vite ?

Nan pouffa.

— Tout à fait ! Et le meilleur dans la préparation des cookies, c'est que c'est nous qui les mangerons en premier !

Et avec un rire qui ressemblait à un caquet, Nan marcha

jusqu'à la théière et l'alluma elle-même, pendant que Doreen finissait de poser les cookies sur la plaque. Elle mit rapidement le plateau dans le four, pendant que Nan l'observait par-dessus son épaule.

— Et c'est tout ! C'est tout ce dont tu as à t'occuper.

— Mais il y a aussi le nettoyage, grommela Doreen.

Toutefois, tandis qu'elle scrutait les alentours, elle réalisa qu'il n'y en avait pas beaucoup à faire.

— Il te suffirait de remplir un de tes éviers avec de l'eau chaude savonneuse, puis d'y mettre les ustensiles à tremper pendant que tu cuisines ou que ça cuit. Ça va plus vite. Apprends à nettoyer au fur et à mesure. (Nan désigna la vaisselle sale.) Il n'y a presque rien à laver. Et quand tu as un robot, tout va dans un seul bol, et, une fois les cookies disposés sur la plaque, tu n'as que lui et les fouets à nettoyer.

— Je crois que je vais aimer le robot, annonça Doreen.

Nan se mit à rire.

— Je m'en doute. On essaiera de t'en trouver un. Cependant, si tu maîtrises tout le processus, avoir le bon outil de travail ne le rendra que plus facile. (Et avec un sourire bienveillant, elle ajouta :) Maintenant, le plus gros problème à ce stade, c'est la fréquence à laquelle les gens s'éloignent et oublient les cookies. Ils ne réclament pas beaucoup de temps de cuisson.

— Combien de temps ? demanda immédiatement Doreen en retournant auprès du four pour jeter un œil par la vitre.

— Environ dix minutes puisque tu les as faits un peu petits, lui répondit Nan en la regardant en coin comme si c'était une honte.

— Ouais, je ne savais pas bien quelle taille il fallait leur donner, s'excusa Doreen.

— Ce n'est pas grave ; la plupart des gens qui voient de petits cookies en prendront deux.

— D'accord, déclara-t-elle avec un regard en biais. Et bien entendu, dans mon monde, deux cookies, ça signifie simplement que je suis une goinfre.

— Et ce n'est qu'une sottise de cet enquiquineur d'ex-mari, rétorqua Nan en tremblant. Il n'y a rien de goinfre à vouloir des cookies ! J'entends toutes ces personnes dire que ça te fera grossir et tous ces trucs qui te garantiront de ne pas savourer ta nourriture. Cependant, il est plus important d'apprécier ce que tu manges, ajouta Nan en pointant Doreen du doigt. Tout le reste passe au second plan.

Sa petite-fille lui sourit.

— Ça, c'est parce que tu n'avais personne derrière toi qui te dénigrait tout le temps.

— Non, et j'espère que tu gagneras suffisamment en confiance pour que la prochaine fois que quelqu'un essaie de te déprécier, tu te contentes de te lever et de t'en aller.

— J'y travaille, mais c'est tout un processus…

Nan la regarda, le visage adouci.

— C'est un processus, et tu t'en sors très bien.

Doreen fronça les sourcils en se tournant vers sa grand-mère.

— Pas vraiment, mais je m'y efforce. Et c'est ce qui compte.

Nan, émue aux larmes, s'approcha pour enlacer sincèrement Doreen.

— Tu te débrouilles plus que bien toutefois, n'oublie pas ça. Tu t'en sors merveilleusement bien. (Puis elle renifla l'air.) Cookies !

Doreen se redirigea vers le four et considéra les biscuits.

— Qu'est-ce que je regarde ?

— Tu vérifies si c'est doré sur les bords. Tu vérifies si ça s'étend ou si ça lève, ça dépend du type de cookie, mais tu dois t'assurer que c'est un peu coloré sur le dessus. Toutefois, si tu n'es pas très sûre même après que le temps de cuisson a été dépassé, tu peux toujours y enfoncer un cure-dent. Mais n'oublie pas que les cookies sont fins, donc ce ne sera pas nécessairement d'un grand secours.

— Alors, il vaut mieux se fier au temps de cuisson ?

— Oui. Il y a une raison pour laquelle ils indiquent une durée.

— D'accord, sauf qu'on n'a pas suivi de recette. (Elle tira la plaque et étudia les biscuits.) Je pense qu'ils sont prêts.

Nan examina les cookies par-dessus l'épaule de Doreen et hocha la tête.

— Je crois que tu as raison.

Enhardie par ce petit succès, Doreen sortit le plateau et le posa doucement sur une grille que Nan avait dénichée dans le placard.

— Maintenant, retire-les et mets les autres sur la plaque de cuisson.

Une fois cela fait, elle pivota vers Nan.

— Sont-ils prêts à être mangés ou faut-il faire quelque chose ensuite ? demanda-t-elle en observant le fruit de son labeur.

— Qu'en penses-tu ?

— Je pense qu'ils ont l'air bien, mais je ne sais pas… Je veux dire, il ne faut rien de plus ?

Nan lui adressa un beau sourire et opina du chef.

— Exactement. Il ne faut rien de plus. Tu viens de préparer tes premiers cookies.

Doreen fit un large sourire à Nan.

— Dans ce cas, où est le thé ?

Comme il était prêt, elles emportèrent la théière sur la table de jardin, ainsi que l'assiette dans laquelle Doreen avait placé quelques cookies encore chauds. Mugs dansait à ses côtés, plein d'espoir, mais surtout attentif, au cas où un biscuit tomberait par accident.

Nan considéra alors sa petite-fille.

— Désormais, la seule chose pour laquelle s'inquiéter, c'est que, dès que tu seras assise, tu oublieras les autres cookies dans le four.

À la suite de ce rappel, Doreen se propulsa vers l'intérieur pour vérifier les biscuits. Ils étaient presque prêts, mais pas tout à fait encore, donc elle vérifia l'heure ; il restait trois minutes.

— Je vais rester ici et les surveiller.

— C'est une bonne idée, s'écria Nan. Je vais rester assise ici et manger des cookies.

Elle pivota et regarda vers la porte, outrée.

— Vraiment ?

— Non, bien sûr que non, dit Nan en riant. Tu mérites d'avoir le premier.

— Non, toi, prends-le. C'est toi qui les as faits.

— Ma seule contribution, c'est de t'avoir aidée à les préparer, alors ne t'inquiète pas de savoir qui est responsable ou pas, déclara Nan en souriant. Le bonheur réside dans le fait d'avoir cuisiné ensemble.

Doreen réalisa soudain que c'était une vérité qu'elle ne contredirait jamais. C'était vraiment ça le bonheur à cet instant : avoir conscience qu'elle et Nan avaient fait des cookies ensemble, une activité dont elle imaginait que les petits-enfants partageaient avec leurs grand-mères depuis la nuit des temps. Et dans le cas de Doreen, c'était seulement arrivé très tardivement, une leçon qui avait été longue à venir.

Après le thé et les cookies, elle s'adressa à Nan pendant que celle-ci dévorait le dernier bout de son biscuit.

— Je vais en apporter quelques-uns à Mack.

Elle tendit un petit bout de cookie à Mugs, qui aboya instantanément avant de s'asseoir dans une position parfaite, les yeux rivés sur Doreen pour en réclamer davantage. Elle le regarda, peu ravie.

— Je ne crois pas que les cookies soient bons pour les chiens. De plus, si je te les donne, Mugs, je n'en aurai plus assez pour partager.

— Tu as raison, renchérit Nan en observant les biscuits, soucieuse. Nous n'en avons pas tant que ça, mais est-ce que ça te dérange si j'en prends quelques-uns pour le foyer ?

— Bien sûr que tu peux, acquiesça Doreen en considérant sa grand-mère d'un air surpris. Souviens-toi, tu as aidé à les préparer.

— J'ai aidé, mais je ne les ai certainement pas tous faits.

— Tu en as fait suffisamment pour avoir le droit d'en offrir. (Doreen rentra puis ressortit avec un petit récipient et demanda :) Une demi-douzaine ou une douzaine ?

— Une douzaine ! répondit immédiatement sa grand-mère.

Doreen lui sourit et lui tendit la boîte.

— Remplis-la.

Et très délicatement, Nan déposa douze biscuits à l'intérieur et se leva.

— Maintenant, je vais rentrer et faire une sieste, ma chérie.

Doreen la regarda d'un air suspicieux.

— Tu es sûre que tu ne retournes pas là-bas pour offrir ces cookies ?

— Bien sûr que non ! Ce sont tes premiers ! Je vais peut-être les montrer, mais certainement pas les donner !

Doreen se mit à rire.

— C'est plutôt triste qu'il s'agisse là de mes premiers cookies, étant donné l'âge que j'ai, déplora Doreen en secouant la tête. Mais j'ai conscience que tous tes amis là-bas jugeront qu'il était vraiment nécessaire de sauter le pas.

Nan afficha un grand sourire.

— Et tu t'en es très bien tirée !

Nan leva les bras, et Doreen l'enlaça, frappée une fois encore par la si petite taille de sa grand-mère. Comme elle observait Nan qui se dirigeait vers la rivière, Doreen s'écria :

— Je pourrais te conduire ! Tu le sais ça, hein ?

— C'est bon ! Je dois dépenser les cookies, dit-elle en tapotant son ventre plat.

Et avec un dernier salut, elle disparut dans le virage.

Chapitre 10

ÈS QUE NAN fut partie, Doreen posa les yeux sur le restant de cookies ; il y en avait encore plus de trois douzaines. Elle plaça dans une boîte deux douzaines pour Mack et mit le reste de côté. Les animaux ne seraient pas autorisés à l'hôpital, et elle ne voulait pas non plus les laisser au parking, où ils risqueraient de faire du raffut. Alors, elle leur dit au revoir et les enferma dans la maison.

L'alarme enclenchée – pour une raison ou une autre, ça lui paraissait important cette fois en plus de l'avoir à l'esprit – , elle se rendit rapidement à sa voiture, grimpa dedans et conduisit jusqu'à l'hôpital. Elle avait hâte de voir Mack. En même temps, elle était un peu nerveuse à l'idée de découvrir sa réaction face aux cookies. Peut-être qu'elle aurait simplement dû lui apporter des fleurs de son jardin… Ça lui paraissait être un geste normal pour elle.

Toutefois, pourquoi ferait-elle une chose normale à ce stade ? Elle soupira puis pénétra dans l'hôpital. Elle ignora le bureau d'accueil pour se diriger vers l'étage de Mack. Quand elle arriva à sa chambre, Darren se trouvait devant.

Il la regarda puis commença à afficher un air soucieux.

— Hé ! lui lança-t-elle avec un grand sourire. Comment

va Mack ?

— Il va bien, répondit Darren avec précaution. Nous gardons tous un œil sur lui au cas où quelqu'un reviendrait…

Doreen acquiesça.

— Et je suis bien contente d'entendre ça. Mack est vraiment important dans ma vie.

Le visage de Darren s'adoucit.

— Mais pitié, ne me demandez pas si vous pouvez entrer…

Elle hésita puis le questionna tout de même :

— Je ne suis pas encore autorisée à le voir ?

— Seulement la famille.

Doreen poussa un grognement.

— *Génial.* Est-ce que son frère est dans le coin ?

— Il est en ce moment même avec lui.

Doreen hocha la tête.

— Bien, je vous en laisse seul juge. Je veux dire que je ne chercherai absolument pas les ennuis dans le cas présent, se défendit-elle en levant les yeux au ciel avant de tendre les cookies. Mais s'il vous plaît, donnez-les à Mack et précisez que je les ai faits.

Il la considéra et accepta lentement les biscuits. Elle esquissa un sourire.

— Il n'y a pas d'arsenic non plus.

Il se mit à rougir.

— Je crois que si j'ai tenté de le maintenir en vie, je ne l'empoisonnerai pas avec des cookies.

Il rougit encore, embarrassé.

— Vous avez conscience que nous faisons seulement ce qui est le mieux pour lui.

— Absolument, c'est ce que vous faites, et j'approuve

chaudement.

Darren lui sourit.

— OK, alors, je les lui donnerai.

— Et bien sûr, vous allez attendre que je m'en aille, c'est ça ?

Il rougit une fois de plus.

— OK, d'accord, je m'en vais.

Sur ce, elle pivota puis retourna à sa voiture. C'était décevant de ne pas voir Mack, mais en même temps, s'il en était ainsi, c'est qu'il devait en être ainsi. Il ne resterait pas ici pour toujours. Elle n'était pas encore parvenue à son véhicule que son téléphone se mit à sonner. Elle baissa les yeux ; il s'agissait de Mack.

— Hé ! répondit-elle. Comment tu te sens ?

— Je me sens bien. Pourquoi tu n'es pas venue ?

— Demande à Darren. Seule ta famille est autorisée à te rendre visite. Et crois-moi, je n'en fais pas partie, comme on me l'a dit plus d'une fois à l'hôpital.

Il y eut un silence au bout du fil pendant un temps.

— Je suis désolé. Ça ne m'était jamais venu à l'esprit.

— Non, bien évidemment, mais peu importe. Je suis dans la voiture maintenant, donc je vais rentrer chez moi pour être avec les animaux.

— Sauf si tu veux essayer de revenir.

— Non, je ne mettrai pas Darren en mauvaise posture. Et ton frère est là. Alors, si je me pointe, il voudra discuter.

Mack éclata de rire.

— Il vient de partir. Il a pris un cookie en passant.

— Évidemment, commenta-t-elle, amusée. Tu en as mangé un ?

— Ouais. Où est-ce que tu les as eus ? J'ai pensé que tu serais plutôt du genre à apporter des fleurs.

— Et tu t'es trompé. J'aurais acheté des fleurs pour quelqu'un d'autre, mais ça ne m'a pas paru être le meilleur cadeau à t'offrir.

— Dans ce cas, tu les as eus où ? Ils sont vraiment bons. Ils ont l'air presque faits maison.

Elle hésita puis les mots se mirent à sortir.

— C'est parce qu'ils le sont.

Un silence provint au bout du fil puis Mack explosa :

— C'est toi qui les as faits ?!

— Oui. Bien sûr, j'ai eu besoin de l'aide de Nan. Mais on les a préparés plus tôt cet après-midi. Ils sont encore frais, peut-être encore tièdes.

— C'est ce que je voulais dire, ils ont le goût des cookies maison. (Elle l'entendit mâcher dans le combiné.) Ils sont vraiment bons.

— Je suis ravie d'entendre ça, déclara-t-elle, incapable de s'empêcher de sourire. Je n'avais pas grand-chose comme ingrédients, donc ça relève plutôt d'un truc qu'on a cuisiné avec ce qu'on avait.

— C'est la définition des cookies la plupart du temps, souligna chaleureusement Mack. Alors, même si je n'ai pas eu la chance de te voir, je suis très content d'avoir ces biscuits.

Il y avait une telle joie dans sa voix qu'elle ne peina pas à le croire.

— Tant mieux. J'ignore combien de temps tu seras encore là-bas, donc je ne savais pas combien t'en apporter. J'espère qu'il y en a assez.

— Tu peux toujours m'en apporter plus, marmonna-t-il, la bouche pleine.

— Non, si tu es malade, les cookies ne sont pas ce qu'il y a de mieux pour toi.

Le bruit de mastication s'arrêta.

— Je n'écouterai pas ça. Les cookies sont la nourriture de l'âme. Les médecins procurent de bons aliments pour le corps, ajouta-t-il.

Mais au ton de sa voix, il pensait de toute évidence que la nourriture de l'hôpital était plutôt mauvaise.

— J'ai besoin d'eux pour que mon âme demeure heureuse.

— Ouais, je t'imagine mal apprécier les repas de l'hôpital, dit-elle en riant à cette idée.

— Non, c'est certain. Je serai encore ici pour une journée, peut-être deux, et ensuite je rentrerai chez moi.

— Une bonne nouvelle pour toi. Même s'il ne restera plus de cookies d'ici à ce que tu reviennes chez moi. Ça, c'est certain.

— Tu vas tous les manger ?! s'écria-t-il, horrifié.

— Nous n'en avons fait que cinq douzaines. Tu en as deux, j'en ai encore une à la maison, et Nan est repartie avec une, expliqua-t-elle avant de marquer une pause.

Je suppose que ça signifie que Nan et moi en avons mangé une douzaine avec notre thé… mais ils étaient petits.

— Et c'était la bonne chose à faire. Mes remerciements à Nan. Elle va te convertir en grande cuisinière !

— Je crois qu'elle a pensé qu'il fallait d'abord que j'en aie envie.

— Comme toutes les recettes de cuisine, c'est plus facile quand on s'y intéresse.

— Et quand on ne meurt pas de faim ? demanda-t-elle, dubitative.

À cet instant, le rire retentissant de Mack déferla. Puis il haleta et eut une quinte de toux.

— Tu vois ? le gronda-t-elle. Tu devrais plutôt prendre

soin de vous.

Il grommela.

— Je vais parfaitement bien.

— Oui, bien sûr, ricana-t-elle. On ne dirait vraiment pas. (Elle était presque en mesure de sentir le regard noir traverser le combiné, alors elle s'esclaffa.) Tu sais quoi ? C'est… c'est plutôt agréable. Tu ne peux pas me crier dessus ou me dévisager méchamment.

— Y a-t-il une raison pour te crier dessus ? la questionna-t-il, prudent. Tu as laissé tomber cette investigation, n'est-ce pas ? J'ai su que tu avais donné quelques informations au capitaine. Mais rien d'autre, n'est-ce pas ?

— Ouaip, j'ai effectivement partagé certains détails, répondit-elle. Mais bon, c'est plutôt dommage que je les aie trouvés la première. Et étant donné que tu n'étais pas suffisamment d'aplomb pour que je te les transmette, j'ai hésité, alors j'ai contacté le capitaine. Cela a demandé un peu d'efforts pour seulement réussir à l'avoir au téléphone.

— J'en suis certain, mais t'a-t-il écoutée ?

— Oui, et ensuite, il m'a dit que vous tous vous en occuperiez à partir de là.

À ces mots, Mack ricana.

— Forcément. La dernière chose qu'il souhaite, c'est que tu agisses sans scrupules, surtout si je ne suis pas là pour vous contenir.

Doreen renifla.

— C'est toi qui as besoin d'être surveillé. Bon, et maintenant, ne va pas manger tous ces cookies en une fois ! (Sur ce, avec un grand sourire sur le visage, elle raccrocha vraiment délibérément et partit en éclats de rire.) Maintenant, je me sens bien !

Elle n'arrivait pas à s'empêcher de sourire à outrance

tandis qu'elle se dirigeait vers sa voiture pour ouvrir la portière.

— Je ne suis pas certain de comprendre, s'exclama un homme derrière elle, mais j'aimerais bien le savoir !

Doreen se tourna et découvrit Nick, le frère de Mack, qui se tenait là à l'observer. Elle se mit à rire.

— Je lui ai raccroché au nez.

Les sourcils de Nick se haussèrent.

— À mon frère ?

Elle confirma d'un signe de tête.

— Ouais, ne vous tracassez pas pour ça, c'est notre truc, à lui et moi.

— Ouais, vous faites apparemment plein de trucs…, dit-il, intéressé, y compris des cookies.

— C'était la première fois, et je ne l'aurais pas fait si Nan n'était pas venue de Rosemoor pour m'aider. Mais grâce à elle, Mack a fini par être le bienheureux qui profite du résultat.

— J'en ai pris un aussi, annonça-t-il avec un air de petit garçon. Et honnêtement, ce sont de très bons cookies.

— J'espère qu'il ne les a pas déjà tous mangés. Ce ne serait pas bon pour lui.

— Je ne crois pas, dit-il en se tournant vers le grand bâtiment de l'hôpital. Mais s'il passe une autre demi-heure seul, il le fera probablement.

Elle songea au tour de taille de Mack et à son amour pour la nourriture, puis opina lentement du chef.

— Vous savez quoi ? Je n'en serais pas du tout surprise.

— Où allez-vous ?

— Chez moi, pourquoi ?

Il secoua la tête.

— Je me demandais seulement si vous étiez en train

d'enquêter…

— Ouais, mais pour que ça arrive, il faudrait que j'aie des éléments sur lesquels enquêter, marmonna-t-elle. Et je voulais m'entretenir avec Mack au sujet de certains noms, puis j'ai oublié, regretta-t-elle avant de soupirer. Maintenant, il va falloir que je le rappelle.

— Dans ce cas, je présume que vous n'auriez pas dû commencer par lui raccrocher au nez, hein ?

Elle grommela.

— Peut-être… J'ai parlé à quelqu'un qui a discuté avec le tireur.

Nick la dévisagea, choqué.

— C'est génial ! (Puis il fronça les sourcils et la regarda d'un air suspicieux.) Les flics sont au courant ?

Elle rit.

— Oui, j'ai été une gentille fille et j'ai téléphoné au capitaine.

À cet instant, les sourcils de Nick se soulevèrent.

— Vous êtes parvenue à le joindre ?

— Honnêtement, je ne crois pas qu'il s'attendait à ce genre d'appel, et il a pu imaginer qu'il s'agissait plus d'un coup de fil de courtoisie ou autre, pour qu'il me rassure quant au fait qu'il veillait sur Mack. Je ne sais pas, mais en tout cas, j'ai réussi à le joindre. Cet homme est venu chez moi et m'a aidée à refaire mon jardin, marmonna-t-elle. Mais j'essayais seulement d'être ouverte et honnête à propos de l'information que j'avais obtenue.

— Et comment a-t-il réagi ?

— Je pense qu'il était plutôt surpris, déclara-t-elle pensivement. Je pense qu'il est surtout inquiet que je ne lâche plus l'affaire désormais.

— Vous allez la lâcher ?

Elle le considéra et haussa les épaules.

— Bien sûr que non. Comment pourrais-je y consentir alors que Mack se trouve encore à l'hôpital ?

— Et s'il ne l'était plus ?

Elle lui adressa un large sourire.

— Alors, il essaierait de m'en empêcher, n'est-ce pas ? (Elle éclata de nouveau de rire avant de pousser un soupir.) Vous avez raison. Je vais devoir lui retéléphoner, bon sang ! Ça signifie que ce sera à son tour de me raccrocher au nez.

— Ne serait-ce pas que justice ?

— Non, je crois qu'il m'apprécie en cet instant même.

Nick observa Doreen, fasciné, pendant qu'elle composait le numéro. Quand Mack décrocha, il était encore en train de manger des cookies.

— Quel est le problème ? demanda-t-il, suspicieux. Tu ne rappelles jamais sauf quand tu as besoin de quelque chose… Ou alors, parce que je suis blessé, tu tentes de te montrer très gentille et tu vas t'excuser. (*Silence.*) Ouais, je suppose que non, hein ? la railla-t-il chaleureusement.

— Je voulais te parler des noms que j'ai dénichés…

— Quels noms ? demanda Mack, toute jovialité disparaissant instantanément de sa voix.

— Ceux liés au mec qui t'a tiré dessus. Tu m'as dit que tu avais parlé au capitaine.

— Ouais, mais il ne m'a donné aucune nouvelle.

— Oh, alors, il ne veut pas que tu t'en mêles non plus ?

— Comment ça ? Qu'as-tu découvert ?

Elle lui raconta la conversation avec Laura.

— Par conséquent, tu dois me révéler ce que tu sais à propos de Bowman, Wilson et Lenny. Qu'est-ce que ces noms t'évoquent ?

— Bowman, Wilson et Lenny, répéta Mack, perplexe. Je

ne crois pas connaître ces noms-là.

— Laura a entendu le type les prononcer au téléphone, ou il les avait écrits sur son bloc-notes.

— Attends. Je vais les écrire moi aussi.

— Ouais, tu as raison. Tu as probablement pris un coup sur la tête également, non ? le railla-t-elle.

— Je continue de manger tes cookies, alors tu n'arriveras même pas à me contrarier. Tu as vu mon frère ? Tu as enfin bouclé cette histoire de divorce ?

— Non, pas encore. De plus, il est là en ce moment.

— Oh, donc maintenant, tu fréquentes mon frère, hein ?

— Ouais, nous allons résoudre un mystère ensemble. Après tout, tu ne peux aller nulle part. Tu es coincé.

— Oh, oh, oh ! Non, vous n'allez pas faire ça. Le capitaine compte sur moi pour te maintenir en dehors de cette histoire.

— Et comment y parviendras-tu ? Tu n'es pas en mesure de me tenir éloignée de tout alors que tu es à l'hôpital. Bon, et maintenant, qu'en est-il de ces noms ?

— Et maintenant, si tu restais en dehors de ça ? riposta-t-il.

Doreen jeta un regard noir à son téléphone.

— Tu as conscience que je finirai par le découvrir. Alors, la vraie question est : est-ce que tu veux que j'enquête avec ton aide ou que je te rappelle quand j'aurai fait mes découvertes ? Enfin, ce n'est pas comme si tu allais sortir bientôt…

— Si, je vais sortir ! rugit-il. Et tu dois rester loin des ennuis !

— Ah ouais ? Pourquoi ? Il t'a tiré dessus, ne l'oublie pas !

— Je sais. Tu crois que j'ai envie que tu te retrouves dans un étage de cet hôpital ?

— Pourquoi me tirerait-il dessus ?

Un long silence provint de l'autre bout du fil.

— Ne t'est-il pas venu à l'esprit que tu serais peut-être en mesure de l'identifier ?

— Ouais, mais son déguisement était tel que personne n'en serait capable, argumenta-t-elle, donc ce n'est pas vraiment un souci. Toutefois, Laura en a eu un meilleur aperçu. Par conséquent, tout dépend à quel point ce gars est parano, mais c'est *elle* qui est susceptible d'avoir le plus d'ennuis.

Mack y songea un moment.

— Tu pourrais avoir raison.

— Je l'ai précisé au capitaine, mais bien évidemment, il m'a éjectée de la conversation assez rapidement. Il a aussi dit qu'il y réfléchirait.

— Il a un département à gérer, lui rappela Mack.

— Je sais, je sais. Et tu n'es qu'un détective parmi d'autres et pas nécessairement celui pour lequel il s'inquiète le plus.

Mack poussa un soupir.

— Bien sûr qu'il s'inquiète pour moi, même s'il n'y a pas vraiment de raison à cela.

— D'accord, pas vraiment de raison de s'inquiéter, répéta-t-elle en levant les yeux au ciel à l'intention de Nick. Même ton frère roule des yeux !

Nick s'exclama alors :

— Hé ! Ne me fais pas dire ce que je n'ai pas dit !

Elle lui adressa un grand sourire.

— Pourquoi pas ? En plus, si Mack ne sait rien à propos de ces noms, il ne sera d'aucune aide.

— Évidemment que je ne sais rien à propos de ces noms. Pour l'instant, en tout cas. Je dois y réfléchir.

— OK, réfléchis-y, et je te parlerai plus tard. (Et là-dessus, elle raccrocha de nouveau.) Ah, vous voyez ? croassa-t-elle à l'intention de Nick. Je l'ai fait deux fois !

Il secoua la tête.

— Vous vous amusez un peu trop à ce sujet…

Elle lui lança un regard noir.

— Vous savez quoi ? Parfois, il faut savoir se faire plaisir.

Il la fixa droit dans les yeux puis lui sourit gentiment.

— Je pense que Mack serait complètement d'accord avec ça.

— Probablement, marmonna-t-elle. Vous avez renvoyé les papiers ?

— Ils sont partis, oui.

— Et rien en retour encore, bien sûr ?

— Non, rien pour l'instant.

— D'accord… C'est simplement frustrant d'attendre la réaction de Mathew. Enfin, je veux dire, j'ai même raconté aux flics que je le suspectais du tir qui ciblait Mack.

— Pourquoi ? lui demanda Nick, les yeux fixés sur elle. Qu'est-ce que Mack a pu faire à Mathew ?

— Ce n'est pas tellement ce que Mack a pu lui faire, mais je crois que Mathew pense que c'est Mack qui me pousse dans ce divorce.

Nick continuait de la fixer.

— Et vous en avez parlé au capitaine ?

Elle haussa les épaules.

— Je lui en ai parlé, mais je ne suis pas sûre de lui avoir donné de détails convaincants… Je veux dire que Mack est un ami, et Mathew le connaît déjà. Puis il y a vous, le frère de Mack. Puisque vous gérez mon divorce, évidemment que Mathew vous connaît, vous *et* Mack.

Les yeux de Nick contemplaient le parking.

— Vous marquez un point. Je pense que je passerai voir le capitaine pour lui en toucher deux mots.

— Oui, faites ça. Il sera probablement ravi de l'entendre d'une autre personne que moi.

Nick la regarda.

— Vous avez mauvaise réputation auprès du capitaine également ?

— Non, pas du tout une mauvaise réputation, enfin, je ne crois pas en tout cas. Mais j'ai tendance à sortir un peu des sentiers battus quand il préférerait que je n'agisse pas, que je reste en dehors de son chemin. C'est le boulot de Mack de me canaliser, et, comme il est à l'hôpital, ils ont un peu peur que je m'échappe…

Alors que Nick s'approchait de sa voiture non loin, il s'arrêta et se tourna pour considérer Doreen.

— Et c'est votre intention ? (Comme elle ne répondait pas, il ajouta :) J'irai parler au capitaine et je verrai s'il pense que votre divorce est susceptible d'avoir un lien avec ça.

— Et tenez-moi au courant, s'il vous plaît. (Comme il la regardait sans prononcer un mot, elle expliqua :) Une fois encore, complètement seule, et tout le monde s'en fiche…

— C'est faux, protesta Nick. Et vous le savez.

Elle soupira.

— J'aurais essayé.

Nick afficha un large sourire.

— Vous avez essayé. Ça n'a pas marché, mais vous avez essayé.

— Bien ! Si vous ne me le dites pas, je trouverai un autre moyen. (Elle lui adressa un signe de la main.) On se parle plus tard.

Puis elle monta dans sa voiture et rentra chez elle.

Chapitre 11

CEPENDANT, DÈS QUE Doreen fut de retour chez elle, elle rassembla ses animaux et se précipita chez Nan. Cette dernière leva les yeux quand Doreen et sa bande s'approchèrent de son patio.

— Oh, est-ce que tu as progressé ? s'exclama-t-elle en tapant dans ses mains.

— Difficile à dire, mais j'ai envie de savoir si quelqu'un serait susceptible de relier ces noms.

Alors, elle expliqua à Nan ce que Laura lui avait confié.

— Je voulais t'en parler plus tôt quand nous étions ensemble, pendant que nous faisions les cookies.

— Oui, mais nous devions rester concentrées sur cette tâche, répliqua Nan en adressant un sourire serein à sa petite-fille. Ces saletés peuvent brûler plus vite qu'on ne le pense !

Doreen répondit à son sourire.

— Mais ils n'ont pas brûlé, et Mack les adore.

— Oh, tant mieux ! réagit Nan, enchantée. Mais comment en aurait-il été autrement ? Ils sont faits maison.

— C'est aussi ce que j'ai répondu, intervint Richie en entrant dans l'appartement de Nan avant de se diriger vers le patio.

Et très rapidement, d'autres personnes les rejoignirent. Doreen regarda Richie.

— Quoi ? Tu as entendu Nan crier depuis le couloir ?

Il hocha la tête.

— Ouaip ! Quand j'ai compris que c'était toi, nous nous sommes dit que tu avais quelque chose à annoncer.

— Ce que j'ai, ce sont quelques questions qui pourraient être d'importance, minimisa Doreen.

Elle attendit qu'ils soient tous rassemblés afin de rendre compte de tout ce qu'elle avait à raconter en une seule fois. Quand les huit personnes se tinrent devant elle, elle poursuivit :

— Je vous laisserai le soin de transmettre aux autres résidents, mais nous avons trois noms, et ils sont liés, d'une manière ou d'une autre, à l'homme qui a tiré sur Mack. J'ignore si ce sont des surnoms, des prénoms ou un mélange des deux, mais il s'agit de Bowman, Wilson et Lenny.

Nan la considéra alors, cligna des yeux et se tourna vers Richie. Il fronça les sourcils, et tous échangèrent un regard comme s'ils attendaient que quelqu'un fournisse l'information dont elle avait besoin. Doreen opina du chef.

— Et vu vos visages, personne ne sait rien à propos de ces noms, supposa-t-elle. Vraiment dommage. J'espérais tellement que vous auriez une idée de ce que signifiait au moins l'un d'eux.

— Je ne prétends pas que nous l'ignorons en tout cas, rétorqua Nan avec précaution. Ça pourrait prendre un moment avant que nos cerveaux aient un déclic.

— Mon cerveau aussi a besoin d'un peu de temps pour avoir un déclic, renchérit Doreen en souriant à sa grand-mère. Donc parlez-en aux autres. Pour ce que j'en sais, ce pourrait être Lenny Bowman. Wilson Bowman. Bowman

Wilson. Et chacun de ces noms pourrait appartenir à des hommes complètement différents.

— Sans parler du fait que des femmes sont susceptibles d'être impliquées aussi, souligna rapidement Nan.

— Oui, c'est vrai également. Nous ne pouvons écarter aucune piste. Mais ce que moi je peux supposer, c'est que ces gens sont connus pour être associés au tireur.

À cet instant, tout le monde afficha de grands sourires.

— Regardez donc ça ! Elle a déjà trouvé des personnes liées au tir !

— Oh, ce n'était pas compliqué, minimisa sèchement Doreen. Ça signifie simplement que je me suis mise en relation avec la bonne personne.

Nan hocha sagement la tête.

— Et il s'agissait de Laura.

— Est-ce que la police l'a interrogée ? demanda Richie, soucieux. Elle n'a pas participé à notre réunion, après tout.

— Non, confirma Nan, et c'est la raison pour laquelle Doreen est allée la trouver, car elle m'avait demandé qui avait pu manquer la réunion. Et quand j'ai mentionné Laura, Doreen a immédiatement sorti son téléphone pour lui parler… et a découvert qu'elle avait discuté avec l'agresseur !

Immédiatement s'ensuivit une longue série de *Oooh !*, comme si cela était une révélation.

Comme Doreen étudiait leurs visages, elle comprit que, pour eux, ça en était vraiment une. Personne ne savait que Laura avait parlé au tireur avant.

— On n'a pas envie que Laura ait des ennuis ni que ce type s'imagine qu'elle sait quelque chose alors que ce n'est pas le cas. Par conséquent, il faut qu'on règle ça aussi vite que possible. Cependant, vous ne pouvez pas faire le tour des gens en racontant que Laura a parlé à l'agresseur et qu'elle m'a transmis ces noms, car ça pourrait mettre sa vie en danger.

— Oui, tu as raison sur ce point. Nous aimons tous Laura. Nous ne dirons pas un mot, n'est-ce pas ? déclara Richie en tournant la tête pour observer tout le monde dans la pièce, chacun montrant alors son accord. Non, nous ne lâcherons pas le nom de Laura.

Mais à la façon dont ils se comportaient, Doreen avait déjà conscience que ça ne prendrait pas longtemps avant que les nouvelles ne circulent. Elle soupira.

— Vous devez faire attention. Il faut que Laura soit en sécurité.

— Évidemment, ma chérie, acquiesça Nan en agitant les mains comme pour chasser Doreen. Tu devrais filer maintenant, pour qu'on puisse aller parler aux gens. Ce n'est que comme ça que tu trouveras des réponses. Je t'appelle dès que j'aurai eu l'occasion de faire le point avec tout le monde ici. (Elle regarda Richie.) Je suggère qu'on se sépare et que tout le monde se charge de parler à une douzaine de résidents, puis on se retrouve dans… deux heures ?

Richie montra immédiatement son accord.

— Le plus tôt sera le mieux, dit-il avant de se frotter les mains en jubilant. Ça va être amusant !

Et là-dessus, il s'en alla. Nan observa Doreen.

— Nous n'aurons rien pour toi avant deux heures. Rentre chez toi et prépare-toi à manger.

Comprenant que sa grand-mère était sérieuse, Doreen se mit à rire.

— OK ! Je te reparle sous peu.

Le marché conclu, Doreen emmena les animaux et retourna à pied à la rivière. Elle ne pensait pas encore à la nourriture, mais à l'occasion de s'asseoir pour seulement contempler le cours d'eau, ce qui l'aiderait à se débarrasser de cette nausée qui commençait à élire domicile dans son estomac.

Une nausée qui montrait que quelque chose n'allait vraiment pas. Elle ignorait simplement encore quoi.

Et quand elle le découvrirait, il était à craindre qu'elle n'apprécierait pas du tout.

Chapitre 12

Une heure plus tard, après avoir joué près de la rivière avec Mugs, Doreen erra lentement sur le chemin menant à sa maison. Elle devait bien admettre qu'aller à la rivière avait été l'une de ses meilleures idées jusqu'à présent. Elle se sentait plus calme, avec une impression de paix. C'était une bonne sensation. De retour chez elle, elle alluma la bouilloire et s'assit, en attendant que les gens la contactent. Quand le téléphone sonna, elle sauta dessus. Et surprise, c'était Mack !

— Hé ! Tu vas bien ?

— Oh oui, je vais bien ! Pourquoi ça n'irait pas ?

Sa voix était quelque peu irritée. Doreen fronça les sourcils.

— Tu as l'air grognon.

Il soupira.

— Comment en serait-il autrement ? Tu m'as donné des noms que je ne parviens pas à interpréter.

— Sans doute parce que ce ne sont pas des noms que tu avais entendus auparavant, suggéra-t-elle. Ça arrive aussi, parfois.

— Oh oui, en effet ! Je ne voulais pas songer à cette

éventualité, mais c'est possible.

— Et ce ne sont que des noms à ce stade. Tu as conscience que Laura n'était pas en mesure de me fournir d'autres renseignements, en tout cas pas à ce moment-là. Même si ça vaudrait la peine de la rappeler pour voir si quelque chose lui est revenu en mémoire, ajouta pensivement Doreen en regardant par la fenêtre.

— Que fais-tu en ce moment ?

— Je viens de mettre en route la bouilloire. J'ai passé une heure sur la berge avec les animaux, à savourer la paix et le calme. Ça a été plutôt chaotique ces derniers jours.

— Ouais, j'en suis navré. Ce n'était pas à ça que je pensais concernant le déroulement de notre soirée.

— Non, et je crois qu'aucun de nous n'avait imaginé que ça se passerait ainsi, mais ce qui compte, c'est que tu ailles bien.

Il se mit à ricaner.

— Comment tu t'en sors avec mon frère ?

— Oh, très bien ! Il est allé parler avec le capitaine, après avoir discuté avec moi.

— Pourquoi ? la questionna Mack, surpris.

— On s'interrogeait simplement sur l'éventualité que ce tireur ait un lien avec mon ex.

Mack se fit silencieux.

— Tu penses que c'est possible ?

— Oui. Non. Je… je ne sais pas. Tu sais que Mathew n'est pas toujours une bonne personne.

— A-t-il *déjà* été une bonne personne ?

Doreen sourit.

— Pas à ma connaissance, non.

— Alors, c'est possible.

— Et c'est la raison pour laquelle Nick est allé voir le

capitaine, uniquement pour s'assurer qu'on vérifie du côté de Mathew, au lieu de négliger cette piste ou de la considérer comme improbable.

— Je suis content que tu y aies songé.

— Oui. Ça ne me ferait pas vraiment plaisir qu'il soit responsable de tes blessures. Et quand bien même il n'aurait pas ouvert le feu lui-même, il aurait pu engager quelqu'un dans ce but.

— Et comme nous le savons, ce n'est pas si difficile de payer quelqu'un pour effectuer ce genre de boulot.

— Non. Malheureusement, c'est un peu trop facile.

En réalité, comme elle l'avait découvert, c'était bien trop facile.

Chapitre 13

LONGTEMPS APRÈS AVOIR fini la discussion avec Mack, Doreen s'assit à sa table de cuisine pour manger un sandwich, et se demanda comment elle pouvait procéder sans avoir la moindre piste. Elle n'avait toujours aucune nouvelle de Nan, qui serait susceptible d'ouvrir une grande voie, mais ce n'était pas la même chose qu'être assise là à agir de son propre chef. Elle laissa son regard vagabonder dans sa cuisine, qui atterrit sur les cartons des dossiers de Solomon, dans sa petite alcôve de bureau. Elle les considéra, soucieuse.

— Je me demande…

Elle termina rapidement son sandwich, se lava les mains, extirpa son ordinateur portable et trouva le document avec le système de classement qu'elle avait tenté de réaliser pour chacun des dossiers de Solomon. Puis elle lança une rapide recherche, basée sur les trois noms. Dans chaque cas, il y avait plusieurs résultats, mais Lenny était un nom plutôt commun. En vérifiant chaque résumé au cas où un Lenny y serait mentionné, elle fut surprise de trouver un peu plus d'informations sur un Lenny en particulier… Ça ne signifiait toutefois pas que ça avait un lien avec la blessure par balle de Mack.

Après avoir lu chaque extrait, elle se leva et retira le couvercle d'un des cartons pour sortir le dossier concerné qu'elle apporta sur la table de la cuisine. Elle l'ouvrit avec précaution et consulta la version papier dans ses mains, qui comportait plus de renseignements que son résumé sur l'ordinateur. Elle retourna à ce dernier, ouvrit le sommaire du dossier considéré et rechercha de nouveau le nom ; il apparaissait à la dix-septième page.

Elle reprit le dossier papier, le parcourut rapidement et, en se servant de son doigt en guise de repère, passa en revue la page jusqu'à trouver : Lenny avait été impliqué dans des transactions et des promotions immobilières illégales ici, en ville. Comme elle étudiait le dossier, elle comprit qu'il s'agissait de l'un de ceux qu'elle n'avait même pas considéré comme important. Et pourtant, comme elle le parcourait, autre chose capta son attention... Et elle trouva le lien après lequel elle courait. Elle s'adossa et réfléchit.

Le nom de Mack y apparaissait. Comment n'avait-elle pas remarqué ça ? Il était vrai que Solomon avait rassemblé des centaines de pages de ses travaux dans ces dossiers, sinon des milliers de pages. Et si elle-même n'avait pas scruté ou recherché celle-ci en particulier, elle n'aurait pas vu que le caporal Mack Moreau avait été impliqué dans une affaire contre ce Lenny. Avec la mort de Solomon, tout était plus ou moins passé à la trappe. Ses enquêtes étaient plus ou moins mortes avec lui, sauf celles qui lui avaient été transmises.

Le promoteur immobilier principal Lenny Farleigh avait été condamné à payer une lourde amende, mais n'avait peut-être pas fait de prison. Elle n'en était pas sûre à cent pour cent, car les notes étaient peu concluantes, et ce Lenny avait disparu de la circulation. Elle découvrit sa photo d'identité sur le dossier de Solomon. Elle retourna au dossier, de nouveau en quête du nom de Mack, mais il n'y apparaissait qu'une seule fois.

Soucieuse, elle prit une photo du passage concerné avec son téléphone et la joignit à un courriel qu'elle envoya à Mack. Elle n'avait pas imaginé que quelque chose d'utile en rapport avec le tireur de Mack aurait pu se trouver dans les dossiers de Solomon, mais bon, pourquoi pas ? Ce dernier avait pendant longtemps été journaliste en ville et avait suivi un tas d'affaires notables pendant des décennies. Quand son portable sonna, elle répondit d'un air quasi absent.

Nan, d'une voix pleine de suffisance, s'exclama :

— Nous avons fait ce que tu as demandé, annonça-t-elle avant de rire et d'ajouter : Ô, grande prêtresse !

Doreen afficha un large sourire.

— Et vous avez trouvé quelque chose ?

— Oui, Roger a un truc. Il a connu un Lenny impliqué dans l'immobilier.

— Bingo, marmonna Doreen dans sa barbe. OK, et que faut-il en retenir ?

— Il a dit que cet homme était détesté en ville. Il faisait construire des maisons haut de gamme, mais utilisait du matériel bon marché. Ils contactaient l'inspecteur des bâtiments pour avoir son aval et ensuite, au milieu de la nuit, ils sortaient la moitié des planches pour d'autres travaux et emportaient une partie du matériel qui avait été installé. C'était posé d'une très mauvaise façon et rapidement, alors ils pouvaient facilement le récupérer pour un autre endroit.

— Ouah… Il semblerait que ce soit une pratique douteuse !

— Maintenant, selon Roger, ce Lenny était vraiment connu pour ça. Et un sacré bazar en est ressorti, il y a environ quinze ans, mais Roger ignore comment ça s'est terminé. Il pense que Lenny a été inculpé, mais admet que ça pourrait être quelqu'un d'autre… Un tas de gens ont fait de la prison dans cette affaire, mais Roger n'a aucune certitude concernant les patrons.

— D'accord, mais ça nous donne une base pour commencer, non ?

— Alors, on a bien travaillé ? demanda Nan avec une vive impatience.

— Oui, vous avez été incroyables ! Du nouveau pour les autres noms ?

— Non, pas encore. Ceux-là s'avèrent un peu plus difficiles…

— Même chose de mon côté. Si tu apprends autre chose, fais-le-moi savoir.

— Je n'y manquerai pas, dit Nan avant de raccrocher.

Doreen n'avait même pas eu le temps de reposer son téléphone que Mack l'appela.

— Ça vient d'où, ça ? la questionna-t-il d'une voix menaçante.

— Bonjour, Mack ! Comment vas-tu, Mack ? Ravie de voir que tu vas bien et sembles te sentir mieux, Mack, le railla-t-elle avant d'esquisser un sourire grimaçant. Il reste des cookies ? (Comme il n'y avait que le silence au bout du fil, elle soupira.) Tu n'as pas besoin de toujours t'énerver comme ça…

— Tu veux parler de ces fois où tu trouves quelque chose que personne d'autre ne connaît ? Évidemment que je suis énervé, tu joues avec le feu !

— Encore. Oui, j'en suis consciente, et tu n'es pas très content.

Mack grommela.

— Où as-tu eu cette information ?

— Dans les dossiers de Solomon. Tu te souviens de tous ces cartons qu'il m'a envoyés ? C'était dedans.

— Oh, je me rappelle ! Et maintenant que tu as envoyé ce cliché, je me remémore ce Lenny.

— Ouais, un promoteur immobilier en ville qui avait pour habitude d'avoir des ennuis, accusé d'utiliser du matériel de construction de mauvaise qualité comme de voler des planches après le passage de l'inspecteur. Il laissait les bâtiments être construits avec seulement la moitié de leurs supports, se servait du reste des matériaux pour d'autres chantiers…, énuméra-t-elle avant de hocher la tête. Ouaip, je suis déjà au courant.

— Comment as-tu déniché tout ça ? demanda-t-il, suspicieux. Tout se trouve dans les dossiers ?

— La plupart, et ensuite, je me suis servie de mon arme secrète pour débusquer le reste.

Mack grogna.

— Oh, ne me dis pas que Nan et tout Rosemoor sont impliqués…

— Vraiment, tu es surpris ? s'étonna Doreen. On t'a tiré dessus devant chez eux. Ils se sentent en partie responsables.

Silence.

— Le capitaine ne t'a pas raconté ce qui s'est passé à la maison de retraite ce soir-là ? le questionna-t-elle avant d'éclater de rire. Parce que dans ce cas, tu devrais vraiment, vraiment lui demander de t'expliquer.

— Que s'est-il passé ? l'interrogea Mack, captivé.

— Une troupe entière de séniors s'est pointée à l'hôpital, d'abord pour s'assurer que tu allais bien, et ensuite pour me trouver et veiller à ce que je sois informée qu'ils m'avaient chargée de la résolution de cette histoire. Ensuite, après que le capitaine les eut suivis pour revenir à Rosemoor, ils ont fomenté cette grosse protestation avec l'intention d'agir afin de trouver le tireur. Le capitaine n'a eu que très peu, voire pas du tout, de contrôle sur eux. (Elle gloussa plus bruyamment à ce souvenir.) Mais là encore, quand cette troupe fait quelque chose, c'est difficile de la maîtriser.

— Oh, Seigneur…, murmura Mack.

— Tu as loupé un truc assez drôle ! Mais si tu veux une autre version, Darren était présent, lui aussi.

— Oh, je vais lui en parler ! Tu peux parier qu'il ne me donnera aucun de ces détails.

Cela amusa Doreen.

— Bien sûr que non, son grand-père se trouvait également au beau milieu de tout ça.

— Bien évidemment qu'il y était, marmonna Mack. Je crois que Richie n'aime rien tant que se fourrer au beau milieu de l'action.

— Il me semble qu'ils ont tous retrouvé une seconde jeunesse. À ce jour, ils cherchent tous des infos sur ce Lenny et les deux autres personnes. Et bien sûr, Roger, de Rosemoor, s'est souvenu de tout le désordre causé par les constructions et en savait un peu sur Lenny, ce qui n'a fait que confirmer ce que j'avais déjà lu. Cependant, nous n'avons encore aucun renseignement relatif aux deux autres noms que Laura a cités. Pourtant, étant donné que c'est une personne dans la promotion immobilière, il est fort probable qu'ils soient associés.

— C'est possible, concéda Mack.

— Quand seras-tu libéré de l'hôpital, à ce propos ?

— Demain, j'espère. Et ce n'est pas assez rapide. Vous vous êtes tous lancés et vous vous agitez un peu trop rapidement pour que j'en sois ravi.

— On ne s'agite pas assez rapidement, tu veux dire ! le

corrigea-t-elle. Aucun moyen de savoir si ce tireur n'attend pas que tu sois sorti.

— Peut-être, mais j'ignore pourquoi il en avait après moi, en premier lieu. Je me suis peut-être trouvé dans l'équipe qui enquêtait sur lui, mais je n'ai pas joué un grand rôle.

— Peut-être pas. Peut-être que quelqu'un poursuit d'autres investigations et qu'ils pensent que ce serait plus sûr si tu n'étais pas dans le coin pour, tu sais, les envoyer au tribunal.

Mack marqua une pause après avoir entendu ça.

— Je ne suis pas au courant d'une enquête, mais ce n'est pas dans mon département.

— Exactement. Et c'est ça le problème avec la façon dont opèrent les forces de l'ordre. Vous disposez d'un tas de départements, un tas de gens enquêtent sur des affaires différentes en même temps, sans communiquer entre eux. Et dans le cas présent, je pense que quelqu'un doit consulter les autres services. (Elle marqua une pause.) Alors, vas-tu appeler le capitaine ou dois-je le faire ?

— Je m'en chargerai, s'empressa de répondre Mack.

— Tu crois qu'il a peur de moi ? le questionna-t-elle d'une voix plaintive.

— Non, je ne crois pas qu'il ait peur de toi, du tout, mais je suis quasi certain qu'il ne voudrait pas d'un autre scénario comme celui de Rosemoor.

— Tu devrais vraiment lui en parler. Je veux dire, honnêtement, c'était assez drôle.

— Ouais, je me demande s'il affirmerait la même chose, toutefois.

— Non, il est certain que non, admit-elle avec le sourire. Et c'est ce qui rend la situation encore plus drôle. Bref, discute avec lui et tiens-moi au courant.

Puis, comme elle allait mettre fin à la communication, il s'exclama :

— Oh, oh, oh ! Attends une minute.

— Attendre quoi ?

— Ça.

Et il lui raccrocha au nez.

Chapitre 14

À PEINE DOREEN de nouveau assise, elle entendit Mugs aboyer, tandis qu'il effectuait des allers-retours en courant jusqu'à la porte de la cuisine. Elle se leva, s'approcha, ouvrit la porte et passa la tête. Un vieil homme avec une canne marchait lentement de la rivière jusque chez elle. Intriguée, elle rappela Mugs, mais il descendait déjà à toute allure pour l'accueillir, presque comme s'il le connaissait. Même Goliath fonça pour les rejoindre. Elle décida de rencontrer l'étranger à mi-chemin, car chaque pas semblait lui faire mal.

Comme elle se rapprochait de lui, elle sourit.

— Bonjour, vous êtes perdu ?

Il leva des yeux pétillants.

— Pas si vous êtes Doreen.

— Absolument, je suis Doreen. Qui êtes-vous ? Et que puis-je pour vous ?

— Je suis Roger, lui expliqua-t-il.

Elle eut un trou de mémoire pendant un moment puis comprit de quoi il s'agissait.

— Oh, mince, vous n'aviez pas à parcourir tout ce chemin jusqu'ici ! J'aurais pu aller jusqu'à Rosemoor et vous parler là-bas.

— Non, tout va bien. Les médecins m'ont dit que si je cessais de marcher, j'allais mourir, alors je marche. Ça a l'air douloureux, mais ça ne l'est vraiment pas.

Elle n'était pas certaine de devoir le croire, car, franchement, ça paraissait vraiment douloureux. Mais il semblait que rien qu'elle puisse dire ne l'aurait arrêté non plus.

— Entrez prendre une tasse de thé dans ce cas.

Il leva les yeux et hocha la tête d'un air reconnaissant.

— Quoique, si vous en avez, je préférerais du café.

— Oh ! je peux préparer du café, et, puisque nous avons une belle journée, pourquoi ne pas s'asseoir ici, dehors.

Il s'installa sur l'une des chaises de la table de terrasse.

— Vous avez tellement bien arrangé la maison de votre grand-mère ! déclara-t-il en regardant autour de lui, un sourire ravi aux lèvres. J'ai passé pas mal d'après-midi ici, avant qu'on ne finisse tous les deux à Rosemoor.

— Oh, vous la connaissez depuis longtemps alors, c'est ça ?

Il leva ses yeux pétillants vers elle, et elle sut tout de suite quel genre de relation ils avaient eue.

Elle s'excusa rapidement :

— Je vais aller préparer le café, annonça-t-elle avant de se précipiter à l'intérieur. Oh, Nan, vieille diablesse…

Pendant que le kawa gouttait, Doreen apporta des tasses ainsi que de la crème et du sucre, puis s'assit avec Roger.

— Le café sera prêt dans une petite minute.

— C'est bien. La seule chose qu'on apprend quand on est vieux, c'est à patienter. On attend les médecins. On attend les rendez-vous avec les médecins. On attend les coups de téléphone. On attend que les gens aient du temps pour vous. (Il fit un geste de la main.) On passe tellement de temps à patienter qu'on ferait mieux d'être mort, car avant que qui que ce soit ne parvienne jusqu'à nous, dit-il avant de marquer une pause, en réalité, on l'est déjà, généralement.

Puis il partit dans un éclat de rire.

Goliath bondit sur le vieil homme, se tourna plusieurs fois et s'installa sur ses genoux osseux.

Doreen sourit face à l'acceptation totale de cet inconnu. Pourtant, elle avait entendu la vérité qui se cachait derrière les paroles de Roger, et cela la rendait triste.

— Je suis navrée. Il semble que vous avez une grande expérience de la patience. (Elle désigna Goliath.) Si vous ne voulez pas qu'il reste là, contentez-vous de le pousser.

— Oh, il est bien là ! J'aime tous les animaux. Et pour ce qui est de la patience… (Il hocha la tête.) Ouais, j'ai quatre enfants, douze petits-enfants et trois arrière-petits-enfants. Je n'ai vu aucun d'eux depuis de nombreuses années.

— Je n'ai jamais vraiment compris comment ça pouvait arriver et pourtant, j'ai connu le même problème pour voir ma propre grand-mère auparavant, donc je n'ai sans doute pas été un ange.

— Non, mais maintenant, vous êtes là, vous passez beaucoup de temps avec elle.

— Oui. Elle est l'une de mes plus grandes joies. Mais je sais aussi qu'il n'en a pas toujours été ainsi. Et ce n'est pas une excuse, mais je ressens un grand réconfort à passer du temps avec elle aujourd'hui.

— Et c'est comme ça que ça devrait être. J'ai l'espoir que certains membres de ma famille déménageront plus près au bout d'un moment, mais c'est ainsi que marche le monde. Chacun se lève et s'en va. Ils ont leurs propres occupations, auxquelles ils se livrent dans leur propre laps de temps et nous, ce qu'on en pense, ça ne compte pas vraiment.

— Je crois que ce que nous pensons compte. Il faut simplement ouvrir nos cœurs et laisser les autres être eux-mêmes.

— Tout à fait, confirma-t-il en souriant. Nan vous a bien élevée, hein ?

Doreen gloussa.

— Pendant la période où elle a eu la main, oui, assurément. (Elle se leva.) On dirait que le café est prêt !

Et elle courut à l'intérieur, ramena la cafetière et remplit leurs tasses avant de pousser le sucre et la crème vers lui.

Il observa le sucre d'un air approbateur.

— Merci. Il y a une grande mode autour du café noir. J'aime le café simple, mais j'apprécie vraiment un peu de sucré dedans.

— Servez-vous. Aucun diététicien n'est là pour surveiller ce que vous mangez ou buvez, l'encouragea-t-elle avec un large sourire. Regardez Goliath, il adore la crème.

Il éclata de rire et opina du chef.

— Vous voyez ? Cela me prouve que vous comprenez comment se déroule notre vie !

— Ouais, ronde de médecins, diététiciens, infirmiers, ménage, la totale. Et j'ai conscience que parfois Nan s'en contente, et que d'autres fois elle en a vite assez.

— Oui, c'est à peu près ça, acquiesça-t-il en hochant la tête avant de s'adosser, de sentir le café et d'adresser un grand sourire à Doreen. Et vous savez comment préparer un super café.

— J'ai également dû apprendre ça, admit-elle. Quand je suis arrivée dans la maison de Nan, je ne savais pas faire grand-chose…

Il pouffa.

— Je me souviens bien de Nan qui m'en parlait, mais vous avez appris des choses depuis, et c'est ce qui importe.

— Je suis en bonne voie.

Tout à coup, elle se souvint des cookies. Elle se mit brutalement debout, se précipita à l'intérieur, et revint avec une petite assiette.

— J'ignore si vous avez le bec sucré, mais si vous appréciez le sucre dans votre café, vous aimerez peut-être ceci. Nan m'a aidée à les faire.

Il contempla les biscuits d'un air ravi.

— Oh, des cookies ! Si j'avais su que vous en aviez, je serais venu plus tôt !

Elle lui rendit son sourire.

— Je n'en ai presque jamais mangé. C'est l'une des petites choses que j'apprends seulement à faire. Mais Mack est à l'hôpital, et je me suis dit qu'il préférerait des cookies plutôt que des fleurs.

Roger opina immédiatement du chef.

— Comme pour chaque homme averti. Les cookies ne seront jamais une erreur.

S'adossant de nouveau en mangeant son biscuit, Doreen lui demanda :

— Bon, et maintenant, que puis-je pour vous ?

— Je voulais seulement vous relater en personne ce que j'ai trouvé. Des détails sont trop souvent susceptibles de se perdre en cours de route. (Il adopta un air plus sérieux.) Je travaillais dans le système judiciaire, il y a de nombreuses années. Et il nous a toujours paru primordial que le plus important était la vérité pure et non celle qui était brodée d'une quelconque manière.

— Je vous comprends parfaitement. C'est une chose que j'apprends bel et bien en travaillant sur toutes ces affaires non résolues.

Il fit un autre rapide hochement de tête et jeta un œil aux cookies puis à Doreen. Elle lui sourit et poussa l'assiette vers lui.

— Allez-y. Ils sont meilleurs quand ils sont frais.

— C'est vrai !

Et, ses doigts remuant de ravissement, il choisit avec soin celui qui lui parut le plus gros dans le plat.

— Bon, dites-moi ce que vous savez.

— Ce Lenny *Farmachin*, y réfléchit-il un instant. Je crois que c'est Farley… Fatherton… Farleigh ? Je ne m'en souviens pas. C'est un truc du genre. Bref, Lenny est… était un promoteur immobilier qui a fini avec un associé un peu trop louche aux yeux de tous. Mais Lenny était épris de lui. Il croyait qu'il était la meilleure chose depuis l'invention du fil à couper le beurre et pensait que ce mec ne pouvait pas être malveillant… S'il y avait un moyen de gagner du fric, ce gars-là savait lequel, et Lenny ne se faisait pas prier. Et malheureusement, Lenny était guidé par l'argent tout-puissant à la fin. Il a commencé à apprécier les voitures tapageuses, les femmes tape-à-l'œil, les maisons haut de gamme, et ce style de vie l'a aspiré. Quant à son partenaire, il a eu un passé à Vancouver. J'ignore quel était son nom… Je le connaissais probablement à l'époque.

Roger fronça les sourcils puis continua :

— Cependant, ce temps-là est révolu depuis longtemps dans ma tête. Pourtant, ce mec-là concluait pas mal d'affaires dans le coin. Pour autant, je ne crois pas qu'il emportait les matériaux d'ici pour les emmener à Vancouver. Je pense qu'il était seulement impliqué dans… vous savez, le fait de tromper les gens de cette façon. C'est finalement arrivé à un point critique quand, lorsqu'une tempête a surgi, un arbre est tombé sur une maison. Et quand le représentant de la compagnie d'assurance est venu jeter un œil, il a compris ce qui s'était passé. Bien évidemment, cela a mené à cette grande enquête. Les gens se sont vraiment mis en colère, surtout ceux qui avaient payé une grosse somme pour ces villas haut de gamme, pour finalement se retrouver avec une moitié de bâtisse, puisque Lenny et son associé avaient retiré la moitié des supports et tout ce dont ils avaient été capables. Par conséquent, les maisons étaient devenues trop dangereuses pour y vivre, mais surtout, les acheteurs étaient excédés de cette arnaque. Et la ville l'était également, car des inspections sont réalisées pour de bonnes raisons, et ces types-là avaient trouvé un moyen de les contourner. Alors, bien sûr, Lenny et son partenaire n'étaient pas les seuls à commettre ce type de méfaits.

Doreen regarda fixement le vieil homme, et il secoua la tête.

— Oh non ! Quand on trouve le moyen de gagner de l'argent illégalement et que vous avez des gens prêts à faire n'importe quoi, ils attirent ceux qui leur ressemblent. Dans ce cas, je sais qu'il y a eu un accident sur l'un des chantiers, donc c'est devenu le problème de la Commission des accidents du travail. À l'époque, c'était nouveau. Par conséquent, il y a eu une investigation, car la CAT sentait qu'il en fallait une, vous savez, pour que ça les rende utiles, expliqua Roger en levant les yeux au ciel. Et ils ont découvert qu'il n'y avait pas que les méthodes de construction qui étaient médiocres, mais aussi la sécurité des ouvriers. Et je me souviens qu'un proche de Mack était impliqué dans cette affaire. Peut-être un ami, un camarade de classe, quelque chose comme ça. Je ne me rappelle pas bien comment ça s'est passé… Bref, si j'ai bien compris, Mack est allé voir ses patrons pour ouvrir une enquête, et tout a été emporté dans une spirale à cet instant. Mack n'a pas dirigé l'enquête, il n'y était même pas associé, mais, dans un sens, c'est lui qui l'a initiée.

— D'accord. Donc si qui que ce soit avait une rancune contre lui…

Roger opina immédiatement du chef.

— Vous arriveriez à décrire ce Lenny ?

Il fronça les sourcils en y réfléchissant.

— C'était un homme de petite taille. Il aurait désormais autour de… (Il haussa les épaules.) Peut-être 50 ans, quelque chose comme ça. Il pourrait être un petit peu plus âgé, mais je ne pense pas vraiment beaucoup plus.

Roger commença à avoir le regard perdu, au loin.

— Mais vous savez, les années filent, on perd la notion du temps, et les rumeurs étant ce qu'elles sont, elles sont susceptibles de devenir totalement fausses.

— Oui, je vous comprends. Donc il est possible que cet acte de vengeance ait été dirigé contre Mack.

— C'est ce que j'aurais tendance à penser, oui. Mais je ne serai pas affirmatif à ce sujet.

— Non, je le conçois, dit-elle en hochant la tête, sans vouloir insister. Et le problème, c'est que Mack est impliqué dans un grand nombre d'affaires en lien avec ce Lenny ou d'autres gens nommés ainsi à qui il pourrait être associé…

— Ça dépend du lien entre les autres noms et ce Lenny-là…

— C'est ça.

Roger opina sagement du chef.

— C'est en gros ce que vous cherchez en ce moment. Si vous parvenez à trouver un rapport entre ces autres noms et ce Lenny dont on parle, vous aurez conscience que vous êtes sur la bonne piste.

— Exactement. (Elle y réfléchit un instant.) Une idée de l'endroit où se trouve Lenny aujourd'hui ?

— Pas la moindre. Je doute qu'il soit dans le coin. Il n'était pas bien respecté et a plutôt fini par inspirer la crainte. Je suis quasi certain qu'il a fait un peu de prison, mais il a réussi à négocier sa peine en laissant tomber son partenaire. Je n'en suis pas sûr… Il me semble me souvenir que celui-ci a veillé à ce que Lenny tombe plus bas que lui, et c'est là que leurs chemins se sont séparés. Maintenant, la rumeur dit que le compagnon de Lenny est mort en taule. Ce sera à vous de confirmer ça.

Doreen hocha la tête.

— Et ce n'est pas nouveau non plus. Résumons : ces mecs concluent un tas d'affaires douteuses. Quelqu'un de l'entourage de Mack lui demande de mener une enquête. Mack met la machine en marche, et ces types l'apprennent. Ils reviennent des années plus tard pour le descendre.

Roger regarda Doreen avec admiration.

— Vous savez ? Ça me paraît tout à fait juste.

— Mais il y a encore des zones d'ombre, concéda-t-elle mollement.

Il la dévisagea alors, choqué.

— Pourquoi maintenant ? se demanda-t-elle. Pourquoi pas quinze ans auparavant, quand c'était sous le feu des projecteurs ? J'ai conscience que ce mec a qualifié la vengeance de *plat qui se mange froid*, mais ça représente un paquet d'années… Et pourquoi tirer sur Mack ? Pourquoi pas sur le procureur qui l'a envoyé en prison ? Ou pourquoi pas, vous savez, sur le juge qui a prononcé la peine de prison ou peu importe ce que c'était ? Pourquoi pas sur son partenaire, d'ailleurs ?

— Mais peut-être que l'agresseur a déjà tué toutes ces personnes, souligna Roger en la regardant d'un air perspicace. Peut-être que Mack était le dernier. Peut-être que le tireur avait une liste de personnes à éliminer.

Elle le considéra fixement puis opina du chef.

— Nous n'avons pas encore suffisamment de renseignements. Nous avons un tas d'hypothèses et pas assez de preuves.

— Je suis d'accord, acquiesça Roger en se frottant les mains. Alors, que faisons-nous ensuite ?

— Il me semble qu'il nous faut trouver un moyen de relier d'une manière ou d'une autre ces trois noms, marmonna-t-elle avant de perdre son regard dans le lointain. Vous connaîtriez quelqu'un qui serait toujours dans le coin aujourd'hui et qui aurait plus d'informations ?

Il y réfléchit tout en sirotant son café.

— Possible, dit-il dans sa barbe. Je sais que Lenny en pinçait pour une femme. Et elle a eu une fille.

— Une petite amie, c'est bien, surtout si elle est toujours dans les parages ?

— J'en doute, mais qui sait ?

— D'accord. Alors, il y a toutes sortes d'options ici que nous sommes en mesure d'étudier. (Elle rapporta son bloc-notes.) Donnez-moi donc des noms, et j'effectuerai une recherche pour voir si quelqu'un est dans les alentours pour discuter.

— Ça me paraît bien.

— Avec qui restait Lenny ici, à Kelowna ?

— Sa famille.

— La famille, c'est encore mieux, réagit-elle à voix basse, ce renseignement la faisant sourire.

Au moment où il eut terminé, elle disposait d'une liste de noms à étudier et de gens à rencontrer. Elle lui adressa un grand sourire.

— C'était une très agréable visite. Vous m'avez fourni

pas mal d'éléments pour commencer.

— Oh, tant mieux ! s'exclama-t-il avant d'observer ses pieds puis autour de lui, comme s'il ne savait pas bien quoi faire ensuite.

— Vous voulez que je vous ramène chez vous en voiture ?

— Oh non, non, non ! déclina-t-il avant d'hésiter. Mais je ne serais pas contre un peu de compagnie.

Elle comprit alors qu'il espérait qu'elle le raccompagnerait à pied, parce qu'il n'était pas sûr d'y parvenir ou que cela lui faciliterait simplement le chemin. Quoi qu'il en soit, elle était heureuse de le faire.

— J'adorerais, tout comme les animaux.

Elle se rendit à l'intérieur, saisit une laisse, verrouilla sa maison et appela Mugs.

— On va tous les prendre avec nous. Tout le monde ici aime partir se balader.

Il se leva lentement, et elle l'aida à descendre les marches de la terrasse.

— Mais si vous n'êtes pas en forme pour marcher, je ne veux pas que vous vous forciez. Je serais ravie de vous déposer.

Il se mit à rire.

— Je me force tous les jours de toute manière. Ça change quoi, un jour de plus ?

Elle lui sourit simplement, mais l'observa avec inquiétude tandis qu'il empruntait le sentier en pente. Elle calait ses pas au rythme des siens.

Comme ils longeaient la rivière, il dit :

— Nous avons vécu tant de belles années ici. Vieillir n'est pas une chose à laquelle on songe vraiment jusqu'à ce que, soudain, ça vous mette sur la touche. Vous réalisez alors combien d'années ont filé… N'attendez pas, la prévint-il en l'observant attentivement. S'il y a quelque chose que vous désirez dans la vie, accordez-vous-le, car avant de vous en rendre compte, toutes les opportunités auront disparu, et vous ne serez même pas certaine de la manière dont ça s'est passé, mais le temps, lui, sera… parti. (Il secoua la tête.) Donc si vous voulez accomplir quelque chose, si vous voulez être quelqu'un, si vous voulez être avec quelqu'un, même si vous essayez et que vous échouez, il est toujours mieux d'agir que de ne rien faire. Vous n'avez pas envie de regarder en arrière et de vous demander : *Qu'est-ce que j'ai fait de ma vie ?*

— Je me suis très clairement posé la question récemment… Rien de tel qu'étudier toutes ces affaires non résolues, ainsi que les raisons pour lesquelles les gens commettent ces actes et comment tout se désintègre, pour considérer votre propre existence d'un œil nouveau.

— Et nous avons tous conscience que Mack en pince pour vous, alors si vous éprouvez le moindre sentiment pour lui, ne faites pas attendre ce pauvre homme. Il a failli mourir cette fois.

Elle grimaça face à cette allusion plus qu'évidente et elle marmonna :

— J'essayais de me sortir de mon divorce pour commencer…

— Ça aussi, c'est plus que nécessaire, admit-il, mais vous savez que vous avez failli le perdre ce coup-ci.

— Je sais. J'essaie de ne pas y penser.

— Et pour sa part, il a été pas mal contrarié à chaque fois que vous avez été blessée. Nous sommes tous au courant de ça. Et comme nous étions tous là, nous comprenons ce que ça fait. Par conséquent, assurez-vous de ne pas remettre à demain ce que vous devriez faire aujourd'hui.

Doreen lui sourit.

— Merci du conseil.

Il rit.

— Quand j'avais votre âge, j'aurais dit : *Merci du conseil, mais non merci !*

— Non, je ne suis pas comme ça. J'ai encore énormément de trucs à apprendre. Et même si ce n'est pas de cette façon-là que je souhaite considérer les choses, ça ne signifie pas que ce n'est pas aussi important que d'entendre les mots pleins de sagesse d'une autre personne de mon entourage ni de s'inspirer des autres également.

— Si vous apprenez vraiment, vous serez une perle rare.

Doreen ébaucha un sourire.

— Oh, je suis une perle rare ! s'exclama-t-elle d'un air insolent. Oh, allez, je suis Doreen !

Le vieil homme éclata de rire. Et quand il finit par s'arrêter, il murmura :

— Je suis content d'être venu. Vous êtes une bonne personne.

— Merci, répondit-elle tout bas. Et vous avez raison. Parfois, nous reconnaissons le bénéfice et la valeur des autres, et d'autres fois… eh bien, on laisse courir, en pensant qu'on aura le temps.

— Et puis vient la leçon, bien sûr, qu'on n'a pas le temps et qu'on doit agir immédiatement.

— Et pourtant, si nous faisons tout, tout de suite, il y a cette pression, ce stress, cette tension d'être à la hauteur des attentes. Ça ne semble pas être un mode de vie sain non plus…

— Je crois que c'est pour cette raison qu'on dit que tout est une question d'équilibre. Un concept pour lequel, vous savez, nous ne sommes pas vraiment doués…

— C'est bien vrai.

— Ce n'était clairement pas mon cas quand je travaillais dans le système judiciaire. J'ai vu mon lot de gentils criminels passer la porte. Parfois, nous avions raison. Parfois, non. Mais je me suis consolé en pensant que, chaque jour, nous avons essayé. Chaque jour, nous avons agi du mieux possible pour que la justice opère. Et, que nous ayons apprécié ce qui est arrivé ou pas, ça faisait partie du quotidien.

— Je suppose que vous avez croisé un tas de criminels, n'est-ce pas ?

— Oui. Et nombre d'enquêtes que nous avons menées n'ont jamais connu de conclusion satisfaisante.

— J'aimerais vraiment entendre ces histoires… (Il la considéra d'un air surpris, elle haussa les épaules.) Vous avez probablement connu le journaliste Bridgeman Solomon, qui était à Rosemoor. J'ai hérité de toutes les affaires sur lesquelles il a travaillé au fil du temps. Je dois me plonger dedans. Mais là encore, ça prend du temps, et c'est là que je suis tombée sur le nom de Lenny et l'info concernant le promoteur.

— Solomon était un homme bien. Il a eu des ennuis avec la police de temps en temps, aussi… Il aurait fouiné là où on ne voulait pas de lui, mais il était doué pour ça. Si vous possédez toutes ces notes, je suis sûr que vous trouverez toutes sortes d'affaires desquelles vous occuper ces prochaines années.

— Un peu trop, sans doute, renchérit-elle, amusée. Quelque part en chemin, je suis censée gagner ma vie, ajouta-t-elle en désignant Rosemoor devant eux.

Roger opina du chef.

— Vos actions dans le cadre de toutes ces affaires non résolues sont importantes, mais je comprends que vous ayez des factures à payer aussi. Alors, vous devez trouver une solution pour concilier les deux. Il n'y a rien de tel que de s'occuper de ces enquêtes pour comprendre à quel point tout le monde a un plan, qui ne vous inclut pas. Mais dans ce cas-ci, ajouta Roger en lui souriant gentiment tandis qu'ils marchaient vers l'entrée de Rosemoor, le projet de vie de Mack s'inscrit avec vous pour de vrai, alors prenez garde à ne pas gâcher plus de temps.

Sur ce, il lui adressa un signe de la main et avança jusqu'à la porte d'entrée. Doreen se tint en retrait en gardant les animaux près d'elle, et regarda l'homme franchir le seuil de la maison de retraite. Et alors qu'elle s'apprêtait à faire demi-tour et à rentrer chez elle, elle entendit Nan l'appeler. Doreen la chercha des yeux et sourit.

— Hé ! Je viens de raccompagner Roger.

— Viens prendre une tasse de thé dans ce cas !

— J'ai probablement du café encore chaud à la maison, déclara Doreen.

Elle se dirigea toutefois jusqu'au petit patio de Nan, les animaux courant devant elle pour saluer cette dernière.

La voir était toujours un temps fort dans leur journée.

Nan s'inclina pour accueillir les animaux et rit de leurs pitreries, puis elle parvint enfin à parler.

— Peu importe, marmonna-t-elle avant de se pencher en avant et de chuchoter : Est-ce que Roger avait quoi que ce soit d'utile à raconter ?

— Oui, en un sens, et j'ai obtenu un tas de noms sur lesquels enquêter également. Je creuse l'histoire de Lenny, du côté de ses connaissances, de sa famille, de ses amis... qui pourraient avoir quelque chose à dire sur lui. J'étudierai ça ce soir et demain.

— Oh, bien ! Et si tu souhaites un historique concernant

ces noms, entre nous, nous devrions avoir quelque chose sous la main.

— Je les écrirai dans un courriel que je t'enverrai, ou bien je te passerai un coup de fil plus tard. Je n'ai pas pris mon bloc-notes avec moi.

— Bien sûr que non, marmonna Nan. Mais tu sais quoi ? Si tu ne veux pas rester pour prendre le thé et que tu préfères retourner chez toi pour prendre ton bloc-notes…

— Tu veux dire que je peux rentrer et t'appeler dès que j'ai les noms ? demanda-t-elle en rétrécissant son regard, suspicieuse envers sa grand-mère.

— Absolument ! répondit Nan, toute gaie. Nous sommes impatients d'aider.

Doreen y réfléchit un instant et opina du chef.

— En effet, tu es probablement l'une des meilleures sources d'informations, car cela concerne forcément des gens qui se trouvent en ville depuis ces quinze dernières années au moins. Par conséquent, quiconque a de l'ancienneté ici aurait tendance à pouvoir transmettre le meilleur renseignement, mais je ne suis pas en mesure d'en être sûre.

— C'est pourquoi tu dois nous donner ces noms, répéta Nan.

— Parfait, concéda Doreen en tirant sur la laisse pour retourner chez elle. Venez, les amis. Nan veut aider à retrouver la personne qui a attaqué Mack.

En entendant le mot *Mack*, Mugs sauta et aboya, sa queue se balançant comme une folle.

— J'aimerais beaucoup que Mack vienne à la maison nous voir, Mugs, marmonna-t-elle en se dirigeant de nouveau vers la rivière, mais il est coincé à l'hôpital.

Et face à ce triste constat, ils se rendirent lentement chez eux.

Chapitre 15

Jeudi matin

OREEN AVAIT TÉLÉPHONÉ comme convenu à Nan plus tard la veille au soir avec une liste de noms, tous de la famille du fameux Lenny.

— Je m'en occupe ! avait immédiatement réagi sa grand-mère avant de s'enfuir avec ces informations.

Doreen n'avait pas eu l'occasion de lui raconter le reste de la visite de Roger, mais ce n'était pas grave. Peut-être n'avaient-elles pas besoin d'en parler davantage pour l'instant. Elle avait transmis à Nan les noms de la mère de Lenny, de sa sœur, de sa petite amie de l'époque, de sa fille devenue adulte et même de sa nièce.

Quand Doreen se leva le matin suivant, elle pensa à la bibliothèque ainsi qu'à la documentaliste et à n'importe qui d'autre susceptible de vivre à Kelowna de longue date. Alors, elle s'habilla rapidement, se prépara du café et nourrit les animaux. Puis elle se versa une tasse de café qu'elle savoura pendant qu'elle était assise à relire ses notes avant de filer jusqu'à la bibliothèque, triste de laisser ses compagnons derrière elle.

Quand elle entra, la documentaliste – la même que la

fois précédente – leva les yeux et demanda :

— Et c'est quoi cette fois ?

Doreen s'approcha.

— Vous connaissez Lenny, le promoteur immobilier ?

La femme renifla.

— Je sais des choses sur lui. Mon grand-père faisait partie de ceux qui ont été arnaqués en achetant l'une de ses maisons. Ça a été un sacré bazar avant que ça ne finisse par s'arranger.

— Est-ce que ça a été couvert par l'assurance ?

— Oui, répondit la documentaliste en hochant la tête.

— Alors, il s'agit de crimes sans victimes, se dit Doreen à elle-même.

Cela venait confirmer ce qu'elle avait pensé plus tôt. La documentaliste la fixa d'un regard noir.

— Qu'entendez-vous par « sans victimes » ? C'était mon grand-père !

— Désolée, s'excusa immédiatement Doreen. Je ne veux pas dire qu'il n'était pas une victime, mais *sans victimes* dans le sens où personne n'a été physiquement blessé dans cette affaire, et, dans ce cas-ci, l'assurance a remboursé. Et même si tout le monde déteste les compagnies d'assurance, ils sont plutôt contents d'en profiter.

La documentaliste continuait de dévisager Doreen, déroutée.

— Vous savez quoi, c'est logique. C'est comme voler des petits bouts par-ci, par-là à une entreprise, comme un crayon, un bloc de papier… Les gens s'imaginent que ce n'est pas grave, car c'est la société qui paie et que personne n'est blessé. Sauf si vous êtes le propriétaire de la compagnie.

Doreen opina du chef et ajouta :

— Et c'était ce que faisaient ces hommes-là, donc c'était

facile pour eux de croire qu'ils ne causaient de tort à personne. (Elle sortit alors la liste de noms qu'elle possédait.) Vous connaissez l'une de ces personnes ? Il s'agit de la mère de Lenny, de sa sœur, de sa petite amie de l'époque et d'une nièce.

La documentaliste lui prit la page des mains, l'étudia longuement, baissa un peu plus ses lunettes et leva les yeux vers Doreen.

— Je les connais, mais pas personnellement.

— D'accord, ça me suffit. Je me demandais comment je pourrais les contacter.

Elle tapa le nom de la nièce, Nettie Schumer.

— Elle travaille dans le centre-ville, indiqua la femme avant de réfléchir un instant. Je crois qu'elle est comptable pour un des centres spa. Elle l'a racheté et en a changé le nom si je m'en souviens bien. C'est sa nièce, mais pas selon les liens du sang. Elle a été adoptée.

— Comptable ? Elle pourrait être impliquée dans ce genre de crime ?

— Je ne crois pas, rétorqua la documentaliste en secouant la tête. Je sais qu'elle était plutôt en colère quand son petit ami a été arrêté et incarcéré. Ils travaillaient tous pour Lenny à l'époque, et beaucoup parmi les plus jeunes ont été attrapés à la suite de leurs magouilles et en ont payé le prix.

— Je me doute qu'elle était en colère… Surtout si le couple était solide et avait des projets.

— Elle ignorait probablement tout de la combine avec l'immobilier. Enfin, je veux dire, comment aurait-elle pu être au courant ?

— C'est ça le truc. Je suppose que, sauf à être activement investie dans ces affaires, elle n'était pas en mesure de connaître les malversations de son petit ami.

— Et elle n'était pas impliquée dans tout ça à l'époque. Je crois qu'elle gérait elle-même les activités du spa. Mais ensuite, elle a eu une blessure au dos et n'était plus capable de se pencher ou de fournir des efforts physiques, donc elle a fini par monter son entreprise de comptabilité. Elle est toutefois restée dans le secteur du spa, car elle le connaissait déjà.

— Maintenant, tout cela a du sens pour moi. (Doreen écrivit rapidement ce que venait de lui raconter la documentaliste.) Je vais voir si j'arrive à la retrouver.

— Essayez « Le Spa de Nettie », suggéra-t-elle. J'ignore si la mère de Lenny est encore en vie… Si je m'en souviens bien, elle a été victime d'une crise cardiaque il n'y a pas si longtemps. (Elle haussa ensuite les épaules.) Mais quand je dis *il n'y a pas si longtemps*, je sous-entends que ça pourrait remonter à dix ans.

— D'accord. Je vais probablement obtenir des renseignements de la part de la sœur.

— Ouais. Alors, elle s'est mariée, mais je ne me rappelle plus qui est son époux…

Elle y réfléchit, secoua la tête, puis décrocha rapidement son téléphone pour appeler quelqu'un. Elle mit le haut-parleur.

— Hé, Elizabeth ! J'ai une question pour toi concernant le passé, sur Lenny et sa petite amie Mélissa, et cette pagaille dans l'immobilier datant d'environ quinze ans. Mélissa est décédée depuis, je crois, mais elle a une grande fille. Tu te souviens d'une Amanda quelque chose ?

— Ouais, elle s'est mariée avec Brad Greenwood et a déménagé à Alberta.

— Et concernant la sœur de Lenny, Célia ?

— Cette sorcière a fini par trouver un pigeon pour

l'épouser, répliqua Elizabeth. Il se trouve qu'elle a amené le vieil homme jusqu'à l'autel, mais il a été accusé et déclaré coupable avant qu'elle ne réussisse. Alors, elle est descendue d'une génération ou deux.

— Tu te souviens qui elle a épousé ?

— Bien sûr ! Rodney, le petit-fils du vieux bouc.

La documentaliste remercia Elizabeth et raccrocha avant de regarder Doreen.

— Rodney Bowman. Je dois admettre que ça me surprend, mais ça ne devrait sans doute pas. Célia n'est pas des plus gentilles et ne s'est toujours occupée que d'elle-même. Il y a eu un tas de rumeurs disant qu'elle couchait avec le vieil homme, comme l'a indiqué Elizabeth. Elle aimait l'argent qu'il lui jetait.

À cet instant, Doreen leva les sourcils.

— Voilà qui est très utile, vous n'en avez pas idée !

Puis elle fila de la bibliothèque.

Dehors, une fois dans sa voiture, elle téléphona rapidement à Mack. Toutefois, ne parvenant pas à le joindre, elle décida qu'une courte visite à l'hôpital s'imposait. Elle arriva sur place et se rendit à la chambre de Mack, qui se révéla vide. Comme dans vide de chez vide. Comme dans le fait que Mack ne s'y trouvait pas, que le lit était tout juste refait et qu'il n'y avait aucun signe de lui.

Stupéfaite, elle scruta le couloir d'un bout à l'autre. Bien évidemment, son cœur fut immédiatement effrayé à l'idée que quelque chose soit arrivé à Mack et qu'il en soit mort. Mais elle n'osait pas aller sur cette voie… Elle interpella la première personne qu'elle vit et posa des questions sur la chambre.

— Oh, le caporal Moreau est parti ! répondit-elle avec le sourire. Il défendait avec ardeur sa sortie, donc le médecin a fini par décider que tant qu'il restait chez lui et hors des ennuis, il pouvait s'en aller.

— Parfait ! s'exclama Doreen, un grand sourire aux lèvres. Et ça me plaît que ce médecin ait insisté sur le fait que Mack devait se tenir loin des soucis.

— Et il n'a pas été autorisé à retourner au travail pour le reste de la semaine quoi qu'il en soit. Il a pas mal braillé pour ça aussi, ajouta la femme en riant. Par conséquent, vous pouvez prendre de ses nouvelles chez lui.

— Je le ferai.

Tout sourire, elle fila jusqu'à sa voiture. Ce ne fut que lorsqu'elle commença à conduire jusque chez elle qu'elle se rendit compte d'une vérité désagréable... Tout le temps qu'elle avait passé avec Mack lui avait permis de tout savoir sur sa mère, de rencontrer son frère, de connaître la personne qu'était Mack, le type de boulot qu'il effectuait, et tant de choses encore ! Pourtant – et cela l'ennuyait vraiment à cet instant –, elle n'avait aucune idée de l'endroit où il vivait.

Elle songea à toutes les conversations qu'ils avaient eues, mais elle ne se souvenait pas d'avoir été invitée chez lui, ou qu'il lui ait vraiment décrit son domicile ni où il se situait.

Il venait toujours chez elle, elle n'était jamais allée chez lui.

Mack avait toujours occupé une place majeure dans sa vie, presque depuis son arrivée en ville pour être honnête. Par conséquent, le fait qu'elle ignorait où il habitait constituait une énigme qu'elle ne savait pas comment résoudre. C'était une chose bien étrange, et en même temps, elle avait conscience qu'elle n'osait poser de questions à quiconque. Elle rentra chez elle, déverrouilla la porte, fit un pas à l'intérieur et remarqua qu'aucun des animaux n'accourait vers elle.

Inquiète, elle se précipita jusqu'à la cuisine en s'exclamant :

— Mugs ? Où es-tu ? Mugs ? Goliath ? Thaddeus ? Où êtes-vous ?

Elle pénétra dans la cuisine, vit la porte du fond ouverte et s'écria :

— Oh non !

Elle se hâta sur sa terrasse et s'arrêta net. Ses compagnons étaient là, et ils n'étaient pas seuls. En réalité, ils étaient assis bien confortablement avec Mack. Celui-ci buvait du café et se prélassait comme s'il était le seul maître des lieux. Elle avança d'un pas dehors et lui jeta un regard noir.

Mugs aboya et se dandina en la saluant, mais rien de comparable avec l'accueil exubérant habituel auquel elle se serait attendue s'ils avaient été entre eux. Là encore, Mugs avait probablement considéré Mack comme le sauveur de sa prison solitaire. Elle se pencha et l'enlaça puis lança un nouveau coup d'œil à Mack.

Ce dernier semblait content de lui.

— C'est quoi ce regard ?

— Je reviens de l'hôpital, je te cherchais.

Mack leva les sourcils.

— Dans ce cas, je suppose que tu n'as pas eu mon message ?

Interdite, elle baissa les yeux sur son téléphone et découvrit qu'il lui avait envoyé un SMS pendant qu'elle était à la bibliothèque.

— Je discutais avec la documentaliste, se justifia-t-elle en levant les mains, frustrée. Alors non, je n'ai pas eu ton message.

— Il était simpliste, indiqua-t-il avant de se citer lui-même : « On me libère. Je vous vois dans un court instant. »

Imagine mon désarroi quand je suis arrivé ici et que j'ai découvert que tu n'étais même pas chez toi.

Elle lui lança un regard toujours aussi noir.

— Mais tu as préparé du café.

— Oui ! répondit-il gaiement. Content que tu aies fait des provisions.

— À peine. (Elle observa la cafetière et grommela.) Et tu as fini le café.

— J'attends depuis un moment…

Elle retourna à sa cuisine et prépara de nouveau du kawa, tâchant d'apaiser son esprit.

— Je n'ai pas seulement été choquée, déclara-t-elle en retournant dehors, d'arriver à l'hôpital et de découvrir ton lit vide – honnêtement, on aurait cru que quelqu'un y était mort –, mais ça m'a pris du temps pour trouver quelqu'un capable de me dire ce qui s'était passé.

Mack la considéra et hocha la tête.

— Je n'avais même pas pensé à ça, mais je suppose que tu as immédiatement sauté sur la mauvaise conclusion, n'est-ce pas ?

— J'ai essayé de ne pas le faire, marmonna-t-elle. Mais c'est un peu difficile quand on vient rendre visite à quelqu'un et qu'on voit que son lit d'hôpital est vide. De plus, pour ce que j'en sais, ce tireur aurait pu revenir et tenter de nouveau de te tuer.

Il tendit la main.

— Je te ferais bien un câlin, mais je suis incapable de bouger aussi vite.

Elle se précipita immédiatement à ses côtés.

— Tu vas bien ? Tu devrais peut-être retourner à l'hôpital…

— Hors de question. N'y songe même pas.

Elle fronça les sourcils, et il l'imita en retour. Elle soupira et s'assit à côté de lui.

— Je suis contente que tu sois suffisamment en forme pour avoir été libéré de l'hôpital. Ça a été un peu difficile.

— Oui, et je vais bien. Je ne vais pas travailler pendant un petit moment et j'ai un tas de thérapies à suivre. Mais selon le docteur, je suis passé à côté d'une très vilaine blessure à l'épaule qui aurait pu durer des années, et je m'en suis tiré avec uniquement un gros mal de tête.

— Bien. Ton timing est parfait, en tout cas.

Il la regarda avec intérêt.

— Et pourquoi cela ?

— Car j'ai trouvé un peu plus d'infos. Par conséquent, on obtiendra peut-être des réponses finalement.

— Quel genre de réponses et quel genre d'infos ? demanda-t-il, suspicieux.

Elle ricana et lui rapporta ce que lui avait raconté la documentaliste.

— Intéressant, grommela-t-il. Et vous avez raison. Le lanceur d'alerte était un de mes amis, Chuck. C'est lui qui est à l'origine de tout, énonça-t-il, un pli soucieux sur le front. Puis il a déménagé à Vancouver quelques années après ça.

— Et comment se fait-il qu'il t'en ait parlé ?

— Il était de la main-d'œuvre bon marché pour eux, il essayait d'épargner suffisamment d'argent pour aller à l'université. Il a été témoin de leur magouille. Et je sais qu'il était pas mal apeuré par le fait d'être impliqué là-dedans, mais il les a quand même dénoncés.

Doreen patienta un moment puis lui raconta le reste.

— Avec une bande comme celle-là, je n'arriverais pas à moucharder… Mais en même temps, de bonnes choses sont arrivées grâce à ça. De plus, nous sommes en mesure de relier deux des trois noms.

Mack la regarda.

— Quels noms ?

— Ceux dont je t'ai parlé, que m'a transmis Laura : Lenny, Bowman et Wilson. Il s'agit de Rodney Bowman, et il s'est marié à Célia Farleigh, la sœur de Lenny.

Mack la dévisagea, stupéfait. Elle hocha la tête, un grand sourire sur le visage.

— Prends ça !

Chapitre 16

Q UAND NICK ARRIVA pour prendre son frère chez Doreen, Mack paraissait quelque peu chancelant.

Elle ne perdit pas de temps et demanda à Nick de le ramener directement chez lui.

— Il doit se mettre au lit.

Nick jeta un seul coup d'œil au visage de Mack et opina du chef.

— On va te ramener chez toi, mon grand.

Dès qu'ils furent partis, Doreen retourna à sa terrasse, contente que Mack soit sorti de l'hôpital, mais inquiète qu'il l'ait fait trop vite. Mais bien évidemment, Mack était têtu. Elle grimaça, car elle avait conscience qu'il rétorquerait qu'elle l'était aussi. La vérité, c'était qu'ils l'étaient pas mal tous les deux.

Un peu plus tard, elle se rendit dans sa cuisine, se prépara un sandwich, en s'angoissant tout du long de la possibilité que quelqu'un ait suivi Mack jusque chez lui.

Mal à l'aise à l'idée que quiconque, quelque part, soit à même de retrouver Mack, elle écrivit une volée de courriels en ce sens, pour demander si la moindre mesure de sécurité pouvait être mise en place chez Mack, et pour avertir Nick de s'assurer qu'il n'avait pas été suivi. Puis elle envoya un SMS à Mack pour lui conseiller de rester éloigné des fenêtres. Quand elle reçut une réponse lui disant de se calmer et qu'il savait ce qu'il faisait, elle ricana.

— Ouais, c'est ça, marmonna-t-elle. C'est pour ça qu'on t'a tiré dessus.

Évidemment, c'était injuste. Une personne les avait pris en embuscade.

Après cette pensée, elle trouva le numéro du spa de la nièce. Ensuite, elle devrait essayer de joindre la sœur. C'était par là qu'elle devait commencer.

— Le Spa de Nettie ! chantonna une voix chaleureuse.

— Salut, je suis à la recherche de Nettie. Elle est là ? demanda Doreen.

— Un moment.

Doreen fut mise en attente, puis une femme à la voix plus âgée répondit. Doreen expliqua rapidement qui elle était et la raison de son appel.

— Oh, pour l'amour du ciel ! C'est fini et bien fini depuis longtemps !

— Et ça aurait dû en rester là, sauf que quelqu'un à l'origine de cette enquête a récemment été blessé par balle.

Nettie s'écria d'horreur.

— Oh non ! Pas encore !

— Encore ?

— Ouais, encore ! Ce fut un cauchemar pour nous tous à cette époque. Alors, si vous ramenez tout ce bazar, le cauchemar va recommencer.

Doreen fit la grimace.

— Je suis navrée, mais cette fois, un policier s'est fait tirer dessus.

— Il le méritait sans doute, répliqua la femme d'un ton

acerbe. Mon petit ami de l'époque est aussi allé en prison à cause de cette histoire. En me laissant seule et enceinte. J'ai perdu le bébé et j'ai été en colère pendant très longtemps. Le vieux Vaughn a continué de clamer son innocence, mais il a tout tenté pour sauver sa peau. Et celle de son enfant.

Doreen cessa de respirer.

— Donc vous attendiez l'enfant de Vaughn ?

— *Beuuurk*, c'est dégoûtant ! Non, mon petit ami, Pauly, était le père de mon bébé ! Il était toujours faible. Je l'aimais pour me distraire, mais c'était un faible. Et il ne faisait que ce que Lenny et Vaughn Bowman ainsi que les autres lui disaient de faire. Voilà pourquoi il a fini en taule. Quel abruti ! lâcha Nettie d'une voix qui se brisait.

— Je suis désolée, je ne voulais pas vous fâcher. Mais comme nous avons aujourd'hui ce coup de feu, tout va remonter. Aucun moyen qu'il en soit autrement.

Doreen posa plusieurs autres questions, mais Nettie devenait de plus en plus morose au fil de la conversation. Doreen la remercia de lui avoir consacré du temps et raccrocha. Parfois, passer ces coups de fil était plus difficile pour elle que pour ses interlocuteurs. Déterminée à lancer le reste des appels et avec l'aide des détails supplémentaires apportés par Nettie, elle chercha sur Internet l'ancienne petite amie de Lenny, Mélissa. Elle était morte d'un cancer dix ans plus tôt. Doreen eut plus de chance avec la fille de cette dernière, Amanda. Une autre recherche rapide sur la toile lui permit d'apprendre qu'Amanda s'était mariée à Brad Greenwood et résidait à Alberta. Doreen lui téléphona, mais elle n'eut pas grand-chose à raconter à propos de cette récente histoire de tir et des vieilles magouilles immobilières.

Il ne restait plus que la sœur de Lenny, Célia. Elle était du coin.

Quand Doreen l'appela, celle-ci ne répondit pas. Elle fronça les sourcils puis vérifia rapidement dans l'annuaire et découvrit qu'elle vivait à dix blocs de là. Elle hésitait, car, même si elle aimerait beaucoup aller marcher et que ce serait bon pour elle, elle ne voulait vraiment pas se retrouver coincée trop loin. Toutefois, étant donné qu'elle avait encore plusieurs heures devant elle avant la tombée de la nuit et qu'elle n'avait pas fait grand-chose ces derniers temps, ça lui serait bénéfique. Par conséquent, elle se leva et prit la laisse de Mugs, et tous les animaux devinrent dingues.

Comme s'ils comprenaient qu'ils allaient enfin profiter d'une vraie promenade, ils coururent jusqu'à elle, même Goliath. Amusée par leurs singeries, elle luttait pour mettre la laisse à Mugs, car il ne se calmait pas. Dès qu'elle y fut parvenue, et qu'elle eut installé Thaddeus sur son bras et passé le harnais à Goliath, mais sans laisse, elle se dirigea vers la porte d'entrée pour enclencher le système de sécurité, consciente du fait que Mack serait fier d'elle rien que pour cela.

Elle sortit par la porte du fond, contente de ne pas voir Richard la surveiller. Elle et sa troupe apprécièrent totalement la balade jusqu'à l'adresse qu'elle avait entrée dans le GPS de son téléphone. Ils longèrent la rivière, traversèrent des routes, un pont et, sans même s'en rendre compte, arrivèrent à destination. Dix blocs n'étaient finalement pas si loin. C'était un quartier singulier, juste de l'autre côté de l'une des rues principales appelée Lakeshore.

À un bloc de là se trouvaient un grand parc public, un centre de loisirs et beaucoup de champs qui attiraient toutes les équipes de sport locales pour s'y entraîner. Cependant, quand il était question de matchs officiels, c'était à domicile ou ailleurs, ce qui engendrait pour les parents un petit voyage en voiture de temps en temps.

C'était un endroit très agréable, ce qui ne la surprenait pas. Si ces gens étaient impliqués dans des combines malveillantes et gagnaient de l'argent sur le dos des autres, on s'attendrait à ce qu'ils vivent dans de jolis coins. Ils devaient cependant se montrer prudents, autrement tout le monde serait suspicieux.

Pourtant, elle se souvint que même si les gens pouvaient se méfier, ça ne signifiait pas qu'ils agiraient n'importe comment. Un peu comme Richard, son voisin. Il était toujours suspicieux à propos de tout ce qu'elle faisait et n'était jamais vraiment là pour lui prêter main-forte. Malgré tout, il avait été d'une grande aide au moins une fois, et elle ne l'oublierait jamais. Et même s'il espérait encore qu'elle déménage ailleurs, bien entendu, ça n'arriverait pas.

Quand elle trouva la rue qu'elle cherchait, elle fut surprise de la taille des maisons ; elles étaient douze fois plus grandes que la sienne ! Elles n'étaient pas aussi chics que celles qu'elle avait aperçues le long de la rivière ou de l'autre côté de Lakeshore, mais elles étaient tout de même plutôt jolies.

Comme elle approchait de l'adresse, elle observa un jeune homme qui sortait, au milieu de l'adolescence peut-être, et qui claquait la porte en s'écriant « Il n'est pas mon père ! » à quelqu'un dans la maison. Puis il ajouta : « Et comment est-ce qu'il a pu claquer tout l'argent de l'héritage ? » avant de partir en trombe. Doreen haussa un sourcil devant cette scène. Tandis qu'elle continuait d'avancer, il atteignit le trottoir et passa à côté d'elle en la percutant légèrement. Doreen s'exclama. Il se tourna et lui lança un regard noir. Elle le considéra tout simplement.

— Bon Dieu, cracha-t-il, rien que des vieilles femmes

ici !

Doreen se raidit en entendant ça.

— J'ignore qui vous appelez *vieille*, rétorqua-t-elle sèchement. Ce n'est pas parce que vous êtes un blanc-bec que vous devez hurler sur les gens !

Une femme à la porte s'écria :

— Je suis vraiment désolée ! Mon fils est jeune et fougueux. Les ados, vous savez !

Dans un autre contexte, Doreen l'aurait volontiers perçu comme étant colérique et renfrogné, mais bon, elle souhaitait la coopération de cette femme, pas l'énerver dès le début. Doreen montra qu'elle s'en fichait.

— Il m'a surprise. Il m'a presque fait tomber, expliqua-t-elle tout bas en considérant Mugs qui l'observait elle aussi en se frottant contre sa jambe. C'est bon, mon pote, je vais bien.

— Oh là là, dit la femme, surprise, en contemplant sa drôle de bande. Regardez ces animaux ! Je n'avais encore jamais vu de chat porter un harnais !

— Il ne le supporte pas du tout, mais si on part pour de longues balades, je me sens mieux s'il l'a, comme ça je n'ai pas à m'inquiéter qu'on me l'enlève.

La femme opina du chef.

— Vous êtes d'ici ?

— J'habite plus près de la rivière. J'explore le voisinage.

— Je vis ici depuis des années, déclara-t-elle avec une gestuelle. On ne peut pas dire que j'ai beaucoup exploré.

— Ah non ? Vous n'aimez pas sortir et flâner ?

— Je suis plutôt casanière.

Doreen acquiesça.

— Je comprends, je l'ai été également. Parfois, c'est simplement agréable de se balader un peu.

La femme haussa les épaules.

— Peut-être, oui. Passez une bonne journée !

Elle s'apprêta alors à retourner à l'intérieur, mais tandis que Doreen avait avancé de quelques pas, la femme s'écria :

— Oh, mon Dieu !

Doreen pivota et la dévisagea.

— Pardon ?

— C'est un oiseau sur votre épaule ?!

Thaddeus avait fait demi-tour sur son épaule et passait sa tête sous ses cheveux pour regarder derrière Doreen.

— Oh ! rit cette dernière. Oui. C'est Thaddeus.

La femme l'observa et se mit à rire.

— Vous savez quoi ? J'ai entendu parler d'une folle, rela-ta-t-elle avant de s'arrêter, de rougir et de se corriger elle-même. D'une dame, ici en ville, qui avait un oiseau qui allait partout avec elle.

— Ouais, *la folle*, hein ? répéta Doreen, un sourire en coin.

— Je suis vraiment désolée… Je ne voulais pas vous in-sulter.

Entre elle et son fils, ils avaient tous les deux effectué du bon boulot en se montrant grossiers, mais là encore, Doreen essayait de bien s'entendre avec Célia ou peu importait qui était cette personne. Elle devrait donc mettre ce commentaire sur *la folle* de côté pour plus tard.

— Je ne pense pas que vous soyez la seule à le penser. Je ne suis pas bien sûre d'avoir mérité ça, cela dit.

— J'imagine que le fait de posséder des animaux suffit, répondit hâtivement la femme. N'est-ce pas vous qui élucidez tous ces crimes également ?

— Oh, de temps en temps, des enquêtes croisent mon chemin ! minimisa Doreen avec une fausse modestie. En général, c'est la police qui s'en occupe, pas moi.

La femme la regarda avec curiosité.

— Ah, c'est drôle…

— Pourquoi ?

— On pourrait croire que la police aurait besoin de votre aide ces temps-ci… J'ai entendu dire qu'un agent s'est fait tirer dessus.

À l'énoncé de ces propos, Doreen haussa les sourcils et feignit la surprise.

— Oh, mais oui ! J'ai entendu ça aussi, et je connais le policier concerné, mais je ne crois pas que les forces de l'ordre souhaitent que j'y fourre mon nez.

— D'accord, répondit l'autre femme d'une voix plus dure. Je n'éprouve aucune sympathie pour les flics de toute manière. Ils m'ont gâché la vie, il y a quelques années. Ainsi que celle de ma mère. Elle est morte il y a de cela dix ans maintenant, en se languissant toujours du vieux Vaughn.

— Oh, je suis navrée ! Quand ces histoires ont des conséquences, ça peut devenir moche pour tout le monde.

La femme acquiesça.

— Je n'avais rien à me reprocher en tout cas, se défendit-elle sur un ton indigné. Et pourtant, ils se sont jetés sur moi et mon frère.

— J'ignore en quoi consistait cette affaire, mais si vous étiez innocents, j'imagine qu'ils ont fini par vous laisser tranquilles.

Mugs se redressa, s'appuya contre sa jambe et gémit. Elle tendit le bras pour l'apaiser ; il n'aimait pas qu'on élève la voix, même si elle ne montrait aucune agressivité, ce qui signifiait qu'il ne semblait pas y avoir de danger.

— À la fin, oui, concéda-t-elle, le visage assombri. Mais pas assez vite. Vous en venez à devoir vivre avec pendant très longtemps, et ce n'est pas facile. Vous commencez vraiment à vous sentir persécuté pour tout. La brutalité policière ne devrait pas être permise…

Doreen voulait rétorquer que le harcèlement et la brutalité étaient très éloignés, mais garda la bouche close.

— Je vois que vous détestez vraiment les flics aujourd'hui.

Elle se redressa en gardant un œil sur Goliath qui était étendu sur le chemin, sa queue remuant sous des mouvements brusques et saccadés. Quelque chose le dérangeait lui aussi.

Le visage de la femme s'enlaidit.

— Seulement un…

— Celui qui s'est fait tirer dessus ? demanda Doreen, curieuse.

— Ouais, celui-là.

Thaddeus sortit sa tête de sous les cheveux de Doreen puis la recula immédiatement pour se cacher. De toute évidence, personne n'aimait cette conversation. Peut-être comprenaient-ils l'attitude de cette femme envers Mack qui, pour eux, appartenait à la famille.

— Enfin, je crois que c'était lui. Le grand gaillard. À l'époque, c'était le flic idéaliste, vous voyez ? Tout le monde devait faire le bien, et personne ne devait faire le mal, sinon il voulait en être informé. (Elle ricana.) Comme si lui était parfait et pas nous.

— Je n'ai jamais été proche à ce point des policiers, mais j'imagine à quel point ça a dû être terrible…

— Et une fois que vous vous retrouvez du mauvais côté, ils vous chassent.

— Cela a dû être une expérience difficile, compatit Doreen avant de cesser de parler, sourcils froncés. Oh ! mais ça n'avait pas un lien avec… que j'y réfléchisse… (Elle marqua une pause et rumina.) Genre une entreprise du bâtiment ou autre ?

La femme ricana de nouveau.

— Ouais, vous voyez ? Encore maintenant, les souvenirs persistent. C'était la famille de mon époux. Ça n'avait rien à voir avec lui ni moi.

Doreen l'observa.

— C'était une histoire concernant la promotion immobilière, ou quelque chose comme ça. Je n'ai aucune idée de ce que ça signifie.

Son interlocutrice la regarda simplement.

— Ouais, c'est ça le truc. Personne ne sait jamais vraiment ce que ça veut dire, déplora-t-elle d'un ton sévère. Ils supposent uniquement le pire.

— Vous avez raison. Je suis désolée. De toute évidence, j'ai touché un point sensible.

— Oui, mais nous en avons terminé avec cette mauvaise partie du passé de toute manière. Je n'ai seulement pas envie que ça revienne sur le tapis. On ne vivra pas ça une seconde fois.

— J'imagine qu'avec cette récente affaire de coup de feu, ils vont devoir creuser du côté des vieilles enquêtes pour trouver des suspects potentiels.

— Ça n'aurait pas dû être son cas pour commencer, mais il a fourré son nez là où il ne devait pas. Quelqu'un lui a dit quelque chose, et il l'a cru. Toute cette pagaille est partie de là.

— Oh, ouh là, quand des mouchards sont impliqués, c'est le pire ! fit mine de se moquer Doreen.

Comme elle entendait Mugs gémir de nouveau, elle lui chuchota :

— C'est bon, mon grand. On part bientôt.

Célia rit avec amertume.

— Tout le monde devient un mouchard quand il y a de l'argent en jeu. Même si vous n'avez rien à vous reprocher, ils sont là à vous attendre de toute manière.

— Donc vous voulez dire que quelqu'un a été sacrifié et que ça n'aurait pas dû arriver ?

La femme acquiesça.

— Ouais, c'est ce que je voulais dire. Mon beau-père… Son affaire a été décimée. Il a tout perdu.

— Et il n'avait rien à voir dans cette histoire ?

— Non, rien du tout. Il ne savait rien de tout ça.

— Oh… Penser que sa vie professionnelle périclite et qu'il n'est pas capable de prouver qu'il est innocent…

— C'est ça le problème, renchérit la femme en la considérant méchamment. Il est mort en jurant son innocence. Il a dû verser une sacrée somme d'argent et a passé une année en prison, mais il n'avait rien fait.

— Vous savez qui était le coupable ? l'interrogea Doreen, en espérant que Célia continuerait de parler.

Mugs avait arrêté de tirer sur sa laisse et était allongé à ses pieds, à patienter. En réalité, ses trois animaux étaient calmes. Trop calmes. Comme s'ils attendaient qu'un truc explose.

— Non, je me suis toujours posé la question, marmonna Célia. Plusieurs familles ont été concernées, et bien évidemment, tout le monde gardait le silence à l'époque, car personne n'avait envie de plonger comme mon beau-père. Je ne faisais pas encore partie de la famille en ce temps-là, je n'ai été mariée à Rodney que pendant les, combien, peut-être treize ou quatorze dernières années. (Son regard se perdit dans le lointain avant qu'elle ne reporte son attention sur Doreen.) Je ne serais pas restée en contact s'il avait eu quelque chose à voir avec tout ça, donc je suis certaine que ce n'était pas le cas.

Doreen se contenta de la fixer des yeux.

— Tant que vous êtes sûre et certaine qu'il était innocent...

— Bien sûr qu'il l'était ! s'écria-t-elle avant de renifler. Il n'aurait jamais, jamais été impliqué dans un truc pareil. Il m'a juré qu'il était innocent, et je l'ai cru. Je sais à quel point les gens ont souffert, alors ce n'était pas difficile de le croire.

— Je suis navrée, c'est terrible. Quand de telles choses surviennent, tout le monde trinque.

— Oui, et ce n'est pas juste ! s'exclama-t-elle. Vaughn était un homme bon.

— On dirait que vous l'appréciiez vraiment.

— À l'époque, oui. Il a toujours été gentil avec ma mère et moi. Je pense qu'il l'aimait vraiment bien, mais vous savez, les années passent... Il a travaillé dur et il n'avait pas envie de voir son héritage s'effondrer de la sorte, mais c'est arrivé. Et j'en veux à ce flic pour ça.

— Qu'a-t-il fait pour mériter ça ? demanda Doreen, stupéfaite. Il s'est contenté d'enquêter sur un crime...

— Oui. Mais quelqu'un lui a parlé de quelque chose, et il n'a cessé de creuser. Mon beau-père avait tout du coupable idéal. *En admettant* qu'il y avait un coupable... Je n'en suis toujours pas persuadée.

— Qu'est-ce qu'il vous faudrait pour vous convaincre ? Je veux dire, s'il y avait un procès et que vous n'étiez pas convaincue, que vous faudrait-il ?

— Rien, répondit-elle sèchement, car je ne le croirai jamais.

Et là-dessus, elle pivota et marcha jusqu'à sa maison avant de claquer la porte.

Confuse, mais avec énormément d'éléments auxquels réfléchir, Doreen marcha lentement jusque chez elle.

Chapitre 17

Vendredi matin

QUAND DOREEN SE réveilla le matin suivant, elle n'avait toujours pas les idées claires. Elle resta allongée dans son lit et songea aux infos qu'elle avait telles qu'elle les connaissait. De toute évidence, cette Célia rencontrée hier avec son fils impoli croyait fermement que personne au sein de sa famille Farleigh ou de sa belle-famille Bowman n'avait rien commis de répréhensible. Ou alors, elle s'évertuait à se répéter des mensonges jusqu'à être incapable de distinguer la vérité de la fiction.

Doreen devait en parler avec Mack pour s'assurer qu'il n'avait rien fait de mal. Elle y réfléchit puis se saisit du téléphone et l'appela. Elle vérifia sa montre pendant que les tonalités retentissaient et se rendit compte qu'il était peut-être trop tôt. Elle raccrocha rapidement et grimaça.

— *Super*, Doreen, marmonna-t-elle. Tu aurais dû attendre. Il vient de sortir de l'hôpital.

Inévitablement, son portable se mit à sonner immédiatement, et c'était Mack.

— Je suis désolée ! s'exclama-t-elle. Je ne voulais pas te réveiller.

— Oh, tu ne m'as pas réveillé ! J'étais déjà en communication avec le capitaine.

— Oh ! lâcha-t-elle avant de patienter.

Mais comme il ne prononça rien d'autre, elle demanda :

— Du nouveau ?

— Non, rien de neuf. Et apparemment, tu as envoyé une salve de courriels à tout le monde pour être sûre que je bénéficie d'une protection…

Elle se tut.

— Et ?

Il soupira.

— Je suis capable de me débrouiller. En plus, ils savent comment s'occuper de moi également. Tu en es consciente, hein ?

— Mais j'ignore s'ils ont le budget. J'ignore également s'ils pensent que tu es une cible facile ou s'ils vont simplement te laisser te débrouiller tout seul, dit-elle d'un ton colérique. Alors, il fallait que je sois sûre qu'ils comprennent que je ne serais pas contente s'ils ne faisaient pas attention à toi.

Il eut un rire moqueur.

— Je pense que ton message a été clair, la railla-t-il en s'esclaffant cette fois. Je ne suis pas certain qu'ils apprécient tes méthodes…

— Peu importe, éluda-t-elle en faisant un geste de la main. Ils peuvent ne pas apprécier, mais tant que le boulot est effectué, ça me va.

— Et qu'est-ce qui te pousse à croire que le boulot est effectué ?

— Rien, marmonna-t-elle, mais j'espère qu'il y a quelqu'un pour s'occuper de toi.

Elle entendit alors une voix dans le fond.

— C'est Nick ?

— Oui, c'est Nick.

— Tu réalises que, lorsque j'ai quitté l'hôpital après avoir appris que tu étais sorti, je n'avais aucune idée de l'endroit où tu vivais ? Tu viens toujours chez moi, pour boire mon café, déclara-t-elle en baissant le ton de sa voix. Et je ne sais même pas où tu habites.

Il y eut un silence à l'autre bout du fil.

— Oh…

— Ouais, *oh* ! répliqua-t-elle avant de renifler bruyamment. C'est tout ce que tu trouves à répondre, hein ?

— Quoi ? Je suis censé m'excuser ou… ? demanda-t-il d'une note qui ricanait dans sa voix.

— Je veux dire que c'est plutôt étrange de comprendre d'un coup que j'ignore tout de l'endroit où tu vis, à quoi ça ressemble… Tu as conscience qu'on a un bon aperçu de la personnalité de quelqu'un dans le lieu où il vit. J'en apprendrais beaucoup sur toi…

— Tu es la bienvenue. J'ai un pavillon pas très loin. Il est à moi depuis pas mal d'années, mais je n'y suis pas beaucoup. Par conséquent, je ne peux pas dire qu'il a beaucoup de caractère, à part des cartons, tu sais, un garage d'homme des cavernes et ce genre de trucs.

— Ouah, ça a l'air marrant.

— Non, pas tant que ça, réfuta-t-il chaleureusement, mais je n'essayais pas en tout cas de cacher où j'habitais.

— Je me suis interrogée à ce sujet pendant un moment… J'ai aussi réalisé que je ne t'avais jamais posé la question et forcément, je me suis sentie mal.

— *Tu* t'es sentie mal ? répéta-t-il, l'humour faisant onduler sa voix. Pourquoi te sentir mal ?

— Parce que… c'est sans doute que… tu sais, c'est l'une

des choses qu'on est censé demander.

À cet instant, Mack éclata de rire.

— Je ne sais rien des choses qu'on est *censé* demander. Je suppose que le besoin ne s'est pas fait ressentir. Je ne suis pas si loin de chez toi. À environ dix minutes de route.

— Dans quel coin ?

— Au nord de Kelowna. Tu es la bienvenue pour me rendre visite si tu le souhaites, surtout si tu apportes des cookies…

— Je n'apporterai pas de cookies, car il n'y en a plus, contesta-t-elle sèchement. Et tu ne vas pas me culpabiliser au point de m'inciter à en préparer d'autres toute seule non plus.

Il s'esclaffa.

— Autrement, c'est moi qui irai te voir.

— Pourquoi ? Car tu n'as plus de café ?

Après un moment de silence, il parla tout bas :

— Vraiment ?

— Bon ! dit-elle en soupirant. Je te taquine simplement, mais je m'y prends mal, visiblement.

— Tant mieux, et en effet, je n'ai plus de café.

Et il lui raccrocha rapidement au nez. Elle grommela en fixant son téléphone.

— Bien entendu que tu n'as plus de café. Maintenant, je m'interroge sur mon propre stock…

Elle se leva, s'habilla rapidement, courut jusqu'à la cuisine pour vérifier sa réserve de café. Elle en avait, ce qui était une bonne nouvelle ; sinon, elle aurait envoyé un message à Mack pour lui demander d'en apporter. C'est alors qu'elle réalisa qu'il ne devrait pas conduire… Soucieuse, elle sortit rapidement son portable de sa poche et lui envoya un SMS. **Tu ne peux pas conduire.**

Il répondit immédiatement. **Non, mais mon frère, oui.**

Ce qui signifiait qu'ils allaient venir tous les deux.

Pendant qu'elle y réfléchissait, elle ouvrit la porte de la cuisine à ses animaux puis prépara du kawa. Ensuite, elle nourrit les bêtes et jeta un œil pour voir si elle avait quelque chose à offrir pour grignoter. Elle avait quelques cookies qu'elle pouvait leur donner au lieu de les garder pour elle. Et elle avait conscience qu'ils seraient engloutis dès qu'ils arriveraient ici. Elle fit un pas dehors pour respirer l'air frais.

Elle entendit des bruits provenant de chez Richard. Aussitôt, un large sourire se dessina sur son visage, et elle se faufila jusqu'au côté du jardin pour poser son oreille contre la clôture. La voix continua un court moment, mais il était difficile de saisir les mots. On aurait dit que quelqu'un chantait une berceuse. Puis vint le silence complet, et tout à coup, elle distingua quelque chose contre la palissade, vers son oreille, et la tête de Richard surgit au sommet. Il posa sur elle un regard mauvais.

Immédiatement, elle se mit à tirer sur des mauvaises herbes, puis leva les yeux vers lui en lui souriant.

— Oh, salut ! Comment allez-vous, Richard ?

Il s'éclaircit la voix.

— C'est vous.

Elle le fixa en simulant la stupéfaction.

— Bien sûr que c'est moi ! s'exclama-t-elle avec une patience exagérée. C'est mon jardin.

Il renifla puis scruta les alentours.

— Vous n'avez pas encore déménagé, hein ?

— Non, et ça n'arrivera pas. Vous voyez ? J'ai cette jolie terrasse désormais ! J'ai un beau petit chemin qui descend jusqu'à la rivière. Pourquoi voudrais-je m'en aller ? Désolée, mais vous risquez d'être coincé avec moi pour toujours.

Il leva les yeux au ciel.

— Ouais, forcément ! marmonna-t-il. Et forcément, vous ne resterez jamais tranquille !

Doreen fronça les sourcils.

— Je n'ai pas fait un bruit de la journée ! J'ignore de quoi vous parlez.

— Ouais, mais vous allez devenir bruyante. Le jour est à peine levé.

— Et peut-être qu'aujourd'hui est votre jour de chance et que je serai silencieuse ! (Elle recula de quelques pas dans son jardin, puis baissa les yeux sur les mauvaises herbes.) Il faut que je passe quelques heures à retirer ces herbes ici.

— Ouais, vous devriez. Regardez-moi ce bazar.

— Je n'en ai pas eu l'occasion, grommela-t-elle en réponse.

— Et pourquoi ça ? la questionna-t-il en la regardant comme s'il ne la croyait pas.

— Mack a été blessé. Ou alors vous ne vous en souvenez pas ?

— Comment va-t-il ?

— Il vient tout juste de sortir de l'hôpital même s'il ne peut pas conduire.

— Bien sûr que non, acquiesça Richard, sourcils froncés, avant de demander : Pourquoi vous n'allez pas chez lui ?

Elle leva les deux mains.

— Car il a dit qu'il allait venir ici maintenant.

— Ah, donc vous allez recommencer à faire du bruit alors ! s'insurgea Richard en secouant la tête, comme s'il était dégoûté.

— Vous êtes très bruyant aussi ! s'exclama-t-elle tandis qu'il disparaissait derrière la clôture.

— Ouais, mais j'ai le droit ! ronchonna-t-il de l'autre côté avant de rentrer chez lui et de claquer la porte.

Chapitre 18

DOREEN RETIRA LENTEMENT quelques autres herbes pendant qu'elle attendait que les frères Moreau arrivent. Finissant par se demander ce qui les retenait, elle alla jusqu'à la terrasse. Pile quand elle y posa le pied, Mugs se mit à aboyer comme un dingue ; ce devait être Mack. Et pourtant, normalement, il n'aboyait pas quand il s'agissait de lui… Toutefois, si Mack ne conduisait pas, Mugs devait de ne pas reconnaître la voiture de Nick.

Elle traversa la maison jusqu'à l'avant, et, en effet, c'était le véhicule de location de Nick, un SUV blanc. Au moins, ce n'était pas une Jaguar verte… Chaque fois qu'elle en voyait une dans la rue, cela lui rappelait son ex, et son cœur se mettait à cogner dans sa poitrine. Elle les regarda sortir à travers la porte à moustiquaire. Dès que Mack fut hors du véhicule, elle ouvrit la porte et laissa Mugs sortir.

— Ne saute pas ! le sermonna-t-elle.

Mais Mugs l'ignora complètement et bondit sans s'arrêter sur Mack. Ce dernier ricana, s'accroupit et, avec sa main valide, gratouilla gentiment le chien. Quand il leva les yeux, il fit remarquer :

— Je vois qu'il écoute, tout comme toi !

— Il est bien mieux dressé que moi, avoua-t-elle.

Nick éclata alors de rire.

— Je ne répondrai rien à ce sujet… Et Mack, si tu es malin, toi non plus.

Le concerné haussa les épaules.

— Je lui dis ce genre de choses tout le temps. Ça la rend dingue et puis ça lui passe.

— Mais peut-être que ce ne sera pas le cas cette fois, bougonna-t-elle contre lui.

Il lui adressa un grand sourire.

— Alors, le café est prêt ? lui demanda-t-il.

— Bien sûr qu'il l'est ! marmonna-t-elle. Tu en as apporté ?

— Il le fallait ?

— Ça dépend du temps que tu restes et de quelle quantité tu bois, lâcha-t-elle d'un ton impertinent. On finira par en manquer.

— Tout finit par manquer, rétorqua-t-il, l'air complètement détaché.

— En d'autres termes, tu prévois de partir avant que ça n'arrive.

— Absolument, confirma-t-il en ricanant.

Il se redressa et marcha lentement vers elle. Elle le jaugea attentivement.

— On dirait que tu es passé dans une essoreuse.

Les sourcils de Mack se soulevèrent.

— Vraiment ? Et moi je te trouve jolie.

Elle rougit.

— Oh non, c'est faux ! Tu devrais être chez toi, au lit.

— Ça n'arrivera pas, dit-il sèchement. Donc on ne parlera pas de ça.

— Tu as été blessé. Tu dois prendre soin de vous.

— *Parfait*, et tu dois cesser d'envoyer des messages à tout le monde pour leur demander qui est le garde du corps qui veille sur moi.

— Ce n'est pas une question stupide, argua-t-elle en le regardant fixement.

— Peut-être pas, marmonna-t-il, mais c'est si agaçant. Je n'ai pas besoin de surveillance.

Elle croisa les bras et refusa de bouger du haut de l'escalier.

Mais Mack, fidèle à lui-même, s'approcha et la prit dans ses bras pour un petit câlin.

— Enfin, je te suis vraiment reconnaissant de faire attention à moi. Alors, merci d'en référer à tout le monde.

Elle continuait de le considérer d'un air mauvais.

— Ce n'est pas pour ça que je le fais.

— Si, c'est pour ça. (Il lui lança un regard puis lui embrassa le nez.) Maintenant, bouge de là, lui intima-t-il en forçant le passage pour l'obliger à reculer.

Elle poussa un grognement et observa Nick, qui arborait un très grand sourire.

— Pourquoi vous riez ? s'offusqua-t-elle.

— Parce que j'adore vous voir tous les deux. Vous êtes géniaux ensemble.

— Géniaux ? répéta-t-elle, stupéfaite. Vous l'avez entendu ? Il vient de m'ordonner de bouger puis m'a totalement ignorée.

— Ouais, j'aurais sans doute agi de la même manière, renchérit Nick en s'esclaffant en voyant l'expression sur le visage de Doreen.

Elle grommela à son intention également et se tourna pour se diriger vers la cuisine derrière Mack.

— Il ne vient ici que pour mon café. Vous en êtes conscient.

Et là, elle l'entendit s'écrier de joie.

— Et les cookies !

Il les avait déjà trouvés… En arrivant dans la cuisine, elle annonça :

— C'est tout ce qu'il reste. Alors, si vous les mangez tous, il n'y en aura plus.

— Ouais. Mais il n'y a aucun intérêt à garder des cookies, car personne n'en prépare davantage tant qu'il en reste dans une maison. (Elle le fixa, il haussa les épaules.) C'est une sorte de règle tacite. Tant qu'il reste un cookie, il y en a encore dans la maison. Par conséquent, tout le monde attend qu'il n'y en ait plus avant d'en refaire. Et donc, après aujourd'hui, il n'y en aura plus ! Et vous pourrez lancer une nouvelle fournée.

— Ça n'arrivera pas, marmonna-t-elle.

Elle versa rapidement le café pour le petit groupe et, tandis qu'elle l'emportait sur la terrasse, elle entendit Mack parler des volontaires et de tout ce qu'ils avaient traversé pour lui aménager cet espace. Comme elle présentait le kawa sur la table, elle considéra Nick.

— C'était un grand jour, admit-elle. Les gars ont été incroyablement généreux, en offrant de leur temps et de leurs matériaux.

Nick hocha la tête en lui souriant.

— Tout le monde n'a pas la chance de rendre la pareille. Je suis sûr qu'ils ont apprécié cette opportunité.

Elle fronça les sourcils, mais Nick haussa les épaules.

— Vous avez beaucoup fait pour cette communauté, et un tas de gens ont été impliqués dans vos frasques ! (Elle lui lança un regard noir, alors il leva une main.) Je me contente d'énoncer la vérité.

Les épaules de Doreen s'affaissèrent.

— Possible… J'ai sûrement rencontré beaucoup de personnes que je n'aurais pas connues d'une autre façon.

— Et tu as été blessée de bien des manières, souligna Mack. Et pas seulement par toutes ces attaques physiques, mais aussi par la société.

Elle l'étudia un moment.

— Peut-être, mais tu sais, il y a eu une certaine entente avec certains d'entre eux aussi.

Il l'observa puis acquiesça.

— Et c'est une bonne chose. J'ai conscience que je me suis inquiété pendant longtemps, car ça t'embêtait de découvrir la façon d'agir de certaines personnes.

— C'est dur. Tu te rends compte que ton opinion sur l'humanité est très différente de la réalité.

Mack sourit.

— Et c'est vrai. Mais tu t'en es mieux tirée que je ne l'aurais cru.

Elle hocha la tête en retournant à Mack un sourire timide.

— Merci. Ça a été un challenge pour tous les deux, dit-elle à Nick.

— Vous avez parcouru un sacré chemin tous les deux. Je suis vraiment content pour vous.

À cela, elle n'était pas bien sûre de quoi répondre, mais elle pivota vers Mack.

— Tu es sûr que c'est bien que tu sois sorti de l'hôpital ?

Il la regarda froidement, elle haussa les épaules.

— OK ! Mais si c'était moi, combien de fois tu m'aurais posé cette question ?

Il la considéra une seconde avant que ses épaules ne s'affaissent.

— Probablement autant…

— Voilà. Alors, j'ai le droit, marmonna-t-elle. Tu n'as pas à être autant sur la défensive ni agacé.

Il lui sourit.

— Non, et ça me prouve que tu ne t'en fiches pas, donc ça me convient.

Elle soupira.

— Évidemment que je ne m'en fiche pas ! Tu as manqué à Mugs.

Il secoua la tête, un étrange tic apparaissant sur les lèvres.

Elle lui répondit d'un petit sourire satisfaisant.

— Bois ton café, avant qu'il ne soit froid.

Il branla du chef et s'adressa à son frère.

— Tu vois ce que je dois supporter ?

Nick lui sourit.

— On dirait que tu as tiré le bon numéro.

Mack acquiesça.

— Si elle reste loin des ennuis, tout ira bien, marmonna-t-il avant de se tourner vers Doreen. Je suis surpris de te voir chez toi et pas en train d'enquêter !

— Non, je fais le tri dans les résultats de mes investigations. Je ne suis pas certaine que je devrais même te tenir au courant de mes progrès, le railla-t-elle en faisant danser ses sourcils. Tu as tendance à devenir grincheux.

Mack hésita, et elle vit le muscle de sa mâchoire tressaillir.

— Oh, oh… Vous voyez ce qui arrive ? lança-t-elle à Nick.

— Ouaip, des étincelles ! répondit-il avec un large sourire.

Doreen haussa les épaules en observant de nouveau Mack.

— Tu sais bien que je ne vais pas rester là à ne rien faire. Quelqu'un t'a *tiré dessus*, lui rappela-t-elle d'un ton sec en lui lançant un regard indigné. Et ça s'est produit devant l'endroit où vit ma grand-mère et devant mes yeux ! Tu crois que je ne me sens pas coupable ?

— Tu n'as aucune raison de te sentir coupable ! lui rétorqua-t-il brutalement. On en a déjà parlé !

Elle secoua la tête.

— C'est bien, mais tu n'arrêtes pas de te dire ça.

Il grommela.

— Qu'as-tu trouvé ?

— Qui a prétendu que j'avais trouvé quelque chose ? (Elle haussa les épaules puis s'adressa désormais à Nick :) Est-ce qu'on a l'impression qu'il a envie de mettre le doigt sur quelque chose ? Non, il ne veut pas, n'est-ce pas ? Il a seulement l'air grincheux.

Les lèvres de Nick se tordirent, et il finit par rendre les armes et rire à gorge déployée.

— Oh ! mince alors… Vous devriez monter un duo comique tous les deux !

Son frère lui lança un regard de réprimande.

— Ce n'est même pas drôle. Ne l'encourage pas.

— Elle n'a pas besoin d'encouragement. Tu as raison, Mack. Mais bon sang, vous êtes si drôles tous les deux !

— Pas drôles du tout, marmonna Mack avant de jeter un regard noir à Doreen. Bon, et maintenant, tu vas me dire ce que tu as découvert ou non ?

— Non ! répondit-elle promptement.

Il posa sa tasse de café très, très lentement.

Doreen lui adressa un sourire effronté avant de céder.

— Très bien ! Peut-être que je le ferai.

— Peut-être ? lui demanda-t-il avec le même ton monotone.

— Oui, peut-être. Tant que tu arrêtes de me dévisager comme si tu étais déjà prêt à me crier dessus. Tu sais que je n'aime pas qu'on me crie dessus.

Il ouvrit la bouche puis la referma brutalement, en continuant de l'observer d'un air furieux.

— Voilà qui est mieux. (Elle considéra le frère.) Tu vois ? On peut l'éduquer.

À cet instant, ce pauvre Nick, qui était en train de prendre une gorgée de son café, cracha le tout dans toutes les directions.

— Le café est si mauvais ? s'écria-t-elle.

— Non, non, répondit-il avant de rire sans s'arrêter. Oh, Seigneur ! C'est quelque chose, vous deux !

— Non, ce n'est pas vrai ! Elle, c'est quelque chose, et, en haut de cette liste de quelque chose, il y a *énervante*.

Doreen lança un regard noir à Mack.

— Et voilà ! Tu m'insultes de nouveau. Tu as conscience que je n'aime pas ça.

Il soupira.

— Bien, je m'excuse de t'avoir insultée.

Elle y réfléchit puis hocha la tête.

— Considérant que tu souffres encore et que tu devrais être à l'hôpital, j'accepte tes excuses.

— Je ne devrais *pas* être à l'hôpital. Maintenant, déballe.

Elle haussa les épaules.

— Bien !

Elle leur raconta alors, en prenant son temps, la conversation avec la femme qui était mariée à Rodney Bowman.

Mack opina du chef.

— Célia.

— J'aime bien ce prénom, divagua Doreen, soucieuse.

Comment tu t'en souviens ?

— Parce que je me rappelle l'affaire.

— Ah, oui. Célia a dit ça aussi. Elle a également précisé que tu étais un jeune flic morveux, moral, je-sais-tout gonflé à bloc et que tu avais rendu sa vie misérable.

Mack fixa Doreen, stupéfait.

— Vraiment ?

Doreen confirma d'un signe de tête.

— Quelque chose du genre. Elle ne te porte pas vraiment dans son cœur.

— Je lui ai à peine parlé.

— Je pense qu'elle te rend pleinement responsable de l'accusation contre Vaughn, son beau-père, et de la perte de son affaire familiale et de sa réputation. Apparemment, elle était pas mal attachée à lui et tenait à ce vieil homme. Il a été dévasté quand tout ça est arrivé et a clamé son innocence jusqu'au bout.

Mack l'étudia un long moment.

— Tu as conscience que je ne jouais pas vraiment de grand rôle dans cette enquête, n'est-ce pas ?

— Tu as agi comme attendu, tu es allé enquêter et as rapporté les informations aux procureurs, qui ont requis plus de détails ou qui ont pris le relais. Tu es alors passé à une autre de tes très nombreuses affaires.

Mack opina lentement du chef.

— Oui, c'est plutôt vrai.

Elle reproduisit sa gestuelle.

— Le truc, c'est que, quand les gens cherchent une cible, ils se moquent des faits, ne regardent même pas plus loin. Ils se souviennent de la personne qu'ils ont vue ou qu'ils assimilent à l'interrogatoire qui en découle, et vous devenez tout simplement un bouc émissaire. Et quand elle a appris qu'on avait ouvert le feu sur toi, crois-moi, elle n'était pas du tout désolée.

— Et tu ne l'as pas frappée ? la questionna Mack, amusé.

Doreen haussa les épaules.

— Je voulais répondre un tas de choses, mais j'essayais de lui tirer les vers du nez. Par conséquent, tu vois, elle ne m'aimait pas du tout. Une fois encore, mes tentatives pour me faire des amis au sein de la communauté n'ont pas très bien fonctionné.

Mack la regarda fixement.

— Je ne me souviens même pas d'elle, honnêtement.

— Et je pense que ça la mettrait en colère aussi, car, elle, elle ne t'a pas oublié.

Mack secoua simplement la tête et feignit de s'en moquer.

— Célia est catégorique quant au fait que les Bowman n'ont rien à voir avec l'arnaque immobilière de son frère Lenny… Ce qui me paraît étrange, c'est qu'elle accorde sa confiance à la famille de son mari plutôt qu'à la sienne, de sang. Tu te souviens de Vaughn Bowman comme partenaire de crime de Lenny Farleigh, il y a quinze ans ?

— Possible. Je me demande si je peux charger Darren de vérifier ses antécédents… (Il considéra son frère.) Chuck était l'informateur dans cette histoire d'arnaque, lui précisa-t-il tout en étant sur son téléphone à écrire un message.

— Je n'ai pas entendu parler de Chuck pendant des années, répondit Nick.

— Ah oui ?

— Rien du tout.

— Savez-vous seulement s'il est encore en vie ? le questionna Doreen, ce qui attira son regard.

— Non. J'ignore s'il est en vie. J'ignore s'il n'est *plus* en vie. Je n'ai aucune raison de suspecter l'un ou l'autre.

— Alors, vous devriez peut-être vérifier ça.

— Et pourquoi ça ? demanda-t-il en la dévisageant d'une façon étrange.

— Parce que vous tirer dessus n'a de la valeur que si quelqu'un pense que vous avez un lien solide avec tout ça. Et comment pourrait-on sérieusement croire que vous avez un rapport avec cette affaire à moins d'avoir été impliqué dans le crime initial ou d'avoir eu l'info par Chuck, si ce n'est Chuck lui-même !

La mâchoire de Mack se referma lentement.

— C'est très sensé. Beaucoup de gens ont été concernés par ce procès, pas seulement moi. Ce n'est pas moi qui ai mené l'enquête. Mais c'est moi qui l'ai transmise à mes supérieurs, alors s'ils veulent me blâmer pour ça…, argua-t-il avant de hausser les épaules.

— Mais ça n'a aucun sens, pourquoi auraient-ils agi maintenant ? Pourquoi attendre toutes ces années ? les questionna Nick.

Doreen montra son accord d'un mouvement de tête.

— J'essaie encore de démêler tout ça. Célia, en dehors d'être une source d'animosité, ne m'a pas apporté d'information utile.

— Non, bien évidemment que non. Quand on s'adresse à la colère, aux gens revanchards comme elle, ce n'est pas après la vérité qu'ils en ont… Ils veulent simplement que leur opinion se confirme.

— Et il y avait clairement cette impression chez elle. Sa famille était *innocente*, et les flics *ont tendu un piège au vieil homme*. C'est tout ce que j'ai… J'ai aussi besoin d'avoir la confirmation que le vieil homme est mort en prison. Et si c'est le cas, Vaughn ne peut être impliqué dans l'affaire actuelle.

— Intéressant, souffla Nick en observant Doreen, fasciné. Et cette femme t'a parlé librement, comme ça ?

Doreen acquiesça en remarquant que Mack s'activait à toute vitesse sur son téléphone. Elle reporta son attention sur Nick.

— C'est assez difficile parfois. Il faut utiliser la bonne intonation pour gagner leur sympathie ou les contrarier suffisamment pour qu'ils crachent le morceau, mais j'ai compris qu'en général, quand j'utilise la méthode douce, j'en obtiens bien plus des gens.

— Évidemment. C'est fascinant de découvrir comment tu opères en tout cas.

— Non, ça ne l'est pas, rétorqua Mack. C'est frustrant. Les gens se confient à elle pour une raison que j'ignore, et je sais que c'est un truc qui déconcerte la plupart d'entre nous, au poste.

— Honnêtement, je ne suis pas certaine que le capitaine m'apprécie beaucoup… T'a-t-il raconté ce qui s'était passé à Rosemoor ?

Les lèvres de Mack se tordirent.

— Il ne m'a rien raconté, mais Darren, oui. Apparemment, le gang là-bas t'a bien écoutée, mais ils ont complètement ignoré le capitaine.

— Ouais, c'est à peu près ça, confirma-t-elle avec un grand sourire. Et franchement, c'est simplement parce qu'ils me connaissent mieux.

— Oui, mais ils sont censés respecter la loi.

— C'est le cas, souligna Doreen en regardant Mack avec stupéfaction. Mais depuis quand ça signifie *écouter le capitaine* ?

Mack la regarda, perplexe. Elle observa Nick et surprit

de nouveau son sourire amusé.

— Et vous alors ? lui demanda-t-elle. Vous avez des nouvelles ?

— Sur l'affaire de Mack, non. De plus, mon frère me passerait un savon si je vous en parlais.

En entendant cela, Doreen pivota pour faire face à Mack.

— Sérieusement ? Tu as du neuf et ne le dis pas ? Tu me ferais gagner pas mal de temps si tu partages tes infos, tu en es conscient ?

Il se contenta de la dévisager sans émotion, elle haussa les épaules.

— D'accord, puisque c'est ainsi…

Elle se leva, prit sa tasse et entra pour récupérer la cafetière. Elle remplit la tasse de tout le monde.

— Alors, combien de temps seras-tu en repos ?

— Trop longtemps, grommela Mack.

— Ils ne te laisseront probablement pas enquêter d'ailleurs, si ? le questionna Doreen en remarquant l'expression de son visage, avant de ricaner. Voilà pourquoi tu es aussi grognon…

— Selon toi, je suis toujours grognon.

— Oui, mais c'est quelque chose avec lequel j'ai appris à vivre.

Il secoua la tête.

— Je ne suis *pas* grognon tout le temps.

Elle le regarda attentivement.

— Si.

— Non.

— OK, peu importe, dit-elle avant de s'adresser à Nick. Je ne suis pas allée dans le jardin de votre mère depuis quelques jours. De quoi il a l'air ?

— Il a sans doute besoin de désherbage, mais honnête-ment, je n'en ai aucune idée. Je n'y connais rien dans ce domaine.

— Vous n'êtes pas jardinier ?

— Non, pas jardinier, répondit-il en secouant la tête. Bien que, si je reviens en ville, ce puisse être un truc que j'apprendrai.

— Et pourquoi cela ?

— Apparemment, les jardins ici sont un peu morts, et je devrai me renseigner davantage à leur sujet, ne serait-ce que pour leur préservation.

Doreen l'observa, ne sachant pas s'il se jouait d'elle ou non, puis comprit qu'il était plutôt sérieux. Elle opina lentement du chef.

— Vous savez, ce ne serait pas du tout une mauvaise idée. Certains événements qui se déroulent dans cette ville sont vraiment mauvais.

Il lui sourit.

— Et pourtant, vous semblez bien vous débrouiller.

— Je ne pense pas que ce soit toujours le cas, mais je me sens bien. C'est Mack qui a des ennuis ici. C'est lui que nous devons aider.

— Oh, j'ai compris ! répondit Nick. Vous avez besoin de moi concernant mon frère ! Et je vous prêterais volontiers main-forte si je savais de quelle manière, mais ce n'est pas vraiment mon domaine d'expertise.

— J'ai toujours imaginé que les avocats s'impliquaient dans tout.

Nick fit non de la tête.

— Non, nous avons tendance à rester dans notre cœur de métier, au lieu de nous laisser entraîner ailleurs.

—Ah. Ce n'était pas exactement ce à quoi je

m'attendais.

— Non, je me doute. Désolé, dit-il en ayant l'air de tout sauf navré. C'est comme ça !

— Je bénéficie du concours de Nan et d'autres résidents de Rosemoor. Autrement, je ne vois pas qui d'autre serait en mesure d'aider… (Elle regarda Mack.) Et honnêtement, c'est plutôt étrange de ne pas te voir actif non plus.

— Ouais, ça me fait bizarre à moi aussi. J'ai pourtant beaucoup insisté pour participer à cette enquête.

— Tu sais ce qu'il te reste à faire alors. Apporter un élément qui empêchera le capitaine de te mettre sur la touche.

Il secoua la tête et lui sourit.

— Ce n'est pas si facile.

— Tu sais, je soupçonne que ce ne soit pas si compliqué non plus. Le capitaine veut seulement résoudre l'affaire et en finir avec ça. J'aimerais croire que ça signifie aussi qu'il souhaite que tu ailles mieux, mais bon, je ne suis pas bien sûre de connaître ses priorités.

— Le capitaine est un bon ami et m'a toujours bien traité toutes ces années, lui indiqua Mack avec gentillesse. Ne t'inquiète pas, il ne se fiche pas de moi.

Elle ricana.

— Mais il ne t'a pas fourni de service de sécurité, si ?

— Et je n'en ai pas besoin, lui rappela-t-il. De plus, Darren s'en occupait à l'hôpital. Tu n'as pas d'autres cookies ?

Son téléphone vibra à cet instant, et il le sortit pour lire le message.

— Non, je n'en ai pas, dit-elle en fixant l'assiette vide. Tu les as tous mangés ?

— Non, pas du tout, nia Mack avec un air coupable sur le visage, ce qui amusa Doreen.

— Considérant que c'étaient mes tout premiers cookies,

je suis contente qu'ils soient partis aussi vite. Mais ce n'est pas ça qui te sortira d'affaire.

— Tu es sûre ? Honnêtement, ça pourrait.

— Non, marmonna-t-elle. Il faut que nous allions au bout de cette histoire, et vite.

— Ouais, et tu as une idée de la façon de procéder ?

— Non, pas encore, et c'est ça le problème. Normalement, j'obtiens quelques renseignements de ta part. J'en obtiens aussi un peu de la part de Nan, mais en ce moment je sèche. Je sais sur quoi porte l'affaire, mais nous ne disposons pas de suffisamment de données pour procéder à une arrestation.

— Imagine ça, la taquina Mack d'un ton sec. Ce vieil homme appelé Vaughn est bien mort en prison. Un an après son incarcération.

— Merci pour cette info même si elle ne fait que compliquer les choses.

— Peut-être, mais Darren a aussi déclaré que Lenny avait disparu des radars, juste après son séjour en prison. Darren a essayé de le localiser. S'il est toujours en vie, il se cache. Et je doute qu'il puisse se planquer longtemps ici, à Kelowna. Je suppose donc qu'il est sur la côte, quelque part, dit Mack en secouant la tête.

Doreen fronça les sourcils en le considérant.

— Et je ne dois pas oublier que tu n'es pas un policier en ce moment. Tu es en congé maladie.

— Je reste un policier, rétorqua-t-il.

— Oui, bien sûr, concéda-t-elle en faisant un geste de la main. Et j'ai conscience que tu seras très contrarié si tout cela devait se passer sans que tu y sois impliqué.

— Ouais, tu as vu juste. C'est déjà assez dur de rester sur la touche, mais de savoir que tout le monde trime sur cette affaire alors que je ne suis pas autorisé à y accéder, c'est frustrant.

— Ils vont vraiment essayer de t'en empêcher ? demanda-t-elle, curieuse.

— Je ne m'y risquerai pas.

— Hmm… Je n'aimerais pas être hors jeu.

— Nous sommes différents tous les deux.

— Tout à fait, je suis au courant, j'ai pigé. Je n'avais pas réalisé à quel point j'étais rebelle avant d'emménager ici. « Viens à Kelowna, c'est un lieu paisible. », me disait Nan. « Viens à Kelowna, tout le monde est charmant et gentil. Le plus faible taux de criminalité est en Colombie-Britannique. », prétendait-elle aussi. Tu sais pourquoi cette ville a le taux de criminalité le plus faible ?

— Je n'en suis pas certain, mais tu vas me l'expliquer, la railla Mack en soupirant, ce qui lui valut son regard noir.

— Car vous autres n'avez jamais dénoué aucune de ces affaires. C'est peut-être la raison pour laquelle vous ne les avez pas résolues : pour maintenir le taux au plus bas.

Mack la regarda fixement en levant les mains, comme déçu.

— Sérieusement ?!

— Je l'ignore ! se justifia-t-elle en mimant son geste. Mais je ne crois vraiment pas que Nan m'ait menti, en tout cas pas volontairement. Et après ça, tout le reste a été mis de côté. Je n'ai aucune idée de ce qui se passe.

— Alors, pourquoi ne pas revenir au sujet en question ? suggéra Nick. Voyons si on arrive à élaborer quelques théories sur les personnes susceptibles d'être impliquées là-dedans et sur leurs motivations.

— Si nous nous basons sur la théorie selon laquelle tout serait lié, ajouta Doreen, la première chose à faire est de savoir si Chuck est vivant. Si c'est le cas, où est-il ? Et a-t-il entrepris de ressortir cette vieille enquête ?

— Pourquoi en vouloir à Chuck pour ça ? lui demanda Mack en la considérant d'un air confus.

— Ce n'est pas que je lui en veux, mais quel est son degré d'implication ? Peut-être a-t-il transmis une information à quelqu'un ou a-t-il appris quelque chose à l'époque et vendu la mèche aujourd'hui, ce qui a relancé tout ce bazar. C'est ton ami, appelle-le.

— J'aimerais, admit-il, mais je ne suis pas certain d'avoir son numéro. (Il regarda alors son frère.) Et toi ? Tu l'as ?

Les yeux de Doreen se posèrent sur Nick.

— C'est un de vos amis aussi ?

Nick acquiesça.

— Ouais, il l'était. Et je ne l'ai pas vu depuis longtemps non plus.

— Ce qui constitue un autre prétexte pour l'appeler. Comment savez-vous qu'il n'a pas été assassiné ?

En entendant cela, Mack la fixa.

— Tu as la moindre raison de poser cette question ?

— En dehors du fait que nous travaillons sur ce genre de dossiers depuis très longtemps maintenant, et que le meurtre y est en bonne place, pour quel autre motif quelqu'un essaierait de te tuer pour un crime en lien avec l'immobilier datant de plus de quinze ans ?

— Je l'ignore, admit-il en continuant de la dévisager.

Une inquiétude commençait cependant à apparaître sur son visage.

Son frère se leva et sortit son téléphone.

— Je vais essayer.

Et il s'éloigna de quelques pas pour mieux entendre et passer son coup de fil. Elle le regarda se mettre à l'écart et demanda à Mack :

— Tu crois que Chuck a un quelconque lien avec celui qui t'a tiré dessus ?

— Je ne l'espère pas, marmonna-t-il. Chuck a toujours été un bon gars pour moi. C'est lui qui a lancé l'alerte à propos de toute cette affaire, il y a environ quinze ans. Et c'était dur pour lui à l'époque. Il a perdu son boulot, un tas d'autres gens n'allaient pas l'embaucher, certains l'ont traité de balance… Il a mal tourné. Il est parti depuis un assez long moment, même si j'ai effectivement entendu dire récemment qu'il était de retour.

— Et cela aurait pu être l'élément déclencheur… Son retour en ville. Tu as conscience qu'il en faut peu, parfois.

Mack y songea un moment puis opina lentement du chef.

— Tu pourrais avoir raison. Il en faut vraiment peu, hein ?

Elle secoua lentement la tête.

— Et c'est pourquoi je suis un peu inquiète à son égard. Quelqu'un est susceptible de se venger sur d'autres que toi.

Nick les rejoignit à cet instant.

— Pas de réponse.

— Appelle sa sœur, Lisa, lui suggéra Mack.

D'abord surpris, Nick acquiesça dans la foulée.

— Bonne idée, dit-il avant de s'éloigner un peu de nouveau.

— Il était proche de sa sœur ? demanda Doreen à Mack.

— Ouaip, très proche, et c'est une bonne personne elle aussi.

— Quand on emprunte cette voie, on a besoin de gens bien dans nos vies. Autrement, on va droit dans le mur et on ne sait pas pourquoi.

Il lui sourit.

— N'oublie pas. Tous ces individus là-dehors ne sont pas que de mauvaises personnes.

— Peut-être pas, mais parfois, on se pose la question.

Mack ne prononça plus rien, mais regarda son frère ranger son téléphone et revenir vers eux.

— Vous n'allez pas le croire, leur annonça-t-il d'une voix monotone.

— Malheureusement, probablement que si, soupira Mack. Qu'as-tu appris ?

— On lui a tiré dessus, il y a quatre jours. Le lundi, la veille de ton agression. Et il ne semble pas que Chuck y survive.

Chapitre 19

MACK ENTAMA UNE série de coups de fil et, lorsqu'il fut regonflé à bloc et prêt à partir, il s'adressa à Doreen :

— Écoute. Maintenant que tu as parlé à Célia, je veux que tu fasses attention.

— Toujours ! répondit-elle en le regardant, suspicieuse. Où vas-tu ?

— Au poste.

Elle se mit debout, et il lui tendit une main.

— Non, tu ne m'accompagnes pas. Tu restes ici, je dois aller parler au capitaine.

Elle acquiesça lentement.

— Je comprends. J'ai conscience que pour toi c'est comme si je ne comprenais rien de tout cela, mais c'est pourtant le cas.

— Je sais que tu comprends bien plus que la majorité des gens, la contredit-il en souriant. Je ne veux simplement pas que tu y sois mêlée, à ce stade.

— OK, mais tu te rends compte qu'il n'y a pas vraiment d'occasions où j'ai le droit d'intervenir tout en te rendant heureux.

Il éclata de rire.

— C'est vrai, mais en cet instant, je dois m'entretenir avec le capitaine.

Il jeta un coup d'œil à son frère qui hocha la tête.

— Ouais, je vais t'y déposer.

— Maintenant, reste loin des ennuis pendant mon absence, insista Mack.

— Bien sûr, mais là encore, tu oublies qui t'a transmis cette information.

— Non, je ne l'oublie pas. J'essaie de te garder en vie.

Elle haussa un seul sourcil.

— Tu veux dire, comme si j'étais avec toi ?

Il soupira.

— OK, nous essayons de nous garder mutuellement en vie. Ça ne change pas grand-chose.

— Si, au contraire, rétorqua-t-elle avec un grand sourire. Je te laisse partir et discuter avec le capitaine.

Il se dirigea alors vers la porte puis stoppa et revint vers elle.

— Je te soupçonne d'avoir quelque chose en tête…

— Pas du tout ! lui lança-t-elle en affichant son air le plus innocent avant de baisser les yeux sur Thaddeus qui se pavanait de gauche à droite sur la plus haute marche du porche. Dis au revoir, Thaddeus !

« Dis au revoir, Thaddeus. Dis au revoir, Thaddeus. »

Doreen adressa un grand sourire à Mack.

— Soyez prudents et attention sur la route, ordonna-t-elle à Nick.

— On le sera. On se reparle très bientôt.

Elle opina du chef. Comme ils sortaient, Mack s'écria :

— Tu es d'accord pour préparer le dîner ?

— Tu es d'accord pour superviser ou es-tu trop blessé

pour ça aussi ?

— Je ne suis pas suffisamment blessé pour quoi que ce soit, rétorqua-t-il avec un regard noir.

— Dans ce cas, je suis partante pour faire le dîner.

— Bien, nous reviendrons dans deux heures.

Elle acquiesça. Puis, après qu'ils furent partis, elle se rendit compte qu'ils n'avaient pas décidé du menu. Elle lui envoya rapidement un SMS. **Qu'est-ce qu'on mange ?**

Il lui envoya un pouce levé et un smiley content accompagnés de : **Tu choisis.**

Voilà le problème… Qu'elle choisisse était une chose, mais maintenant, elle était contrainte de nourrir Nick également. Elle hésita pendant un long moment puis courut jusqu'à sa cuisine pour voir ce qu'elle avait sous la main.

Elle trouva de la viande hachée dans le congélateur qu'elle sortit pour la laisser se décongeler, puis trouva du céleri dans le frigo et des oignons dans le cellier. Ces derniers choisis, elle fit demi-tour et vit qu'elle avait des pâtes – des spaghettis. Et elle avait même deux boîtes de tomates. Ravie, elle les sortit et les posa sur le comptoir, avant de prendre une photo qu'elle envoya à Mack avec le message : **Spaghettis ?**

La réponse arriva avec un autre pouce levé et demandait si elle avait de l'ail. Elle retourna au cellier, en trouva deux gousses, les ramena et annonça : **Oui.**

Va pour les spaghettis alors. Tu peux commencer la préparation maintenant, et nous cuisinerons quand nous serons de retour, sauf si tu es suffisamment à l'aise pour t'occuper de la sauce.

Elle y réfléchit en pensant au nombre de fois où elle avait préparé la sauce, et décida qu'elle était au moins en mesure de s'asseoir pour couper les oignons et le céleri.

Pendant qu'elle s'y affairait, elle laissa son esprit vagabonder en essayant de comprendre qui était ce Chuck et ce qu'il avait fabriqué, car cela semblait être le fondement de toute cette histoire. Tout en travaillant, elle envoya un autre message à Mack. **Quel est le nom de famille de Chuck ?**

Comme elle ne reçut pas de réponse immédiatement, elle l'enquiquina sur-le-champ en insistant. Il finit par lui donner le nom. **Chuck Howard.**

Avec cette information en tête, Doreen fit sauter les oignons et le céleri dans une poêle, et mijoter les tomates en conserve dans une casserole. Puis elle plaça la viande dans le micro-ondes, pas trop longtemps pour ne pas cuire le dessus, mais suffisamment pour l'amener à bonne température. Elle mit de l'huile à chauffer dans une autre poêle et y fit dorer la viande, juste assez pour se débarrasser de la couleur rosée. Elle ajouta ensuite la viande hachée cuite et l'ail coupé aux tomates, et recouvrit le tout avec les oignons translucides et le céleri. Elle régla le brûleur au minimum et posa un couvercle sur la casserole. Elle devait attendre pour préparer une salade fraîche et cuisiner les pâtes une fois que les hommes seraient revenus. Elle n'avait plus de croûtons. Cependant, peut-être que Mack pouvait faire de la magie avec du pain et de l'ail…

Elle se sourit à elle-même, très fière d'avoir réussi à cuisiner autant toute seule. Et sans même une recette !

Doreen apporta son ordinateur portable à sa table de cuisine et lança une rapide requête sur Chuck Howard. Cela ne lui prit pas longtemps pour atterrir sur des articles hors de Vancouver, disant qu'il avait reçu une balle. Elle transmit rapidement tout ce qu'elle trouva à Mack. Puis elle entreprit de rechercher un autre nom… la sœur de Chuck, Lisa Haywood, comme mentionné dans l'un des articles. Elle savait qu'elle pouvait requérir auprès de Mack ou Nick un moyen de la contacter, mais cela ne l'aiderait pas beaucoup, car elle était quasi sûre que les deux hommes lui rétorqueraient : *Il en est hors de question.* Bien sûr que ce serait leur réponse ! C'était tout simplement leur façon d'être.

Sourire aux lèvres, elle chercha Lisa Haywood dans l'annuaire de Vancouver et en trouva très rapidement six. Alors, elle téléphona aux trois premières, et ne trouva pas celle avec qui elle souhaitait s'entretenir. Mais la quatrième fut la bonne.

— Hé, je suis Doreen ! Une amie de Mack, murmura-t-elle.

La femme marqua une pause.

— Comme dans Nick et Mack ?

— Oui, confirma Doreen avant d'hésiter un instant. Je ne sais pas si Nick vous en a parlé, mais Mack s'est fait tirer dessus mardi soir, le lendemain de l'agression de Chuck.

La femme s'exclama, horrifiée.

— Il va s'en sortir ! précisa rapidement Doreen. J'ignore simplement si tout cela est lié à ce qui est arrivé à votre frère. Alors, je voulais vous appeler et vous poser la question personnellement.

— Je n'en ai aucune idée, sanglota la femme. L'état de mon frère est critique. Il n'a pas l'air bien.

— Je suis vraiment navrée, chuchota Doreen. Vous savez ce qui s'est passé ?

— Non, pas vraiment. La police est en train d'enquêter.

— Oui, bien évidemment. Écoutez, il y a quelques hypothèses portant sur un lien avec une affaire datant de quinze ans, pendant laquelle Chuck avait contacté Mack au sujet d'une arnaque à la promotion immobilière qu'il a dénoncée et qui se déroulait à son travail.

Lisa haleta.

— Vous savez quoi ? Ça m'a traversé l'esprit. C'est simplement qu'il ne m'était pas venu à l'esprit qu'ils pouvaient s'en prendre à Mack également.

— Je ne suis pas du tout certaine qu'il s'agisse du même tireur, mais Mack et moi sommes amis, et nous avons collaboré dans un tas d'enquêtes, improvisa-t-elle. Et j'ai conscience qu'il serait vraiment en colère s'il découvrait que je vous parlais, mais je veux seulement… je trouve ça difficile de laisser couler, sachant que quelqu'un est susceptible de porter atteinte à la vie de Mack une seconde fois.

— Oh, je vous comprends bien ! Si j'avais un quelconque moyen de trouver qui a ouvert le feu sur mon frère, croyez-moi, je m'en occuperais moi aussi.

— Avez-vous une idée de l'identité du tireur ? Est-ce que Chuck avait des ennemis ou était-il inquiet à propos d'une personne de son cercle d'amis ? Pensait-il être suivi ? Y a-t-il eu des signes qu'une telle chose puisse arriver ?

— Non… En tout cas, pas à ma connaissance. Il ne m'a pas dit s'il y avait des problèmes, et je pense qu'il l'aurait fait. Je… Je ne sais pas.

Linda parut si accablée par le chagrin que Doreen détestait avoir à insister pour obtenir plus d'informations.

— Si vous pensez à autre chose, soyez libre de m'en parler, j'apprécierai vraiment, lui suggéra Doreen d'une petite voix. Et si j'entends quoi que ce soit en lien avec votre frère, je vous en ferai part.

— J'apprécierai également, lui répondit Linda avec reconnaissance. Parfois, j'ai l'impression que nous devons mener notre propre enquête, car la police est trop lente.

— Le problème, c'est que la police a tellement d'autres dossiers… Ils ont par exemple quarante-huit heures pour travailler sur cette affaire, et, si rien n'en sort, eh bien, ils passent à la suivante.

— Et n'est-ce pas injuste ? s'en offusqua Linda. C'est tout simplement terrible ! Bref, apparemment, vous avez mon nom et mon numéro, donc si vous apprenez quoi que ce soit, appelez-moi s'il vous plaît.

— Je n'y manquerai pas. Et à ce propos, j'ai appris que la scène de crime se situait près d'un bar local… Est-ce que Chuck se trouvait au pub avec quelqu'un ?

— Il a retrouvé un ami là-bas, dit Linda dont la voix avait changé d'intonation. Chuck y rejoignait Dante.

— D'accord. Vous avez un numéro pour Dante ou un nom de famille ?

— J'ai les deux, attendez une seconde. (Elle fouilla dans quelque chose pendant un moment à l'autre bout du fil et finit par déclarer :) Voilà ! C'est Dante LaPointe. Ils sont amis depuis longtemps.

— Alors, peut-être qu'ils ont collaboré dans l'industrie du bâtiment à l'époque ?

— Eh bien, je crois que oui. Ça a été probablement le cas il y a longtemps. Vous ne pensez pas que Dante soit impliqué, si ?

— Non, je me demande simplement s'il a pu rencontrer quelqu'un, s'il était là-bas pour parler à Chuck, ou qui sait ce que Dante est susceptible d'avoir comme infos. J'ai appris en menant toutes ces enquêtes que plus les gens pensent détenir des renseignements, moins ils en savent finalement. À l'inverse, les gens qui semblent n'être au courant de rien ne comprennent simplement pas en général qu'ils sont au courant de quelque chose d'important. Il faut seulement que quelqu'un mette le doigt dessus pour eux.

— J'espère vraiment que c'est le cas ici. Je ferais n'importe quoi pour être sûre que mon frère survive à cela, murmura Lisa. C'est si injuste que quelqu'un comme Chuck, qui a tant œuvré et qui a dû reprendre sa vie en main, soit dans une telle situation aujourd'hui.

— Vous voulez bien clarifier tout ça ? lui demanda Doreen, curieuse. Mack ne m'a pas mise au parfum, en dehors du fait que c'est Chuck qui lui a parlé des magouilles qui ont eu lieu pendant toutes ces années dans le bâtiment.

— Ouais, c'est exactement ce qui est arrivé. Il était le lanceur d'alerte, mais Lenny l'a viré. Chuck n'aurait jamais réussi à trouver un autre job après ça. Finalement, il a atterri dans un autre boulot de construction, mais très tôt, il a également rencontré des soucis avec ce patron. Je pense que Chuck se trouvait à un stade où il pensait : *Puisque tout le monde triche et ment, pourquoi ne pourrais-je pas voler un peu*, expliqua-t-elle. Alors, il a fini par perdre son emploi en plus d'avoir été démoli par cette épreuve. Il est allé à l'encontre de types louches pour éponger ses dettes, et cela lui a fourni assez d'argent pour fuir, mais il a aussi été rattrapé… Donc il a fait deux ans de prison. Puis il est sorti et s'est reconverti, pour tenter de reprendre sa vie en main. (Lisa commença à pleurer fortement.) Et il a travaillé tellement dur pour ça ! Ce n'est pas juste…

Doreen baissa les yeux sur son téléphone.

— Est-ce envisageable que l'un de ses camarades de cellule lui ait tiré dessus ?

— Je ne pense pas qu'il en avait, répondit sans réfléchir Lisa. Il était vraiment en colère contre lui-même. Il s'est longtemps dit qu'il aurait probablement dû parler à Mack pour qu'il l'aide à sortir de prison et, pour ce que j'en sais, Chuck a finalement discuté avec lui, en vain. Chuck était vraiment énervé à cause de ça.

— De mon point de vue, Mack, en tant que flic, a des

règles très strictes à suivre. Donc si Chuck était coupable, et il semble qu'il l'était, Mack n'avait pas vraiment de solutions…

— Non, et je crois que c'est la raison pour laquelle Chuck ne voulait pas vraiment lui parler. Il était aussi pas mal embarrassé, car, après tout ce qu'il avait mis en œuvre pour faire le ménage dans sa vie, c'est lui qui avait cédé à la tentation.

— Et c'est toujours dur aussi, ça, hein ? Nous voulons que notre famille fasse les bons choix, mais parfois, le bien finit par ressembler beaucoup au mal.

— Exactement, acquiesça Lisa en reniflant dans le combiné. J'espère vraiment que ça s'arrangera pour Mack.

— Oui, ça s'arrangera. Mais je suis inquiète que quelqu'un revienne terminer son travail…

Lisa s'exclama de son côté.

— Ce serait absolument terrible !

— Oui, en effet. Comme vous pouvez le constater, il compte beaucoup pour moi.

— Oui, oui, et pour une bonne raison. C'est un homme bon. Je sais qu'il a été présent pour mon frère pendant toute cette épreuve, donc ce serait plutôt logique que ces deux agressions soient liées.

— Oui. Je veux dire, Mack m'a expliqué qu'il n'avait pas vraiment été impliqué dans l'enquête, parce que c'était encore un jeune policier à l'époque et que ça ne concernait pas son département, mais…

— Non, en effet, mais il a apporté beaucoup de soutien moral à mon frère, et ça, ça compte beaucoup. Mack est un homme bon. Par conséquent, on a vraiment envie, quand les gens sont là pour nous, d'être là pour eux.

Peu de temps après, Doreen mit fin à l'appel et resta assise un long moment à réfléchir à ce qu'avait dit Lisa, car elle avait raison… On souhaite épauler ceux qui étaient là pour nous, et particulièrement si le soutien était de longue durée, ce qui était le cas de Mack. Il avait été là pour chaque étape de la vie récente de Doreen. Ainsi, elle était plus déterminée que jamais à retrouver celui qui avait tiré sur Mack.

Elle était maintenant en mesure de sentir la sauce, et elle se dirigea vers la casserole. Elle essayait de démêler toute cette histoire tout en mélangeant la mixture. Presque immédiatement, elle entendit Mugs aboyer dans le salon. Elle s'y rendit et regarda son chien.

— Quel est le problème, mon pote ?

Il commença à aboyer vers la porte d'entrée sans s'arrêter. Ayant les nerfs un peu en pelote, Doreen observa dehors, mais ne vit rien. Toutefois, Mugs ne s'énervait jamais pour rien.

— OK, maintenant, tu as toute mon attention, mais je ne sais pas bien ce qui se passe… Quel est le souci ?

Il jappait et jappait encore, mais elle n'ouvrirait pas cette porte. En réalité, elle retourna dans la cuisine et enclencha l'alarme. Cette fois, une voix dans sa tête lui dit : *Abstiens-toi, Doreen. Reste calme. Garde le contrôle et n'ouvre pas cette porte.*

Quand elle entendit frapper à la porte d'entrée, elle la considéra fixement ; elle aurait aimé posséder un judas, mais ce n'était pas le cas et elle ne savait pas quoi faire. Quand la sonnette retentit et que quelqu'un essaya de tourner la poignée, elle fit la grimace. Bien évidemment, Mugs devint absolument fou dès l'instant où quelqu'un essaya d'entrer. Elle aurait aimé le maintenir apaisé, mais elle ne s'y efforcerait pas non plus.

Elle patienta, mais il n'y eut pas d'autre coup de sonnette. Elle resta prudente et aurait pu jurer d'avoir entendu des pas contourner la maison. Elle s'exclama, courut jusqu'à la porte de la cuisine et parvint à la verrouiller avant qu'une main ne s'en approche. Mais apparemment, son invité indésirable avait entendu le petit clic.

Et il commença alors à frapper violemment la porte. Un homme hurla :

— Vous allez ouvrir la porte !

Elle ne reconnut pas la personne, encore moins la voix. Elle envoya rapidement un message à Mack. **Quelqu'un essaie d'entrer dans la maison.**

Son portable sonna sans attendre.

— Comment ça : « Quelqu'un essaie d'entrer dans la maison » ? s'écria-t-il.

Elle brandit le téléphone afin qu'il puisse entendre les coups contre la porte.

— Tu l'entends ?

— Ouais, je suis en route. Appelle la police.

Elle regarda fixement son mobile et grimaça, car alerter la police retarderait tout son petit train de vie, y compris le déjeuner. Mais si Mack lui demandait de le faire, elle n'avait pas beaucoup d'autres options devant elle. Elle appela rapidement le 911 et expliqua le scénario. Elle brandit de nouveau le téléphone afin que l'opératrice entende également le type cogner la porte.

— Restez à l'intérieur. Maintenez les accès verrouillés.

— Oh, c'est ce que je fais, mais ce mec est vraiment énervé !

— Ouais, c'est ce qu'il semble. On vous envoie une unité.

— Bien. Je ne sais pas si elle arrivera ici dans les temps toutefois…

— Que voulez-vous dire ?

— Je crois qu'il essaie de démolir la porte.

Et elle ne mentait pas, tandis qu'elle observait, choquée, la porte qui était secouée très violemment sur ses gonds.

— Je crois qu'il va entrer en la cassant ! s'écria-t-elle.

Elle entendit l'homme beugler derrière.

— Laisse-moi entrer, espèce de folle !

— Vous pouvez courir jusqu'à la porte d'entrée ? lui demanda l'opératrice.

— Oui, mais rien ne me garantit qu'il ne va pas faire le tour en courant et m'attraper.

— Tenez bon. L'équipe est en chemin.

Elle se disait que pour l'opératrice ce mantra était censé suffire, mais Doreen souhaitait lui rétorquer que c'était loin d'être le cas. Peu importe qui était ce mec, il avait une idée en tête. Elle raccrocha, marcha jusqu'à la porte de la cuisine et hurla :

— Qu'est-ce que vous voulez ?

L'homme demeura calme un moment.

— Laissez-moi entrer.

— Ouais, comme si j'allais faire ça, ricana-t-elle. Vous n'allez pas entrer, et j'ai appelé la police.

— La police ne vous sauvera pas.

— Pourquoi vous m'en voulez comme ça ?

— Vous êtes venue parler à ma femme hier !

Doreen regarda fixement la porte.

— Vous êtes Rodney Bowman ?

Un horrible grognement parvint de l'autre côté de la porte.

— Voyez-vous ça… Elle sait qui je suis.

— Ouais, Célia m'a dit qui vous étiez. Et je suppose que c'était votre fils, celui qui m'a presque fait tomber sur le trottoir ?

— Beau-fils, corrigea-t-il en jurant contre la porte. Il croit que c'est lui qui commande.

— Il était pas mal énervé lui aussi, alors, pour ce que j'en sais, la famille entière est dingue et souffre d'accès de colère.

— Nous ne sommes pas dingues ! rugit-il. Et je n'aime vraiment pas que des gens insultent ma famille comme ça !

— Peut-être, mais c'est pourtant vous qui martelez ma porte comme un fou !

Il s'arrêta pendant un temps avant d'ajouter, d'une voix basse et effrayante :

— Si vous n'ouvrez pas cette porte, je vais revenir.

Doreen ricana.

— Je ne sais pas dans quel genre de monde vous vivez, où ce genre de menaces vous permettrait de pénétrer chez moi, parce que de toute évidence il est hors de question que j'ouvre cette porte à une personne hystérique et en colère. J'ignore ce que vous voulez, mais vous êtes libre de partir quand vous en avez envie !

— Si vous ne cessez pas de poser des questions, vous pouvez parier que je n'arrêterai pas. N'oubliez pas ! Je sais où vous habitez.

— Ouais ! répliqua-t-elle dans un moment de bravade. N'oubliez pas, je sais où vous vivez, vous aussi !

Chapitre 20

— TU AS fait quoi ?! rugit Mack à l'intention de Doreen pour la troisième – ou bien quatrième ? – fois. Pitié, ne me dis pas que tu lui as sorti ça !

— J'étais censée répondre quoi ? lui demanda-t-elle en le dévisageant fixement. Il me menaçait !

— Ouais, il te menaçait ! Dans la plupart des cas, les gens essaient vraiment de ne pas contrarier une personne comme lui.

— Inutile d'essayer de ne *pas* le contrarier, il l'était déjà ! Comment voulais-tu que je réagisse ?

— Je ne sais pas, que penses-tu de *rester calme jusqu'à ce que la police arrive* ? lui rétorqua-t-il brutalement en posant un regard noir sur elle.

— Tu t'attendais à ce qu'il reste dans le coin pendant que les gyrophares se précipitaient par ici ? le questionna-t-elle, stupéfaite. Évidemment qu'il n'a pas poireauté !

— Ouais, eh bien, imagine qu'il l'ait fait, lui lança Mack en levant les yeux au ciel.

Elle lui renvoya son regard mauvais en rapprochant Goliath de ses bras.

— Et pourquoi tu es en colère contre moi ?

Il ouvrit la mâchoire avant de la refermer sèchement, mais lentement.

— Bon Dieu ! Je ne peux même pas…

— Non, et tu ne devrais pas, le gronda-t-elle sur-le-champ. Tu es censé être à l'hôpital.

Il se mit à rugir.

— Je ne suis *pas* censé être à l'hôpital !

— Tu vas faire une crise cardiaque si tu continues comme ça. Tu sais comme tu deviens à mon contact.

Il se laissa tomber sur la chaise la plus proche et jeta un œil aux policiers.

Elle connaissait l'un d'entre eux, mais n'identifia pas l'autre. Mais elle sourit au premier et lui adressa un geste chaleureux.

— Salut, Arnold ! J'apprécie vraiment votre venue. Ce mec était vraiment effrayant…

L'autre flic la considéra, comme fasciné. Arnold se contenta d'afficher un petit sourire en coin.

— Ouais, vraiment effrayant, vous l'avez probablement terrorisé.

— Pas encore, confia-t-elle. J'attendais plutôt que Mack s'en charge.

Arnold se mit à rire.

— Et c'est plutôt Mack qui vous terrorise maintenant !

— Je ne sais pas pourquoi il est en colère, déplora-t-elle sèchement. J'essaie simplement de veiller à sa sécurité.

— Vous m'avez même envoyé un message, lui fit gentiment remarquer Arnold, pour me demander d'assurer sa protection.

En entendant cela, Mack se tourna très légèrement pour la regarder méchamment. Elle leva les deux mains.

— Si c'était *moi*, que ferais-tu ?

Il ouvrit la bouche, mais son frère lui tapota l'épaule.

— Elle marque un point.

Mack referma brutalement la bouche et pivota désormais pour dévisager méchamment Nick.

Ce dernier haussa les épaules.

— Tu en es conscient, et, si on veut être honnête, elle a raison.

— Je ne serai pas honnête à ce point, rétorqua Mack d'un ton mordant.

— Tu vois ? Tu vois ? C'est ça le problème ! Tu veux que je sois honnête, mais toi, tu ne l'es pas, s'écria Doreen. Est-ce que c'est juste, ça ?!

Mack secoua lentement la tête.

— Oh, mon Dieu… À chaque fois que je crois qu'on a avancé, tu fais un truc de ce genre.

— Quoi ? Je n'étais pas censée parler à Rodney ? Découvrir ce qu'il voulait ? Il était en train de démolir ma porte !

— Discuter avec lui est une chose. L'agacer au point qu'il endommage ta porte comme il l'a fait ? C'est une chose totalement différente ! (Il marqua une pause avant d'ajouter :) Tu sais qu'il te faut une nouvelle porte désormais, n'est-ce pas ?

Elle le regarda fixement.

— Oh, oh…

— Ouais, *oh, oh* ! répéta-t-il en opinant du chef une unique fois. Ces choses-là ont une étiquette avec un prix dessus.

Doreen le dévisagea, furieuse.

— Alors, c'est à *lui* de payer.

— Oh ouais, génial ! la railla Mack en lui renvoyant son regard. Et comment vas-tu t'y prendre pour qu'il paie ?

— J'irai le lui demander, annonça-t-elle en marchant

vers le seuil.

Immédiatement, Mack grommela et tendit le bras pour lui attraper la main.

— Tu n'iras nulle part.

— Il a ruiné ma porte ! s'écria-t-elle. Ça coûte de l'argent ! Je n'en ai pas ! Tu te rappelles ?

— Ah ouais ? Tu te souviens de cette partie qui disait de ne pas énerver les gens ?

Elle posa un autre regard noir sur lui.

— J'avais tous les droits de le faire. C'est ma maison. J'étais saine et sauve, enfermée dans mon propre foyer. Je ne devrais pas débourser un centime pour une porte qu'un tiers a cassée.

Mack ne cessa de la considérer. Doreen jeta alors un œil aux autres policiers pour chercher une confirmation.

— N'est-ce pas ?

Arnold acquiesça immédiatement.

— Vous savez, je trouve ça juste, et c'est la raison pour laquelle les gens ont ce qu'on appelle une assurance.

Doreen renifla.

— Je sais que Nan en a souscrit une pour cet endroit, mais je ne crois pas qu'elle couvre les dégâts causés par des idiots qui tabassent des portes.

— Vous avez bien de la chance que nous soyons tous arrivés avant qu'il ne la défonce et qu'il ne pénètre chez vous, lui indiqua brutalement Arnold.

C'était lui qu'elle regardait méchamment désormais. Il remonta simplement sa ceinture sur sa taille plutôt large et afficha un grand sourire. Les épaules de Doreen s'affaissèrent lentement.

— J'essayais simplement de préparer des spaghettis, gé-mit-elle.

Nick leva alors la tête, renifla l'air, et une lueur d'espoir apparut sur son visage.

— Je me suis interrogé sur cette odeur en arrivant. C'est de la sauce spaghetti, dit-il en la considérant d'un air ravi. Hé, vous allez quand même nous faire à manger, n'est-ce pas ?

— C'était l'objectif avant que votre frère ne devienne si énervant.

Nick prit alors un air affligé.

— Ça signifie que vous n'allez pas cuisiner pour nous alors ?

— Bien sûr que si… Cependant, il semble que ce sera le dîner plutôt que le déjeuner, soupira Doreen. Mais vous allez devoir maintenir votre frère à distance.

Il l'observa, puis ses lèvres frémirent.

— Le retenir pour qu'il ne vous attaque pas ?

— Mack ne me ferait jamais de mal, dit-elle à Nick en le fixant méchamment. Pourquoi vous dites ça ?

Mack grommela.

— Ne t'évertue pas à essayer de discuter avec elle. Ça ne marche jamais très bien.

— Vous n'en savez rien ! (Et d'une petite voix, elle ajouta :) Je ne suis pas si pénible, si ?

Elle scruta alors tous les hommes dans les environs, mais personne ne se hâta de la défendre. Alors, elle comprit qu'ils ne le feraient pas. Elle renifla.

— Parfait. Agissez à votre guise. Je retourne à ma sauce spaghetti.

Elle jeta un dernier coup d'œil à sa porte, ce qui la contraria de nouveau. Et elle n'avait aucune idée de la façon de la réparer ni de quoi elle aurait besoin pour cela. Elle renifla de frustration comme de rage, et Mack avança d'un pas pour examiner de plus près les dommages. Elle gémit.

— Je suppose qu'il me fallait une nouvelle porte depuis le début, de toute manière…

— C'était l'une des choses que nous pensions devoir réparer, marmonna Mack, mais ce n'était pas en haut de la liste.

— Ah ouais ? Eh bien, devine quoi, ça vient juste d'arriver en tête de liste !

Chapitre 21

Samedi matin

L E MATIN SUIVANT, Doreen s'éveilla avec un sentiment
persistant de frustration qui l'envahissait. À moins que
le poids sur sa poitrine ne soit causé par Goliath qui était
profondément endormi. Mugs était étendu le long du bon
côté de son corps, et Thaddeus dormait profondément sur
son perchoir.

Bien confortablement bordée sous les couvertures, elle
pensa à la soirée précédente. Les spaghettis s'étaient révélés
merveilleux, bien que Mack ne se soit pas radouci très
facilement ; il avait été plutôt contrarié tout le long du dîner.
Elle comprenait comment il se sentait, car, eh bien, apparemment, c'était comme ça qu'il se sentait quand elle faisait
un truc complètement dingue de ce genre. Mais en même
temps, ce n'était pas vraiment sa faute… Comment était-elle
censée réagir quand un fou essayait de briser sa porte ? Se
cacher comme une petite souris ? Elle avait trop souvent été
une petite souris dans sa vie. Elle ne le serait plus si elle n'y
était pas obligée. Était-ce la réaction la plus sage à adopter ?
Non, sans doute pas, et peut-être que Mack avait raison
d'être en colère contre elle après qu'elle avait provoqué

l'homme fou. Toutefois, elle n'avait pas à en vouloir à Mack pour son attitude. Elle avait seulement l'impression d'être toujours mal comprise.

Si elle se défendait, elle n'aurait pas dû. Et si elle ne se défendait pas, elle aurait dû.

Tâchant de sortir de cet état d'esprit déprimant, elle prit une douche rapide, s'habilla, puis descendit les escaliers et alla dehors, sur la terrasse. De retour à l'intérieur, elle nourrit les animaux et prépara le café. Avec sa première tasse, elle sortit, soupira d'un air morose sur sa terrasse... sa belle terrasse que Mack avait arrangée. Sa main caressa doucement la balustrade en bois que tous les hommes avaient assemblée pour s'assurer qu'elle avait un espace robuste, et elle grommela à la vue de son fidèle chien.

— Mugs...

Il réagit en aboyant et se laissa tomber à côté d'elle.

— Je suppose que je dois m'excuser, encore, hein ?

Il répondit de nouveau d'un simple jappement. Elle s'approcha de lui et lui fit un gros câlin en se penchant à moitié sur lui.

— Je suis vraiment contente que vous soyez si faciles à vivre, les amis. C'est assez compliqué de communiquer avec les gens.

Elle ne voulait pas se ridiculiser une nouvelle fois, mais bon sang, parfois, ce n'était tout simplement pas facile d'être elle. Elle ne pensait pas être difficile à vivre, mais selon ces mecs-là, eh bien, elle l'était. Elle resta assise un long moment, à y réfléchir, avant de prendre son téléphone et d'envoyer un message à Mack. **Je suis désolée.**

Se sentant mieux, même si elle n'était pas complètement en tort, elle se dit qu'elle aurait au moins pu gérer Rodney différemment, et se comporter avec Mack autrement aussi.

Mais c'était comme si tout était nouveau. Plus aucune de ses anciennes aptitudes ne marchait, car ce n'était plus la même personne qui les mettait en pratique. Elle ne semblait plus posséder une once de diplomatie. Tout ce qu'elle souhaitait, c'était avoir la certitude qu'elle était capable d'obtenir les réponses à ses questions qui, d'une certaine manière, ne la concernaient même pas.

Et elle n'avait même pas révélé à Mack qu'elle avait eu la sœur de Chuck, Lisa, au téléphone. Ça, ça ne serait pas bien perçu non plus…

Lorsque son portable vibra, elle baissa les yeux et aperçut un cœur. Elle poussa immédiatement un soupir soulagé. Un message de Mack suivit rapidement.

Je suis désolé moi aussi.

Son regard demeura fixé dessus, et elle réalisa que c'était l'une des facultés de Mack : elle pouvait tout gâcher – et c'était régulier –, pourtant ils arrivaient à se retrouver le lendemain et à s'excuser. Mack avait fait un faux pas – et c'était courant également –, et là encore ils étaient capables de se retrouver le lendemain et de s'excuser. Ça en disait long… Il pouvait ne pas saisir sa lutte constante avec le sens du bien et du mal, avec la raison pour laquelle il agissait ainsi et pas elle, et avec la raison pour laquelle elle ressentait le besoin d'être toujours sur son chemin ou de s'occuper de son propre truc.

Il semblait qu'elle avait passé tellement d'années à ne pas être capable de faire quoi que ce soit d'elle-même qu'aujourd'hui c'était un énorme challenge de ne pas foncer dans l'univers de Mack. Toutefois, dès qu'il était question de son domaine, ça paraissait être la seule option. Et bien sûr, ce n'était pas uniquement pour lui non plus.

Son mari aurait juré en hurlant qu'elle n'avait pas sa

place là-bas. Mathew avait agi comme ça de nombreuses fois… Mais elle avait appris à ce moment-là qu'être battue, giflée, rabaissée et démoralisée n'étaient en rien des événements dont elle voulait se souvenir. Pas maintenant. Surtout quand elle se rendait compte que Mack était autant à l'opposé de Mathew que n'importe qui. Quand le téléphone sonna peu de temps après, elle s'attendait à ce que ce soit Mack, mais il s'agissait de Nan. Cela la fit sourire.

— Hé, Nan ! Comment vas-tu ?

— Mieux que toi, apparemment. Et toi ?

— Je vais bien, murmura-t-elle. Hier a été une dure journée…

— Je dirais la même chose. Je viens d'en entendre parler.

— Et bien sûr, j'ai de nouveau eu des soucis avec Mack.

— Ah, ne t'inquiète pas pour ça, lança Nan, amusée. Il te pardonnera.

— Comme toujours. Je me demande seulement s'il y a une limite à ce pardon.

— Non. Il n'y en a pas vraiment, pas alors que tu comptes tant pour lui.

— Mais je continue de tester sa patience.

— Si tu ne le fais pas, personne ne le fera, et Mack a besoin de quelqu'un comme toi. C'est trop facile de s'ancrer dans ce métier qu'il a le courage d'exercer, et il n'y a rien d'autre dans sa vie. Il a besoin de quelqu'un comme toi qui le fasses sourire, rire, pleurer, déclara Nan avec tendresse. Même si tu as l'impression que ça n'a pas de valeur, je peux t'affirmer, en tant que personne bien plus âgée et expérimentée, que tu lui apportes beaucoup. Souvent, nous oublions notre humanité. Nous oublions de nous arrêter pour respirer les roses, et nous oublions qu'il y a autre chose que le devoir à accomplir. Et Mack est très lié à son travail. Il essaiera toujours de faire ce qui est juste. Il essaiera toujours d'agir comme tu attends qu'il agisse. Par conséquent, il est important, quand tu sens que tu dois faire quelque chose, de le faire.

— J'ai simplement l'impression que, parfois, je le déçois.

— Dans ce cas, tu le déçois ! dit Nan avec fermeté. Tu te trouves encore à cette étape de la vie où tu essaies de comprendre qui tu es, ce que tu veux, quelles actions tu peux mettre en œuvre. Et je pense que c'est très important, surtout maintenant, que tu sois *toi*.

Doreen sourit.

— Dans ton monde, je devrais toujours être moi.

— Oui, je suis d'accord avec ça à certains égards, mais je conçois également qu'il t'est facile d'être toi-même sans éprouver de remords, et ce n'est pas ce que nous voulons. Nous continuons de souhaiter que tu sois pleinement consciente de tout le monde autour de toi et de toutes ces choses qui sont importantes à tes yeux. Il s'agit aussi d'être toi-même et d'être libre d'entreprendre tout ce en quoi tu crois. Et dans ce cas, c'est ce que tu fais déjà. Tu crois déjà en Mack et en ses actions. Tu crois déjà en ce que toi tu accomplis. Nous ne voulons pas que tu changes. Nous voulons seulement que tu sois prudente.

— Et qu'en est-il de la prudence de Mack ? souligna Doreen. J'ai contacté tous les gens possibles pour être sûre qu'ils avaient mis en place une sécurité autour de lui.

Nan resta silencieuse un court instant avant de demander avec précaution :

— Le protéger de quoi ?

— Nan, quelqu'un a tenté de le tuer ! Qu'est-ce qui empêchera ce tireur de revenir et de réessayer ?

— Oh, mon Dieu... Tu sais quoi ? C'est l'une des

choses auxquelles je n'avais pas réfléchi, et, de toute évidence, j'aurais dû.

— Non, c'est… c'est bon. Tu n'avais pas à y songer. J'y ai pensé moi et j'ai contacté tout le monde. Mack n'a pas apprécié.

Nan gloussa.

— Bien sûr que non. Enfin, en gros, tu remettais en question sa capacité à s'occuper de lui, et c'est une chose avec laquelle les hommes ont un problème.

— Oui, mais pour commencer, on lui a tiré dessus ! s'exclama Doreen d'une voix raisonnable. Alors, évidemment que j'ai dû remettre ça en cause !

— Bien sûr que tu l'as fait, la railla Nan en riant. Heureusement que Mack est un mâle assumé. Autrement, son ego en aurait pris un coup. Cependant, tu ne devrais pas te mettre en colère quand il devient un peu irrité à cause de ça.

— Possible, marmonna Doreen, mais je ne pense toujours pas qu'il était nécessaire d'en faire tout un foin.

— Non, tu ne remettais pas en question ses capacités. Tu étais principalement concentrée sur le besoin de le protéger d'un assaillant. Au cas où tu en douterais vraiment, tu dois savoir que Mack t'aime sincèrement. Il a fait preuve de beaucoup de patience avec toi et il s'est montré très, très bon envers toi, mais d'un autre côté, tu as aussi été très bonne pour lui. Alors, accorde-lui un peu d'espace, montre-lui que tu tiens à lui, essaie de ne pas l'étouffer avec tout ça, et ça se résoudra.

— Je crois que nous avons pas mal avancé déjà. Au moins, il me parle aujourd'hui.

— C'est bien, acquiesça Nan en riant, car c'est important, ça aussi.

— Ça l'est, ça l'est vraiment.

— Bref, juste un avertissement : n'oublie pas que l'amour nous rend fous.

— Ça le rend fou, *lui*, soupira Doreen. Je ne suis pas folle.

— Non, bien sûr que non, pouffa Nan. Souviens-toi d'ajouter de la tolérance et de la patience.

— Bien, j'y travaille.

— Passe une belle journée, lui souhaita Nan avant de raccrocher.

Chapitre 22

PLUS TARD CET après-midi-là, Doreen s'ennuyait, frustrée, de nouveau lasse. Tout cela ne menait nulle part ! Tandis qu'elle examinait ce qu'elle avait déjà appris et vu jusqu'à présent, elle se souvint qu'elle avait oublié de poser une question importante à Laura. Elle prit rapidement son téléphone et composa le numéro de la femme qui travaillait à Rosemoor et qui avait parlé au tireur. Quand celle-ci répondit d'une voix distraite, Doreen s'excusa immédiatement.

— Je suis vraiment désolée ! C'est Doreen. J'ai oublié de vous demander si vous aviez aperçu la plaque d'immatriculation de la voiture du tireur.

Il fallut un moment à Laura, probablement pour se rappeler qui était à l'autre bout du fil.

— Oh, attendez, cette Doreen-là ! Hé, vous savez quoi ? Lorsque je me trouvais là-bas cette nuit-là, en attendant qu'il termine son coup de fil, j'ai effectivement remarqué qu'il y avait une petite bosse à l'arrière gauche du véhicule. Et en m'éloignant, j'ai vu un L et un M sur la plaque.

— Un L et un M, marmonna Doreen en secouant la tête face à cette information tardive.

Elle ne pouvait que se blâmer elle-même de ne pas s'être renseignée plus tôt. Elle pouvait en vouloir à son inquiétude envers Mack pour ça.

— Ouais, ria bêtement Laura. J'ai vu les lettres, et tout de suite, mon esprit s'est dit *Love Mack*. (Elle se mit à rire.) C'est une astuce que j'ai toujours employée pour mémoriser les mots. De plus, la plaque ne paraissait pas correctement fixée. Elle penchait un peu sur un côté.

— D'accord, donc ce n'était peut-être pas la vraie plaque de ce véhicule…

Elle n'oserait pas répéter le moyen mnémotechnique avec le L et le M à Nan, mais elle s'amuserait à le raconter à Mack…

— Oui, c'est possible aussi… Je n'en ai aucune idée.

— Et vous ne vous êtes pas souvenue d'autres détails concernant cet échange, si ?

— Honnêtement, non, concéda-t-elle sur un ton d'excuse. J'ai parlé à la police, mais je n'avais pas d'autres informations à leur transmettre. (Elle hésita puis demanda :) Comment va Mack ?

— Il est sorti de l'hôpital, lui indiqua Doreen, heureuse d'être en mesure de prononcer ces mots.

— Oh, c'est une bonne nouvelle ! s'exclama Laura. Je suis si contente d'entendre ça, c'est un homme adorable.

Peu après, elles raccrochèrent, et Doreen envoya rapidement le renseignement à Mack, sans l'astuce mémorielle de Laura. Il la contacta presque immédiatement.

— Pourquoi tu n'as pas raconté ça à la police ?

— Peut-être qu'ils sont déjà au courant. Peut-être qu'ils ne te l'ont simplement pas dit. Peut-être qu'ils te mettent hors de l'enquête pour que tu ne sois pas trop irritable.

Il y eut un moment de silence à l'autre bout de la ligne.

— Irritable ? murmura-t-il d'un ton neutre.

— Oui, confirma-t-elle avec un grand sourire. Mais je comprends ça. Je sais ce que c'est de se faire attaquer.

— Ah ouais, tu crois ? Et tu n'as pas d'autre info, hein ?

Elle soupira.

— Je devrais probablement confesser que j'ai téléphoné à la sœur de Chuck…

— Tu as fait quoi ? rugit-il.

— Ouais, je voulais lui poser quelques questions… Et apparemment, Chuck se trouvait au pub avec un ami. J'avais l'intention de prendre contact avec ce dernier pour savoir quel était l'état d'esprit de Chuck à ce moment-là.

— Et quelle différence cela ferait ?

— Je l'ignore… Peut-être que Chuck avait peur que quelqu'un le suive ou qu'il avait eu récemment une confrontation avec une personne. Tu sais comment les gens ressentent instinctivement la présence de quelqu'un… Mais je ne suis évidemment pas en mesure de parler à Chuck dans son état, et sa sœur est accablée. Par conséquent, j'ai pensé que, peut-être, je pourrais m'entretenir avec cet ami de Chuck…

— Dante ?

— Ouais, c'est son nom. Et j'ai son numéro.

— Je lui parlerai, déclara Mack d'un ton strict.

Elle hésita puis finit par demander pourquoi.

— Parce que je le connais.

— C'est sans doute une bonne raison de ne *pas* lui parler. Tu peux te montrer un peu… tu sais, une petite brute obstinée.

Mack ricana.

— Et tu crois qu'on arrive à tout obtenir avec un peu de miel ?

— Ça marche bien mieux. Je vais l'appeler sur-le-champ.

Elle raccrocha et composa le numéro aussi vite que possible pour s'assurer de devancer Mack. Lorsqu'un homme répondit, elle demanda à parler à Dante.

— C'est mon téléphone portable, répondit-il brutalement. Alors, qui d'autre pourrait répondre selon vous ?

Doreen fit la grimace.

— La sœur de Chuck m'a donné ce numéro, et elle n'était pas certaine qu'il soit encore d'actualité. Je voulais seulement m'assurer que c'était bien vous.

— Comment va Chuck ? demanda-t-il abruptement.

— Pas bien.

Dante jura, et elle entendit la frustration dans sa voix.

— Et c'est pour cela que je vous appelle. Je pense que c'est susceptible d'être lié à une affaire locale, à Kelowna.

— Quelle affaire ? la questionna-t-il, suspicieux. Vous êtes flic ?

— Non, je ne suis pas flic, dit-elle gaiement, mais j'ai un ami proche sur qui on a ouvert le feu récemment aussi.

— Qui ?

— Mack. Le caporal Mack Moreau.

— Quoi ?! Big Mack s'est fait tirer dessus ? s'écria-t-il, horrifié.

— Ouais, mais il va bien. Il est sorti de l'hôpital. Je lui ai annoncé que je vous contacterais, et il s'est énervé contre moi parce que je voulais prendre les devants et qu'il souhaitait vous parler.

— Évidemment qu'il souhaite me parler, lâcha Dante en commençant à rire. Mais si vous prenez l'avantage sur lui, c'est super drôle ! Alors, que vouliez-vous me demander ?

— Dans quel état d'esprit était Chuck quand il a quitté le pub cette nuit-là, avant qu'on ne lui tire dessus ?

— Il allait bien. Il avait bu peu de bières, mais il était content. Il ne paraissait pas stressé.

— Donc il n'a pas mentionné quoi que ce soit qui irait mal dans sa vie ? Il n'a pas dit qu'il se sentait suivi, rien de ce genre ? Pas de confrontation ? Rien concernant une affaire qu'on aurait rouverte ?

— Non, rien de tout ça. Est-ce que c'est en rapport avec cette vieille histoire, cette arnaque à la promotion immobilière ?

— Je crois que oui, en tout cas, c'est la seule piste que nous avons afin d'établir un lien entre Mack et le reste.

— Tout ça n'a aucun sens. Je veux dire, Chuck est allé voir Mack. Alors, je pense que c'est logique qu'ils prennent Mack pour cible, mais je ne vois pas pourquoi maintenant. C'était il y a longtemps.

— C'est ce que j'essaie de découvrir… Qu'est-ce qui a bien pu se passer pour que ça revienne au premier plan ? Est-ce que quelqu'un est sorti de prison ? Y a-t-il eu de nouvelles accusations ? Quelqu'un aurait-il menacé Chuck ? C'est ce genre de choses qu'on doit découvrir.

— Je ne crois pas que Chuck ait été menacé. Il a toujours été un gars insouciant, simplement l'un de ces très bons potes qu'on pouvait avoir.

Elle grimaça en entendant le choix du temps passé dans sa phrase.

— Et vous n'avez pas quitté le pub en même temps ?

— Je suis parti quelques minutes après lui, mais dans la direction opposée.

— Est-ce que vous savez quelle est la rue à l'angle de ce pub ?

— Ouais, Thurlow.

— Oh, intéressant… C'est plutôt vers le centre-ville.

— Oui et non. Vous connaissez cette zone ?

— Je suis allée plusieurs fois à Vancouver, mais pas depuis un moment. Alors, je ne suis pas très familière de cet endroit.

— C'est une partie sordide de la ville, mais c'est là que nous vivons donc nous y sommes habitués.

— Le truc, c'est que Laura m'a affirmé qu'on n'avait rien volé à Chuck. Il avait encore son portefeuille, ses vêtements, ses bottes. Par conséquent, difficile de considérer ça comme un vol ou un truc du genre. Pour Lisa, les coups de feu n'ont pas été tirés depuis une voiture. Les flics pensent qu'un piéton a approché Chuck et lui a tiré dessus. Personne n'a mentionné quoi que ce soit d'autre, excepté qu'on avait trouvé Chuck blessé par balle qui se vidait de son sang dans la rue.

— Non, et c'est d'autant plus inquiétant. Un racket, je comprendrais, mais aucun intérêt à tirer sur un mec pour le voler.

— Je me demande, commença à marmonner Doreen. Je me demande s'il y a des caméras dans la rue…

— Oui, mais je ne sais pas s'il y en a dans ce coin-là. (Mais sa voix s'éleva légèrement.) Les flics ont déjà dû vérifier ce point.

— Ouais, sans doute. Bref, quand Mack vous appellera, libre à vous de lui annoncer que je suis arrivée la première, dit-elle en riant.

Elle entendit le sourire dans la voix de Dante lorsqu'il répondit :

— Je n'y manquerai pas. De toute évidence, vous êtes tous les deux de bons amis.

— Oui, complètement. Et croyez-moi, le fait que quelqu'un ait tiré sur lui signifie simplement que je suis encore plus déterminée à mettre la main sur ce tireur.

— Vous croyez que quelqu'un tentera de nouveau de le trouver ?

— S'ils ont essayé une première fois, même s'ils ont échoué, ils devaient avoir une bonne raison. Quelles sont les chances qu'ils passent leur chemin désormais ?

— Si c'était moi, aucune, confirma Dante, mais je n'aurais pas raté mon coup en premier lieu.

Doreen fit la grimace à ces mots.

— Je vois. S'il vous plaît, appelez-moi si vous avez la moindre idée de ce qui se trame ou s'il y a une autre personne, à qui je pourrais parler, qui serait susceptible d'avoir vu Chuck sur le chemin du retour ou alors à qui Chuck aurait parlé au téléphone récemment, un truc de ce genre… Oh, à ce propos, le téléphone de Chuck a disparu ! Je suppose qu'il l'avait avec lui au pub ?

— Oui, confirma Dante d'un ton résigné. Et ça, ça a dû être plutôt utile pour le tireur, je présume.

— Oui, assurément, car s'il y avait des messages, des menaces sur le répondeur, des trucs de ce genre, on les aurait trouvés sur son portable. C'est donc logique qu'il ait été récupéré.

— Je ne vois pas qui aurait pu faire ça, mais si vous arrivez à trouver un lien avec les arnaqueurs de l'immobilier, ne vous privez pas. Ils ont causé du tort à un tas de gens.

— Et avez-vous été personnellement affecté ?

— Je travaillais dans le milieu, tout comme Chuck. Donc j'ai perdu mon boulot, mais j'en ai dégoté un autre assez rapidement après. Cependant, je n'avais pas d'argent pour acquérir un logement. En général, les personnes entre deux âges ou celles des générations plus anciennes ne peuvent pas se le permettre, et la jeune génération économise dans ce but, en espérant que, lorsqu'ils seront plus vieux, ils arriveront à obtenir un bien par leurs propres moyens.

— C'est logique, marmonna Doreen, son esprit tentant de saisir un truc, n'importe quoi. Et Célia ? Vous avez déjà eu affaire à elle ?

— Célia Farleigh ? Non ! (Il ricana.) C'est une peau de vache.

Ce terme fit grimacer Doreen, l'ayant entendu une fois ou deux alors qu'il était dirigé contre elle.

— Elle était du genre moche ?

— Je ne dirais pas qu'elle était moche, elle était d'apparence plutôt agréable, mais à l'intérieur, ça faisait défaut. Les gens de cet acabit sont ceux que vous devez toujours surveiller.

— Elle semble très déterminée à rester dans son idée que son Vaughn était innocent.

— *Son Vaughn ?* Le vieil homme Bowman ?

— Ou que son Rodney était innocent.

— Que voulez-vous dire par « son Rodney » ?

— Oh, vous n'êtes pas au courant ? Célia s'est mariée avec Rodney Bowman, il y a douze ou treize ans, voire plus.

D'abord, elle entendit une exclamation choquée, puis il se mit à rugir :

— Sans déconner !

Pas vraiment sûre que cette phrase ait déjà eu du sens pour quiconque, Doreen ajouta tout bas :

— C'est vrai.

— Eh bah, si c'est pas la meilleure… Et ça ne rend que Rodney encore plus coupable à mes yeux.

— Pourquoi cela ?

— Célia était vraiment proche du vieux Bowman. Il était riche et avait pour habitude de la gâter jusqu'à la pourrir.

J'ignore quel genre de relation ils entretenaient exactement, mais elle le drainait de toutes ses forces. Je crois qu'à l'époque, le vieil homme sortait avec sa mère, alors c'était confortable pour elle comme pour sa fille d'avoir autant d'argent à disposition. Quand il est allé en prison, cette manne financière s'est tarie.

— Je ne sais pas de quelle somme il était question cependant, vu qu'elle a fini par se marier avec le petit-fils.

— Exact. Alors, à quel point tout ça n'était-il pas simplement une grosse arnaque de la part de Célia ?

— Vous pensez qu'elle était mêlée à cette histoire de promotion immobilière frauduleuse ?

— Je ne pense pas. (Mais il réfléchit un moment.) Même si j'aimerais vous répondre oui, je ne crois pas. Elle n'était pas assez âgée, pas assez mature pour entrer dans ce genre de transactions, donc je ne crois pas que ce soit possible. Mais c'est Terrence, le père – entre Vaughn, le vieil homme, et Rodney, le petit-fils de Vaughn –, qui avait le plus de chance d'être impliqué, non ? Bien entendu, il est mort depuis longtemps. Il était mouillé, mais il a évité les charges. Et le vieil homme est décédé en prison.

Il était intéressant de constater que tout le monde se rappelait le vieil homme… mais cette affaire avait fait les gros titres à l'époque.

— Ouais, Vaughn n'a pas survécu à la taule, reprit Dante. Pourtant, il a continué de clamer son innocence jusqu'au bout, pour autant que je sache. Et malgré cela, nous, nous savions tous qu'il mentait.

— Quand vous prétendez que vous étiez tous au courant, c'est vrai ? demanda-t-elle, curieuse. Je veux dire, le saviez-vous réellement à cette époque ou est-ce que vous supposez simplement que Vaughn faisait partie de tout ça ?

Ou avez-vous fini par en avoir la certitude plus tard ? Et si en réalité il s'agissait du fils, Terrence, mais que le grand-père Vaughn était allé en prison pour le protéger ?

Une fois encore, il y eut un autre moment de silence, pendant que Dante y réfléchissait.

— Dans ce cas, Vaughn était idiot. Parce que ce garçon, Terrence, était tout simplement mauvais. J'ignore ce qu'il en est de Rodney… Je n'ai eu affaire à aucun d'entre eux depuis très longtemps.

— Mais maintenant qu'on a tiré sur Chuck, si vous avez quelque lien que ce soit avec cette histoire, le prévint Doreen, vous devriez surveiller vos arrières.

— Ouais, sans blague, grogna-t-il, mécontent. Qui a besoin de ça à ce stade de notre vie ?

— C'est pour ça que je m'interroge sur le rapport éventuel entre les personnes encore en vie depuis cette arnaque datant de quinze ans. Que ce soit Rodney ou son père. Et Terrence ?

— Il est mort depuis longtemps.

— Intéressant… Ah, tellement de gens sont impliqués qu'on se demande qui cachait des choses à l'époque… et qui protégeait qui. Bien que Terrence et Vaughn soient tous les deux décédés, nous avons encore Lenny qui manque à l'appel et Rodney qui est ici, en ville. Mack s'est fait tirer dessus. Chuck, en tant que lanceur d'alerte, a reçu une balle un jour plus tôt et est sérieusement blessé, alors quiconque est derrière tout ça ne peut pas appartenir à un panel si large de suspects.

— Je ne vois pas pourquoi on irait protéger l'un d'entre eux. Ils n'avaient aucun scrupule à voler les vieilles personnes, les jeunes. Tant qu'ils recevaient de l'argent, ils se fichaient bien de sa provenance et de qui souffrait à cause de leurs actes. Ils étaient tous uniquement cupides et égoïstes.

Ils mirent fin à l'appel. Doreen réfléchit au fait, premièrement, que Dante avait vraiment énoncé des choses justes, et deuxièmement, que Mack et lui se connaissaient depuis longtemps.

Par conséquent, pourquoi avait-elle l'impression que Dante lui avait menti ?

Chapitre 23

APRÈS CETTE CONVERSATION, Doreen emmena les animaux en bas, à la rivière, au fond de son jardin. À défaut d'autre chose, elle avait besoin de saisir l'opportunité de se vider la tête et d'organiser ses pensées. Ça ne la dérangerait pas non plus de parler de nouveau avec Roger qui avait fait le chemin pour lui relater ce qu'il savait, au départ. Avec cette pensée à l'esprit, elle se tourna pour partir en direction de Rosemoor. Les animaux se promenaient gaiement alors qu'elle se dirigeait chez Nan.

Doreen répondit à son portable tandis que cette dernière lui téléphonait.

— Hé ! Je viens justement te voir.

— Parfait ! répondit joyeusement Nan. J'espérais te convaincre de descendre et de venir prendre le thé.

— Tu vas bien ? demanda Doreen.

— Je vais bien ! Juste un peu triste. Nous avons perdu quelqu'un la nuit dernière.

— Oh, je suis si navrée ! s'écria doucement Doreen.

— Ça arrive. C'est ça la vie, à la maison de retraite. Nous attendons simplement tous notre tour.

Ce rappel fit grimacer Doreen.

— Et pourtant, la plupart du temps, ça ne te rend pas aussi déprimée.

— C'était une gentille dame. Enfin, elle n'était pas spécialement le genre de gentille dame *selon moi*, mais la mort te remémore toujours que nous sommes mortels et que notre temps prend rapidement fin.

— Il y a une fin pour nous tous, renchérit Doreen d'une petite voix.

— J'en suis consciente, mais dans ton cas, il y a des chances que ce soit plus long.

— Je l'espère, pour toi comme pour moi, déclara Doreen en riant. J'aimerais vraiment avoir l'occasion de vivre avant que ça n'arrive.

— Exactement, c'est pour cela que je n'arrête pas de te dire d'avancer avec Mack.

— Je ne sais pas encore pour ce qui est d'avancer, répondit Doreen avec précaution, mais au moins j'apprécie le temps et les relations que j'ai.

— C'est un début.

— Je suis à mi-chemin maintenant. J'espérais pouvoir discuter avec ce vieil homme qui est venu me voir avec des infos concernant l'arnaque à la promotion immobilière, expliqua Doreen.

— Oh, Roger est ici aussi ! Je lui annoncerai que tu viens.

— Bien !

Dès que Doreen arriva au coin de la propriété de Rosemoor, elle s'arrêta et observa attentivement le rosier, immédiatement attristée par le souvenir de Mack se faisant tirer dessus avant de tomber à cet endroit. Mugs s'approcha et renifla le buisson plusieurs fois, puis considéra Doreen et aboya. Doreen se déplaça jusqu'à l'emplacement où la voiture avait été garée, puis se tourna pour avoir en face d'elle la zone où elle et Mack marchaient lors de cette nuit fatidique. Le tireur n'aurait pas été en mesure de les voir approcher.

En regardant autour d'elle, elle confirma que, peu importait qu'elle conduise ou marche en passant par la crique ou par les routes principales, ou qu'elle entre par la porte d'entrée ou le patio de Nan, elle passait précisément par cet endroit-là.

À la suite de cette réflexion, elle se souvint que Laura avait raconté que le tireur était venu pour voir quelqu'un. À qui rendait-il visite ? Était-ce seulement un mensonge de couverture pour induire tout le monde en erreur ? Il manquait encore des informations vitales à Doreen.

Tandis qu'elle étudiait Rosemoor, elle se dit que quelqu'un avait dû sciemment parler de la présence de Doreen et de Mack ce soir-là. Bien que… Elle fronça les sourcils, poussa un soupir. C'était une fête à bien des égards pour Doreen, alors n'importe qui en ville aurait pu l'apprendre, de toute manière.

Quoi qu'il en soit, elle avait décidé de demander son avis à Nan.

Dès qu'elle et ses animaux pénétrèrent dans le patio de cette dernière, tout le monde s'échangea les heureuses salutations et friandises habituelles, puis Doreen s'assit en face de sa grand-mère et murmura, avec une lueur dans les yeux :

— J'ai quelque chose sur lequel tu vas pouvoir te concentrer.

— Tu veux que j'enquête sur un truc ? la questionna Nan, sourcils levés.

— En quelque sorte, mais nous allons devoir être très

prudentes.

Nan opina lentement du chef.

— Que se passe-t-il ?

Doreen lui exposa alors sa théorie selon laquelle quelqu'un dans ce foyer était susceptible d'avoir révélé au tireur que Doreen et Mack allaient venir pour la fête.

Nan regarda Doreen, choquée.

— Oh, je n'aime pas beaucoup ça…

— Non, moi non plus, renchérit-elle avant de développer son hypothèse à Nan qui la fixait en secouant la tête.

— Mais qui ferait ça ? s'exclama-t-elle dans un murmure horrifié.

— La question est : était-ce un acte fortuit ? (Doreen rétrécit son regard.) Ou était-ce intentionnel dans le but de nuire à Mack ?

— Ou à toi, ajouta Nan en se redressant pour la fixer de son œil perçant. Nous ne devons pas perdre de vue le fait que ça pourrait tout aussi bien être lié à toi ou à tes affaires.

Doreen acquiesça lentement.

— J'en suis consciente, mais c'est peu probable à ce stade. Je suis presque certaine que c'est lié à Mack et à l'une de ses précédentes enquêtes.

Nan tapota la table.

— Je dois t'apporter mon aide pour élucider ce point.

— Je ne sais même pas à qui nous pourrions demander. (Doreen se tut puis reprit en baissant la voix :) Nous ne devons pas mettre trop de monde dans la confidence.

— Oui, tu as raison là-dessus. Si la mauvaise personne l'apprenait, cela nous causerait seulement plus de problèmes.

— Et une fois qu'on aura vendu la mèche, les chances que nous parvenions à nos fins seront bien minces.

— Je suis d'accord.

À ce moment, elles entendirent le bruit sourd d'une canne contre le chambranle de la porte de l'appartement de Nan. Cette dernière se leva et rentra. Quand elle revint, Richie clopinait derrière elle. Elle désigna la chaise du patio libre.

— Assieds-toi.

Et Richie s'exécuta.

Doreen ne put que sourire à l'effet immédiat de ses actions. Elle le considéra et afficha son plus grand sourire.

— Elle t'a bien éduqué.

Il leva les yeux au ciel.

— J'ai été marié pendant quarante-cinq ans. Ta grand-mère ne fait que perpétuer une longue tradition.

Mugs s'approcha de Richie et reçut une gratouille plus que bienvenue derrière l'oreille. Content, il se laissa lourdement tomber sur le patio aux pieds de Doreen.

Elle rit et se pencha pour le caresser. Puis elle se tourna pour regarder Richie.

— J'ignore si c'est Nan qui t'a demandé de venir, mais nous avons un problème.

Le sourire disparut du visage de Richie à mesure que Doreen expliquait. Il siffla.

— Oh, ça, ce ne sont pas de bonnes nouvelles ! En même temps, tu as raison, tout ça a bien plus de sens. L'agresseur était forcément au courant de la venue de Mack.

— Ou de Doreen, interrompit rapidement Nan.

Richie cessa d'y réfléchir et acquiesça.

— Ça aussi, c'est juste. Il devait savoir que vous veniez tous les deux, peu importe qui il visait. Le fait qu'il ait tiré sur Mack m'amène à penser qu'il en avait après lui, mais nous ne pouvons en être complètement certains.

— Non, en effet, confirma Nan. Et je n'ai pas

l'intention de mettre la vie de ma petite-fille en danger à cause d'une intuition.

— Oh non, clairement pas ! Nous avons besoin de bien plus d'infos pour continuer, dit Richie à Nan. Nous avons effectivement proposé à beaucoup de monde ici de participer à la fête de Doreen, admit-il. Ça ne nous est pas venu à l'esprit que nous parlions potentiellement à un suspect impliqué dans une tentative de meurtre, ou à son infiltré.

— Et je ne crois pas que ce soit nécessairement le cas, minimisa Doreen. Je pense que nous avons invité quelqu'un qui a transmis cette information, soit innocemment, soit pour une raison qui reste à découvrir. Est-ce que je pense encore que tout cela est lié au même problème datant de quinze ans ? Oui ! s'exclama-t-elle avec un hochement de tête.

— Je ne vois pas comment il pourrait en être autrement, étant donné ce que l'on sait à ce jour, déclara Richie en opinant du chef de conserve avec Nan.

— Mais ça ne signifie pas que quelqu'un n'en a pas ajouté une couche, indiqua sa grand-mère en la regardant.

— Essaies-tu d'insinuer que quelqu'un essaie encore de se débarrasser de moi ?

— Ça aurait été une façon relativement facile de le faire.

— Mais il ne l'a pas fait, toutefois, souligna Doreen. Et si c'était son intention, il a sérieusement échoué.

— Et ça m'incite à m'interroger également, intervint Richie. Je veux dire, comment un tireur commettrait une erreur pareille ?

— Un nerveux. Qui n'avait potentiellement jamais tiré sur quelqu'un avant, suggéra Nan.

— Possible, si on se base sur ce qu'on sait de cette vieille affaire de Mack. Ils escroquaient les gens, mais ne leur tiraient pas dessus, contra Doreen. Cependant, qu'est-ce qui motiverait quelqu'un à ouvrir le feu sur Mack aujourd'hui ? C'est ça que je ne pige pas. Tout ce qui concerne cette histoire a fait l'objet d'une enquête il y a quinze ans.

Nan comme Richie hochèrent la tête. Doreen poursuivit :

— C'est ce que j'essaie de découvrir. Quelque chose a dû se passer. Un élément déclencheur a dû remettre cette vieille affaire sur le tapis. Et ça ne concerne pas uniquement la balle reçue par Mack, mais aussi le coup de feu tiré sur Chuck la veille.

Et elle expliqua alors pour Chuck, sur la côte de Vancouver.

— Oh, waouh ! réagit Richie. C'est sûr, ça prouve que c'est lié à l'affaire de Mack et non à l'une des tiennes, non ?

— Exactement, confirma Doreen avant d'y réfléchir. Et je suppose que vous ne vous êtes pas retenus de faire circuler les informations concernant la fête de Rosemoor, y compris les invités qui s'y rendaient et ce qui s'y passerait, n'est-ce pas ?

Richie et Nan firent face à Doreen et secouèrent lentement la tête. Nan afficha un air inquiet sur le visage.

— Donc ça aurait pu être n'importe qui, renchérit Doreen, du personnel aux résidents, en passant par les familles et les amis. Il aura suffi d'une parole innocente prononcée au mauvais moment.

— Ou au bon moment, corrigea Richie à voix basse. N'oublions pas que l'acte final a bel et bien eu lieu. Et Mack en a souffert.

Doreen branla du chef.

— Ni que le tireur a manqué sa cible. Qu'il en ait eu après moi ou Mack, je crois toujours que personne ne se pointe avec une arme pour blesser quelqu'un, mais plutôt pour le tuer.

Les deux considérèrent alors Doreen et hochèrent lentement la tête.

— Bon, est-ce que quelqu'un ici a une dent contre Mack ? Quelqu'un qu'on aurait aidé sans le vouloir à assouvir son propre besoin de vengeance ?

Ils la regardèrent tous les deux avec horreur.

— Je ne l'espère pas ! lâcha Richie en frémissant. Ce ne serait pas une bonne chose.

— Non, en effet, admit Doreen, mais nous avons conscience que ça arrive, et que ça arrive un peu trop souvent.

Ils demeurèrent assis, tantôt choqués, tantôt à réfléchir de manière plus approfondie.

Doreen prit la théière et remplit leurs tasses. D'une voix basse, elle demanda :

— Et Laura ?

Ils levèrent tous les deux la tête et dévisagèrent Doreen avec stupeur.

— Pourquoi parles-tu de Laura ? l'interrogea Nan.

— Car elle a vu le tireur.

— Bien sûr, mais ça ne signifie pas qu'elle l'avait déjà vu avant ou qu'elle lui a parlé. Et c'est elle qui a dit qu'il attendait quelqu'un à l'intérieur.

Doreen opina du chef.

— Je sais, je sais. Et qu'en est-il de Roger, qui est venu jusque chez moi pour me transmettre l'info sur l'arnaque immobilière ?

Richie renifla.

— Il lui reste une, deux, peut-être trois semaines à vivre. Je ne peux imaginer qu'une personne proche de la fin désire prendre sa revanche juste avant d'atterrir dans la tombe.

— Roger est si proche de la mort que ça ? s'étonna Doreen en fixant Richie.

— C'est fort probable, répondit-il en agitant la tête.

— Est-ce que Laura a un petit ami ? le questionna Doreen.

— Non, je ne crois pas.

Nan renifla à son tour.

— C'est elle qui en pince pour Mack. Elle ne ferait jamais rien pour lui nuire.

Doreen hésita avant de finalement révéler sa pensée :

— Est-ce qu'elle fomenterait quoi que ce soit contre moi ?

Nan la dévisagea, sa bouche prenant une forme de bouton de rose.

— Oh… Je n'en ai aucune idée.

— Quelqu'un qui en voudrait à Mack serait susceptible de me tuer pour avoir la voie libre. Mais dans ce cas, ça contredirait toutes les hypothèses que nous avons émises jusque-là. Bien que le type ait tiré une seconde fois dans ma direction.

— Et ce n'est que supposition de prétendre qu'il te visait, leur rappela Richie.

— Exactement. Ce qui n'est pas la meilleure manière d'enquêter. Mais pour l'instant, nous manquons de faits et encore plus de preuves. Et ça, c'est très agaçant. (Doreen se leva.) Je vais aller rendre visite à Mack, pour voir si j'arrive à lui rafraîchir la mémoire et pour entendre ce qu'il a à raconter après avoir parlé à l'un de ses amis.

Mugs se redressa et s'approcha pour dire au revoir à Nan, puis frôla Goliath qui était endormi, lové dans sa jardinière habituelle, sous le soleil.

— Ce qu'il faut retenir, c'est que quelqu'un savait, d'une

façon ou d'une autre, que Mack passerait par ce chemin, ou du moins qu'il se rendrait à Rosemoor pour la fête. Le tireur, garé où il l'était, était en mesure de voir toutes les allées et venues. Alors ça pourrait signifier qu'il savait que nous descendions ce chemin ou juste que nous allions être présents et il a attendu là qu'on se montre.

Ils demeurèrent assis tous les deux, à songer à toutes les personnes résidant dans la maison de retraite.

— Des centaines de gens vivent ici, déplora Nan, impuissante. Et nous ignorons qui ils connaissent en ville.

— J'en suis consciente. C'est pourquoi j'essayais de trouver un moyen de réduire les possibilités. Mais il semble que ça n'est pas faisable. En plus, je ne suis pas sûre que cette théorie concernant un infiltré soit valable. (Doreen sourit gentiment.) Bref, je vais aller discuter avec Mack. Il me dira simplement que je réfléchis trop. Je vous reparle plus tard.

Nan hocha lentement la tête.

— Sois prudente, je t'en prie.

— Je le serai. Même si je continue de croire que tout ça concerne Mack et pas moi.

— Mais on ne peut pas en être certains, souligna Richie. Et ça briserait le cœur de ta grand-mère si quelque chose t'arrivait.

Doreen se pencha et enlaça Nana, avant de l'embrasser doucement sur la joue.

— Je te promets que j'irai bien. (Puis elle souleva rapidement Thaddeus, le posa sur son épaule et lança :) On y va, Goliath, Mugs ! On a une enquête à mener !

— Tu sais où vit Mack ? lui demanda Richie.

Elle stoppa et fronça les sourcils.

— Tu sais quoi, il faut que je l'appelle pour avoir son adresse.

— Je l'ai, annonça Nan avant de l'écrire sur un morceau de papier.

— Et comment tu l'as eue ?

— Je sais depuis longtemps où il habite. On n'a jamais envie de se priver d'un ami policier. C'est très utile de les avoir sous la main.

Doreen rit.

— C'est bien vrai, confirma-t-elle avant de s'échapper rapidement.

Debout, dehors, elle consulta l'adresse et opina du chef.

— Nous irons en voiture pour cette fois.

Chapitre 24

C OMME ELLE REMONTAIT jusqu'à sa maison en passant par la rivière, Doreen s'interrogea sur le fait que la porte de sa cuisine était ouverte… Elle cognait d'avant en arrière dans le vent. Elle baissa les yeux sur Mugs.

— Est-ce qu'on avait fermé ? Je suppose qu'elle ne se bloque plus et qu'on a besoin de la réparer. Et il semblerait qu'on ait encore oublié de mettre l'alarme ! Nous ne dirons rien à Mack…

Mugs regardait fixement la porte tout comme elle. Lentement, Doreen entra dans la cuisine. Elle entendait des bruits à l'intérieur, et immédiatement, Mugs passa à l'action et courut dans la maison, libérant sa laisse des mains de Doreen en tirant dessus. Un chaos s'ensuivit, tandis que ses aboiements éclipsaient les hurlements de quelqu'un. Doreen se précipita jusqu'à la porte d'entrée, supposant que l'homme allait s'échapper.

Mais au lieu de ça, elle découvrit une femme, debout sur l'assise de l'une de ses deux chaises, en train de crier :

— Éloigne-toi de moi ! Éloigne-toi de moi !

Doreen tendit le bras et tira Mugs en arrière pour l'éloigner de l'intruse, mais il n'était pas enclin à se calmer.

— Qui êtes-vous ? l'interrogea Doreen, stupéfaite. Que faites-vous dans ma maison ?

— Je suis Laura, répondit-elle en la regardant tout en désignant le chien. Éloignez cette chose de moi !

— *Cette chose*, rétorqua Doreen, vit ici.

— Et cette chose-là alors ? demanda Laura en pointant maintenant le doigt sur Goliath, qui se déplaçait furtivement vers elle en arrivant par le flanc, comme pour attaquer.

Laura hurla sur-le-champ et sauta de la chaise pour courir à l'autre bout de la pièce.

— Vous voulez bien arrêter de hurler ? Ça chamboule les animaux.

C'était tout ce que Doreen était en mesure d'entreprendre pour retenir Mugs. Quand une personne était effrayée par les animaux, cela les agitait encore plus.

Laura finit par se calmer, et sanglota avant de souffler et d'avoir le hoquet.

— Mon Dieu, dit-elle en tremblant. Comment vous supportez d'être avec eux ?

— Ils font partie de ma famille, donc ce n'est pas un problème. Et maintenant, qu'est-ce que vous fichez dans ma maison ?

La femme posa son regard sur elle puis sur la porte d'entrée, puis sur celle encore ouverte de la cuisine et répondit :

— La porte n'était pas fermée.

Immédiatement, Doreen la scruta, sourcils froncés.

— Qu'entendez-vous par « pas fermée » ? Et même si c'était le cas, on n'entre pas comme ça dans la maison de quelqu'un !

— J'ai crié pour voir si vous étiez là, déclara Laura d'un ton raisonnable. Comme vous ne répondiez pas, j'ai ouvert la porte et crié encore, en me disant que vous étiez peut-être à l'étage.

C'était presque plausible, mais quelque chose n'allait pas chez cette femme.

— Et ensuite quoi ? demanda Doreen qui tentait de maîtriser ses suspicions. Vous avez tout bonnement décidé de vous installer et d'attendre ?

— Je voulais vous parler. Et je n'avais pas envie de me rendre au travail trop tôt, car j'aurais dû commencer plus tôt. Alors, ça m'a paru sensé de m'asseoir là et d'attendre.

— Mais on n'entre pas dans la maison de quelqu'un sans y avoir été invité, répéta Doreen tandis qu'elle fixait la femme en se demandant si elle avait toute sa tête. Pas même pour attendre que l'habitant se montre. Vous revenez une autre fois, vous appelez avant, ou bien vous vous installez dehors et attendez.

Laura leva la tête et renifla.

— Vous n'avez pas à vous montrer méchante.

Doreen devait recourir à sa patience, mais encore à ce moment, Mugs essayait de se rapprocher d'elle comme pour la protéger de cette folle.

— Je me protège, *ainsi que* tous mes animaux, d'étrangers indésirables dans ma maison, marmonna-t-elle.

— Je ne comprends pas du tout en ce qui concerne les animaux, avoua Laura en avançant doucement vers la porte d'entrée. Vous les tenez bien ?

— Oui.

— Bien.

Et elle déguerpit vers la porte de devant. Immédiatement, Mugs se jeta de nouveau en avant, mais Doreen parvint à le retenir. Laura s'immobilisa.

— J'ignore ce qui le dérange chez vous, indiqua Doreen,

mais il n'est pas content.

— Je m'en rends bien compte, répliqua sèchement Laura. Ces animaux sont dangereux. Vous devriez les faire piquer.

À ces propos, le regard de Doreen se rétrécit.

— Je ne dirais *vraiment* jamais ça à quelqu'un qui a des animaux, déclara-t-elle d'une gentillesse exagérée. Ces animaux n'ont jamais fait de mal à personne.

— Oh, ce n'est pas ce que j'ai entendu ! rétorqua Laura en posant un regard noir sur Mugs. Les rumeurs disent qu'ils sont très dangereux et qu'ils ont mordu tout un tas de gens.

— S'ils l'ont fait, c'est parce que ces personnes s'en prenaient à moi.

La femme la considéra avant de hausser les épaules.

— J'en doute. N'importe qui est capable de constater qu'ils sont agressifs.

— Avant que je n'appelle la police, pouvons-nous revenir au sujet de départ ? Pourquoi êtes-vous venue chez moi ?

Laura se mit à reculer de nouveau comme si elle craignait d'être critiquée une fois de plus. Doreen prit une grande inspiration pour essayer de contrôler ses nerfs. Le culot de cette femme !

— Parce que je vous ai entendue parler à votre grand-mère et que mon nom a été prononcé.

Doreen fixa Laura.

— Vous m'avez *entendue* lui parler ?

— Oui, et je n'ai rien à voir avec l'attaque envers Mack.

— Ravie de l'apprendre, mais je ne crois pas que vous m'ayez *entendue* lui parler.

— Si. Je m'installe souvent dehors, devant l'appartement de Nan, pour voir…

— Et pourtant, vous ne pouviez pas vous trouver là si

vous avez *entendu* cette conversation.

— Pourquoi pas ? demanda Laura, surprise.

— Parce que lors de ma visite chez Nan, il n'y avait personne dans les parages.

— Vous n'avez pas regardé dans le coin, dit Laura d'un ton étrangement supérieur. Et les voix portent… On arrive à distinguer toutes sortes de choses.

— Et c'est ça que vous faites ? Espionner les résidents pendant que vous êtes confortablement installée pendant vos pauses ? J'imagine qu'ils n'apprécieraient pas ça.

— Je suis certaine qu'ils l'ignorent, répondit Laura, désinvolte. Et la plupart sont si vieux de toute manière, je ne crois pas qu'ils saisissent vraiment ce qui se passe la plupart du temps. Vraiment, certaines de ces personnes ont bien besoin d'être prises en main. Je suis sûre qu'un endroit avec plus de soins serait mieux pour beaucoup d'entre eux. On ne peut simplement pas les laisser circuler en ville pour qu'ils vaquent à leurs occupations.

— Et pourquoi pas ? s'insurgea Doreen d'un ton sec. Après tout, ce sont des adultes.

— Non, vous ne comprenez pas. Certains sont…, hésita-t-elle avant de lever une main pour mimer un cercle à côté de son oreille.

— Vous voulez dire qu'ils sont frappés de démence ou d'Alzheimer ?

— Ou simplement complètement fous. Vous êtes au courant qu'ils couchent ? s'exclama-t-elle dans un murmure horrifié.

Doreen se pinça l'arête du nez en secouant la tête.

— Vous savez qu'un tas de gens dans le monde couchent ?

— Oui, mais ceux-là sont…, commença-t-elle avant de

baisser de nouveau la voix et de regarder autour d'elle comme si elle craignait d'être entendue. Ils sont vieux. Comme dans vieux-vieux.

Doreen ricana.

— J'ai effectivement effectué quelques recherches là-dessus pour une vieille affaire une fois, et la fréquence des IST dans ces maisons de retraite est pire que celle au sein de la population générale.

En entendant cela, Laura s'exclama et se plaqua la main sur la bouche.

— C'est simplement dégoûtant !

Doreen ne savait pas bien quoi répondre à ça.

— Pourquoi ? Parce qu'ils sont plus vieux ?

— Non, pas *plus* vieux. Seulement *vieux* !

— Si vous le dites, mais je ne crois pas que l'âge fasse la différence.

— Bien sûr que si. Je veux dire par là, qui a envie de coucher avec quelqu'un de vieux et gris, avec la peau flasque et des rides partout ?

— Peut-être une autre personne qui est vieille et grise, avec des rides qui pendent partout, rétorqua Doreen. Le sexe n'est pas qu'une histoire de corps. C'est censé être plus que ça.

— Ce n'est vrai que si c'est censé être *plus* que de simples corps. Mais pour un tas de gens, ce n'est qu'une question de physique.

— Dans ce cas, si ce n'est qu'une question de physique et que chacun des deux est heureux, quelle différence ça fait et en quoi ça vous dérange ?

Laura s'appuya contre la porte, ses doigts s'agitant ner-veusement.

— Vous trouvez que Mack est vieux ?

Doreen renifla.

— Non, c'est un homme dans la fleur de l'âge. Vous vous trouvez vieille ?

Les yeux de Laura se rétrécirent.

— Je ne suis pas si vieille. Certainement pas trop vieille pour Mack.

— C'est ça le fond du problème ? Vous essayez de vous rapprocher de Mack ? lui demanda gentiment Doreen.

La femme haussa les épaules, mais une lueur illumina son regard.

— C'est-à-dire que c'est un homme agréable. N'importe qui serait heureux d'être près de lui.

Doreen se mordit la lèvre.

— Et s'il avait déjà une relation ? l'interrogea-t-elle avec curiosité.

— Qui donc ? À chaque fois que je le vois, il est seul, souligna-t-elle avant de renifler. Enfin, s'il devait être avec quelqu'un, ce serait probablement vous, mais je ne l'envisage pas non plus. Surtout pas avec tous ces animaux vicieux, ajouta-t-elle en jetant un regard noir à Goliath qui choisit ce moment pour lever bien droit la patte et se nettoyer le derrière.

Les insultes étant si flagrantes, il était difficile pour Doreen de continuer de se montrer agréable avec cette femme.

— Tout d'abord, Mack adore les animaux. Il adore mes animaux. Ensuite, vous trouvez cela difficile à croire qu'il m'aime bien ? (Elle soupira.) Bon, pourquoi êtes-vous vraiment ici ?

— Il m'est venu à l'esprit que Mack vous aimait bien, donc vous savez, si c'est le cas et que je passe du temps avec vous, il m'aimera bien.

— Vous avez conscience que ce n'est pas comme ça que

ça marche, n'est-ce pas ?

— Eh bien, ça pourrait. Il m'apprécierait s'il avait l'occasion d'apprendre à me connaître. Et il ne peut pas apprendre à me connaître, car il ne passe jamais de temps près de moi. Nous ne fréquentons pas les mêmes cercles, alors, comment suis-je censée l'amener à me voir autrement ?

Doreen secoua la tête. La « logique » de Laura était un peu alambiquée. Pourtant, Nan avait affirmé que tout le monde l'estimait. Doreen peinait à être de cet avis devant cette étrange femme qui était entrée chez elle par effraction et qui la réprimandait sans arrêt ainsi que ses animaux.

— Vous savez que Mack est super occupé, n'est-ce pas ? Il est toujours en train d'enquêter. C'est plutôt un accro au boulot.

— Oh, je peux réparer ça ! s'exclama-t-elle, confiante.

— Il est aussi…, hésita d'abord Doreen. Il est plutôt jeune par rapport à vous.

La femme la dévisagea.

— Vous pensez que je suis trop vieille pour lui ?

— Je pense qu'il se fie plus à l'âme d'une personne, donc son âge ou son vieux corps ridé ne lui poseraient pas de problème. Je ne suis simplement pas certaine qu'il s'intéresse à quelqu'un qui déteste les animaux. De plus, il y a une différence d'âge plutôt conséquente pour qu'il s'imagine avec vous.

Laura fronça les sourcils. Par conséquent, Doreen suggéra :

— N'y a-t-il pas d'hommes d'âge plus proche du vôtre, qui travaillent éventuellement à Rosemoor ?

Elle voulait dire *ceux qui vivent à Rosemoor,* mais elle avait conscience que ça lui attirerait des ennuis.

— Je continue de chercher quelqu'un là-bas, admit Laura, mais c'est un monde très solitaire, et c'est dur de rencontrer des gens.

— Je suis d'accord, concéda Doreen en le pensant vraiment. Je sais toutefois que Mack a déjà beaucoup de monde dans sa vie…

À cet instant, les épaules de Laura s'affaissèrent.

— Vous essayez de me dire gentiment qu'il n'y a pas de place pour moi, n'est-ce pas ?

— J'essaie de vous dire que vous feriez mieux de trouver quelqu'un d'autre…

Laura marqua une pause en grimaçant.

— Mais j'apprécie vraiment Mack. J'aime les grands hommes, comme lui.

— Pourquoi ne rejoignez-vous pas un club de marche ou de cuisine, ou ne prenez-vous pas de leçons par exemple ? Vous apprécieriez d'y rencontrer des hommes.

Laura fronça les sourcils.

— Et s'ils déclarent que je ne les intéresse pas ?

— Alors, allez de l'avant, lui conseilla gentiment Doreen. Et réessayez. Essayez peut-être des cours de dessin ou de rejoindre un club de bridge ou autre…

Laura y réfléchit.

— Peut-être… Je suppose que je dois chercher quelqu'un d'autre. (Elle se tourna pour se concentrer sur Doreen.) Je présume que s'il vous aime bien, il ne sera pas du genre à m'aimer.

— Il n'y a rien qui cloche chez vous, la rassura Doreen en tentant de venir en aide à une âme perdue.

La femme la regarda et lui sourit.

— Je sais, dit-elle. Je suis un cadeau. Mais si Mack vous aime bien, il ne m'appréciera clairement pas.

Là-dessus, elle marcha jusqu'à la porte d'entrée en laissant derrière elle Doreen, complètement assommée.

Chapitre 25

DOREEN ÉTAIT ENCORE abasourdie par les attaques verbales qu'elle venait de subir de la part de Laura, mais riait pourtant intérieurement à l'absurdité totale de tout cela. Maintenant, elle se demandait comment parvenir à expliquer ça à Mack, et hésitait même à essayer. Cependant, elle avait l'intention d'aller chez lui comme prévu, donc elle rassembla les animaux qui remuaient, très excités, à ses pieds. Il fallut un peu de temps pour les convaincre de monter dans le véhicule, car ils étaient encore très agités à la suite de leur échange avec cette intruse folle qui n'avait pas arrêté de hurler.

— C'est parti, allons voir Mack !

Depuis qu'elle avait mentionné son nom, Mugs ne cessait d'aboyer, et même Goliath lui miaulait dessus.

— OK, OK, mais il faut d'abord grimper là-dedans.

Elle finit par les faire monter dans le véhicule et sortit du garage. Avec l'adresse en tête, elle conduisit lentement jusque chez Mack. Elle se gara devant la résidence et sortit de la voiture pour étudier le pavillon en briques sombres.

— Ce n'est pas ce à quoi je m'attendais, critiqua-t-elle avant de grimacer. Cela dit, je ne suis pas sûre de ce que j'imaginais.

Bien sûr, elle préférait grandement sa propre maison, mais Mack n'avait pas hérité la sienne de sa grand-mère. Doreen soupira.

— Nan, tu ne sais pas combien je te suis reconnaissante d'être toi. Chaque jour, de bien des façons, je continue de me souvenir à quel point j'ai de la chance.

Elle marcha jusqu'à la porte d'entrée et appuya sur la sonnette. Presque immédiatement, la porte fut ouverte par Nick. Il afficha un grand sourire.

— Quelle agréable surprise !

— Ouais, si vous le dites. Attendez que je vous raconte pourquoi je suis ici.

Nick ouvrit la bouche pour le lui demander, mais Mugs, sentant déjà qui se trouvait à l'intérieur, arracha sa laisse des mains de Doreen et courut pour rejoindre Mack. Elle soupira.

— J'espère que ça signifie que nous pouvons entrer, car il va nous falloir du temps pour réussir à séparer Mugs et Mack.

Nick rit.

— Vous êtes plus que bienvenue ici. Ça l'aidera à améliorer son humeur.

— Pourquoi est-il de mauvaise humeur ?

— Car la police ne le laisse pas enquêter, l'informa-t-il à voix basse.

Elle leva un sourcil, pénétra dans le salon et vit Mack assis dans un grand fauteuil, avec Mugs sur ses genoux qui lui léchait le visage. Cela amusa Doreen.

— Tu n'es pas venu à nous, alors nous sommes venus à toi.

Mack la considéra, et elle remarqua l'accueil chaleureux

dans ses yeux.

— Et bien évidemment, je suis à même de compatir, car j'ai fait l'expérience de ce que tu traverses en ce moment.

— Et qu'est-ce que je traverse exactement ? la questionna-t-il, curieux.

— Tu es maintenu à l'écart des investigations de la police, déclara-t-elle joyeusement.

Il lui lança un regard noir.

— Je *suis* la police.

— Tu *fais partie* de la police. Ceci te donne simplement un avant-goût de ce qui arrivera quand tu partiras à la retraite.

Il secoua la tête.

— Je ne prendrai pas ma retraite, annonça-t-il. Il me reste encore du boulot.

— Ouais, je connais ce sentiment aussi. Tellement dommage que les gens ne me laissent pas agir, déplora-t-elle en le dévisageant d'une manière appuyée.

Mack grogna.

— Avais-tu une raison pour venir ici autre que celle de m'embêter ?

— J'ai eu des infos, ensuite une entrée par effraction, puis j'ai dû *divertir* une de tes prétendantes transie d'amour. Et, tu sais, il y a tant de choses qui se passent, énuméra-t-elle. Je ne savais pas bien ce que j'étais censée faire avec tout ça. Alors je suis venue ici.

Il s'immobilisa et la fixa, comme choqué. Nick fit le tour pour se tenir aux côtés de Mack et la considérer lui aussi d'un air choqué. Doreen haussa les épaules.

— Que puis-je dire ? Tu es quelqu'un de populaire.

Mack observa son frère, puis Doreen, et demanda à Nick :

— Tu as la *moindre* idée de ce dont elle parle ?

Nick secoua la tête, s'assit en face de lui sur le canapé.

— Mais il faut reconnaître que je comprends rarement ce qu'elle essaie de dire…

Elle mit les poings sur ses hanches et jeta un regard froid à Nick, ce qui l'amusa.

— Ce regard-là, vous devriez vraiment le faire breveter.

— Si je savais comment, répliqua-t-elle immédiatement, je m'y attellerais. Il y a de l'argent à gagner avec les brevets.

Nick soupira.

— Mais vous êtes à l'aise financièrement cette année, non ?

— Ouais, mon chèque de récompense de dix mille dollars envoyé par Bernard a été encaissé par la banque, déclara-t-elle d'un air suffisant.

— Alors, ça devrait aller pour toi, mais tu as sans doute envie de t'assurer qu'il a bien été encaissé, la railla Mack d'un ton mielleux.

Doreen lui lança un regard noir.

— Tu essaies simplement de me contrarier.

— Oh, et pourquoi je ferais ça ? la taquina-t-il, rieur. Je suis vraiment content de te voir.

— Tant mieux, lâcha Doreen avant de pousser un gros soupir.

Elle observa Nick, dont le sourire atteignait presque les oreilles tandis que ses yeux passaient d'elle à Mack et inversement.

— Votre frère croit que nous formons un chouette couple, dit-elle avant de se laisser tomber aux côtés de Nick sur le divan.

Thaddeus sortit de sous ses cheveux et cria : « Mack ! Mack ! » Puis il franchit le court espace en volant pour atterrir sur le dos de Mugs, remonter vers son cou jusqu'à sa tête et ensuite, bondir joyeusement sur Mack et frotter sa tête plumée contre sa joue. Ce dernier tendit la main, ferma les yeux, sourit et câlina l'oiseau.

— Tu vois ? Tu n'avais pas réalisé que tu avais besoin de nous. On provoque un sourire sur ton visage. Bon, d'accord, souvent tu es en colère contre nous, mais si tu prends le bon comme le mauvais, globalement, c'est une bonne affaire.

Mack la considéra, ses lèvres frémirent.

— En général, oui, mais il y a des fois où…

— Il y a des fois, non, le coupa-t-elle en opinant du chef avec bonhomie. Quand tu mets complètement la pagaille dans mon monde.

La mâchoire de Mack en tomba, et elle éclata de rire.

Mack soupira puis s'adressa à son frère :

— Tu vois ? Tu vois comment elle est ?

— Oui, je vois bien ! (Le visage de Nick s'illumina d'un énorme sourire.) Et je suis complètement jaloux.

— Jaloux de quoi ? demanda Doreen en le regardant d'un air curieux.

— De votre relation. Vous deux, vous vous comprenez vraiment, et, même si vous êtes encore en train de tourner autour du pot dans votre relation, il est évident que vous êtes très bien assortis. Vous vous comprenez l'un l'autre. Vous vous respectez et, même quand vous n'obtenez pas ce que vous voulez, vous réagissez tout de même très bien tous les deux.

Elle regarda Mack et haussa les épaules.

— Tu sais de quoi il parle ?

Mack sourit.

— Oh, ouais ! Je sais de quoi il parle, et toi aussi. Tu ne veux simplement pas l'admettre.

Elle sourit, pivota pour considérer Nick et, avec une idée soudaine, elle ajouta :

— OK. Est-ce que l'un d'entre vous connaît quelqu'un qui serait intéressé à l'idée de rencontrer une femme dépassant légèrement la soixantaine, qui déteste les animaux, mais qui adore les grands gaillards dans votre genre ?

Le regard de Nick se rétrécit, et il secoua la tête.

— C'est une conversation très étrange, Doreen. Et sachez pour info qu'il ne faut pas jouer les entremetteuses avec moi, *jamais*.

Elle observa Mack qui la fixait, de toute évidence confus.

— De quoi tu parles ? la questionna-t-il.

— De Laura.

— Laura ? Laura qui ?

— Celle qui travaille à Rosemoor, tu te rappelles ? C'est elle qui a discuté avec le tireur devant la résidence.

— Exact, déclara-t-il en acquiesçant. Quand lui as-tu parlé ?

— En revenant plus tôt de Rosemoor, elle se trouvait dans ma maison.

Le sourire de Mack s'effaça sur-le-champ de son visage, et ses yeux, posés sur elle, s'étrécirent.

— Comment ça, elle se trouvait *dans* ta maison ?

— Comme je l'ai dit, elle était *dans* ma maison.

— Bon Dieu, lâcha Nick en se redressant. Pourquoi ?

— Elle me cherchait apparemment et, comme elle ne m'a pas trouvée, elle a décidé de faire comme chez elle.

Mack leva sa main libre pour se masser la tempe.

— Est-ce qu'elle allait… bien ?

— Elle allait sans doute aussi bien que possible, mais je suppose qu'il va falloir que je prenne le temps de vous expliquer un peu, donc je commencerai par le début.

Quand elle eut terminé, après avoir raconté l'astuce de Laura pour mémoriser les lettres sur la plaque d'immatriculation et ce qu'elle pensait du fait que les résidents de Rosemoor avaient une vie sexuelle, la mâchoire de Mack avait atteint le sol, et Nick était devenu muet.

Doreen attendit que l'un des frères se mette à parler.

— Alors… Que doit-on faire à propos de Laura ?

Mack parla le premier :

— Cela met sérieusement la véracité de sa déclaration concernant le tireur en péril. Je contacterai le capitaine.

Nick opina du chef.

— Je ne suis pas médecin, mais j'ai l'impression qu'elle a besoin d'une aide psychologique et qu'elle est susceptible de représenter un danger pour les résidents de Rosemoor. Je conseillerais de la virer. Je le suggérerai au chef d'équipe.

Doreen grimaça.

— Je n'essaie pas de la discréditer ni de faire en sorte qu'elle soit virée. Honnêtement, je pense qu'elle est surtout seule et… étrange, oui.

Mack et Nick échangèrent un regard, dont Doreen aurait aimé connaître la signification. Puis les deux frères hochèrent la tête de concert.

C'est Nick qui commença.

— Vous avez vraiment du cœur pour être capable de voir du bon en Laura, mais je me sentirais bien mieux si les résidents de Rosemoor tels que votre grand-mère en étaient éloignés. Il semble qu'elle déteste les animaux et les personnes âgées.

Doreen fronça les sourcils.

— Et elle écoute leurs conversations privées également, ajouta-t-elle en opinant du chef. Nan et les autres doivent être protégés.

Mack acquiesça.

— Je suis d'accord. Doreen, tu comprends *bien* ce qui se passe à la maison de retraite, n'est-ce pas ?

— Tu plaisantes ? (Elle plissa le nez.) Que je le veuille ou non, Nan reste ma grand-mère, ouverte au sujet de l'amour libre, dit-elle en levant les yeux au ciel. J'aimerais autant ne pas entendre les détails sexuels toutefois.

Le sourire moqueur de Mack apparut.

— Je savais que j'aimais ta grand-mère…

Doreen soupira.

— Tout le monde aime ma grand-mère, marmonna-t-elle avant de s'adresser à Nick. Vous l'avez déjà rencontrée ?

— Non, répondit-il en secouant la tête, mais c'est clairement sur ma liste !

— C'est un amour. Et je réfléchissais, tout en venant vous voir, au fait que je lui dois beaucoup après qu'elle m'a donné sa maison. J'ignore ce que je serais sans elle. (Et avec cet aveu, elle avait la gorge serrée.) Alors, aussi folle soit Laura, devons-nous croire qu'elle est susceptible d'être impliquée dans l'agression de Mack ?

Ce dernier fronça les sourcils.

— En mettant de côté son éventuelle maîtrise d'une arme, pourquoi est-ce que cette femme qui clame le fait de bien m'aimer me tirerait dessus ?

Nick montra son accord.

— Ouais, ce serait quoi, sa motivation ?

Doreen énuméra ses deux suggestions :

— Premièrement, elle pourrait avoir une mentalité puérile et penser que frapper un homme dans le ventre dans la cour de récré serait sa façon de montrer qu'il compte pour elle. Deuxièmement, rappelle-toi cette vieille maxime qui dit que si une personne ne peut pas avoir celle qu'elle désire, alors personne d'autre ne l'aura.

Nick haussa les épaules et regarda son frère.

— Les deux hypothèses sont valides.

Mack secoua la tête.

— Non pertinent compte tenu des faits. Regarde Chuck… Il s'est fait tirer dessus… Et pas par une folle, précisa-t-il avant de soupirer. Doreen, tu *dois* enclencher ton système d'alarme à chaque fois que tu quittes la maison ! Cette dingue n'aurait pas dû y avoir accès. Si on excepte ce petit problème de porte défectueuse…

— Non, elle n'aurait pas dû… Je dois admettre que je suis restée sans voix un moment.

— Je suis vraiment content d'entendre que ça t'a fait réfléchir, mais ça signifie aussi que tu es partie sans mettre en route l'alarme, rétorqua Mack, en préambule à l'une de ses plus grandes leçons.

Elle leva une main.

— Si je ne suis pas autorisée à te faire la morale au sujet de la balle que tu as reçue, tu n'es pas autorisé à me la faire parce que je n'enclenche pas le système d'alarme à chaque fois.

— Tu ne peux pas me reprocher d'avoir reçu une balle ! répliqua-t-il, écœuré. Je ne te ferais jamais la leçon pour ça !

Elle croisa les jambes ainsi que les bras.

— Vraiment ? Je suis quasi certaine que tu m'as réprimandée à chaque fois que j'ai été blessée.

Il plissa les yeux.

— J'ignorais qu'on allait me tirer dessus.

Elle leva un sourcil.

— Comme si, moi, j'avais été au courant de toutes les fois où j'ai été blessée.

— Tu mettais ton nez dans des endroits où tu n'aurais

pas dû le mettre.

— Et jusqu'à ce que nous parvenions au bout de cette histoire de tireur, nous n'avons aucune idée du genre de pagaille dans laquelle tu t'es fourré, insista-t-elle avant de se tourner délibérément vers Nick une fois ces paroles prononcées. Est-ce qu'il s'est bien tenu ?

Le frère de Mack éclata d'un rire très franc qui emplit la pièce.

— Vous savez quoi ? Il se languissait de vous, déclara-t-il gentiment. Alors, je suis vraiment content que vous soyez venue.

Doreen afficha un sourire lumineux.

— C'est gentil de dire ça ! Et merci d'écouter mes théories les plus folles. Es-tu déjà parvenu à élucider quelque chose ? demanda-t-elle à Mack.

— Non, je n'ai encore rien résolu, concéda-t-il avant de se redresser. Et toi, qu'as-tu découvert ?

Elle lui montra un air innocent.

— Oh non, non, non, non, non…, lâcha Mack en secouant la tête avant de pointer le doigt sur elle. Dis-le, dis-le, dis-le-moi.

— Je ne suis pas certaine qu'il y ait quelque chose à raconter, rétorqua-t-elle tristement. Vous avez téléphoné à Dante tous les deux ?

Mack acquiesça.

— Il n'a pas semblé avoir grand-chose à offrir…

— Ouais, je me suis posé la question. Est-ce qu'on a une chance de pouvoir jeter un coup d'œil aux caméras de sécurité installées dans les rues près de ce pub ?

— Pourquoi ?

— Car Chuck s'est fait tirer dessus dans la rue, en se dirigeant vers Thurlow. Ça reste une voie assez majeure dans

Vancouver, même s'il n'y a pas beaucoup d'activité dans cette zone commerciale au cœur de la ville une fois les bars fermés, mais pourquoi ne pas demander l'accès aux images de vidéoprotection pour voir si votre ami Dante a suivi Chuck ou non ?

À ces propos, Nick observa Doreen puis Mack.

— Tu penses que Dante a tiré sur Chuck ? protesta immédiatement Mack. Je fréquente Dante depuis des années !

— Je ne prétends pas que Dante a tiré sur Chuck, je teste simplement une théorie. Oui, tu fréquentes Chuck et Dante depuis des années. Et ce que j'ai appris ces derniers mois en travaillant sur ces affaires non résolues, c'est que nous ne connaissons jamais vraiment les personnes.

Mack hocha la tête et poussa un gros soupir.

— En plus, une fois que ces gars ont passé du temps en prison – y compris Chuck et Dante –, ils ne cessent de rencontrer encore plus de criminels et apprennent d'autres façons d'escroquer les gens.

Pile à cet instant, Mugs sauta des genoux de Mack et aboya une fois vers la porte d'entrée avant de poser les yeux sur Doreen.

Elle se mit debout, prit sa laisse, considéra Mack et demanda :

— Tu m'autorises à le laisser sortir dans ton jardin ?

Il donna immédiatement son aval.

— Je vais prendre Goliath aussi. Thaddeus voudra certainement rester avec toi.

Mais tout à coup, Thaddeus s'écria : « Thaddeus est là ! Thaddeus est là ! » Il la regarda et battit des ailes. D'instinct, elle tendit le bras, et il bondit sur son poignet avant de remonter jusqu'à son épaule. Avec tous les animaux dans son sillage, elle traversa la cuisine, ouvrit la porte du fond, posa un pied sur la grande terrasse.

— Ouah ! s'exclama-t-elle en souriant. Maintenant, je comprends mieux. Cette terrasse redore entièrement la maison !

Elle en descendit, puis, les animaux étant libres de vadrouiller, Mugs flaira tout de suite un endroit, leva une patte et continua par la suite de se balader. Elle sortit des sacs à déjection de sa poche et attendit qu'il termine son affaire. Dès qu'il eut fini, elle nettoya, marcha jusqu'à la barrière à côté du garage et regarda par-dessus cette dernière pour apercevoir une allée.

Elle trouva ce qu'elle cherchait : des poubelles. Elle souleva le loquet, fit sortir Mugs et jeta le sac dans l'une d'elles. Elle remarqua ensuite Goliath qui avançait dans le sens opposé.

— Goliath, reviens ici ! Y a plein de voitures par ici !

Sa queue se balança en donnant quelques mouvements rapides dans sa direction.

— *Génial,* marmonna-t-elle.

Mugs arracha la laisse de la poigne de Doreen et courut immédiatement après Goliath. Elle se lança alors après eux en s'écriant :

— Ça suffit ! Revenez ici !

Quand ils atteignirent le coin, ils s'arrêtèrent tous les deux, se tournèrent et observèrent Doreen, Mugs posant aussitôt son popotin sur le sol comme pour signifier « Dépêche-toi. » Quand elle les rattrapa, elle saisit de nouveau la laisse de Mugs et les regarda tous les deux attentivement.

— Que se passe-t-il, les amis ? Pourquoi vous êtes là ?

Quand elle leva les yeux, pile dans l'angle était garée une Camry grise, vide, au flanc cabossé. Elle en fit le tour, l'examina plusieurs fois et prit une photo de la voiture et de la plaque – avec un L et un M – qu'elle envoya à Mack. Elle ignorait si c'était le véhicule qu'avait utilisé le tireur, mais il y avait un peu trop de coïncidences à son goût.

En quittant l'endroit pour retourner dans l'allée de Mack, elle observa quelqu'un qui marchait vers elle à vive allure, la tête baissée, les yeux rivés sur son téléphone. Il portait une casquette de baseball et des lunettes noires, mesurait environ 1 m 70. Était-ce le conducteur de la Camry ? Si c'était lui… alors c'était l'agresseur de Mack ! Elle resserra sa poigne sur la laisse de Mugs et chuchota :

— C'est le gars qui a tiré sur Mack.

Elle étudia ses chances, s'interrogeant sur les options dont elle disposait, quand, finalement, tandis qu'il était presque à sa hauteur, elle augmenta la cadence et se mit à courir vers lui. À la toute dernière seconde, il leva les yeux, comme s'il l'avait enfin remarquée. Elle lui cogna directement le nez, et il tomba sur le gravier de l'allée.

L'homme se releva et lui rugit dessus :

— Hé, qu'est-ce que vous faites ?

Mais elle ne voulait pas discuter ; elle revint avec les poings serrés et le percuta encore une fois, pile dans la mâchoire.

Il trébucha en arrière et s'écria :

— Vous êtes folle ! Qu'est-ce que vous fabriquez ? Je ne vous connais même pas !

— Non ! s'exclama-t-elle. Mais ça va venir !

Et elle lui sauta de nouveau dessus.

Alors qu'il essayait de se défendre tout en criant à l'aide, elle le frappa encore et encore. Finalement, de grands bras l'enveloppèrent, et elle fut portée et soulevée du sol.

— Que quelqu'un appelle la police ! Appelez la police ! hurla-t-elle.

— Je suis la police ! lâcha Mack avec déplaisir.

Elle se tordit et le regarda.

— Pourquoi tu me soulèves ?! beugla-t-elle. Repose-moi tout de suite ! Tu vas te faire mal à l'épaule !

Il soupira et la reposa, puis elle remarqua Nick qui aidait l'autre homme à se remettre debout.

— Oh ouais, grogna-t-elle en fixant l'homme d'un œil torve, vous pouvez tout à fait l'aider, Nick… pour l'emmener en prison. C'est lui qui a tiré sur Mack. Je vous présente Lenny Farleigh !

Chapitre 26

QUATRE HEURES PLUS tard, elle était toujours assise au poste de police à attendre Mack. Il parlait avec le capitaine depuis un certain temps. L'autre gars, le tireur, avait été amené au poste, avec elle, mais il avait hurlé qu'il avait été attaqué et souhaitait porter plainte. Elle se disait que Mack était probablement en train de la défendre auprès du capitaine. Elle n'était pas très sûre de savoir où elle en était à ce stade, excepté qu'elle maintenait que Lenny était l'agresseur de Mack et qu'elle avait eu tous les droits de le frapper une ou cinq fois. Il s'en était pris à son ami, fin de l'histoire.

Quand Mack finit par arriver dans la salle d'attente, il regarda Doreen, sourcils froncés. Elle fit de même, en se raidissant, puis croisa les bras sur sa poitrine.

Nick, aux côtés de Doreen, tendit la main et lui tapota le genou.

— Tout ira bien.

— Ouais, vous dites ça uniquement parce que vous êtes mon avocat.

Il éclata de rire.

— Oh, vous me rémunérez maintenant ? demanda-t-il,

intéressé.

Elle lui lança un regard noir puis l'interrogea à voix basse :

— Je vais vraiment avoir des problèmes ?

— Vous avez attaqué cet homme…

— Oui, c'est exact. Mais je sais aussi qu'il a tiré sur Mack, et sur moi, potentiellement.

— Comment ça, sur vous ?

— Et s'il avait raté son coup ? Et si c'était moi qu'il avait visé lors de ce premier tir ? De plus, il a ouvert une seconde fois le feu dans ma direction. Tant que nous ne serons pas arrivés à la fin de tout ce micmac, nous n'aurons aucune idée de son plan.

Nick y réfléchit un moment.

— Et ça pourrait constituer une partie de votre défense, mais elle ne serait pas terrible, cependant…

— Bien sûr. Et qu'étais-je censée faire ? Le laisser partir ?

— Vous auriez pu appeler la police.

Elle le dévisagea, mâchoire tombante.

— Quand ? Après qu'il a tiré sur Mack et s'est éloigné de Rosemoor ? Ou alors chez votre frère ? Je lui avais déjà envoyé par message les photos de la voiture et de la plaque d'immatriculation. Cet homme a *tiré* sur Mack, protesta-t-elle.

Nick hocha la tête.

— C'est ce que vous *pensez*.

Doreen le fixa d'un air mécontent avec un regard rétréci.

— En êtes-vous si sûre ? la questionna-t-il.

— J'en suis vraiment sûre, confirma-t-elle sèchement. Et maintenant, nous avons enfin une chance de découvrir pourquoi ce gars en a après Mack.

— Nous devons d'abord prouver que c'était lui.

— Alors, laissez-moi aller lui parler, marmonna-t-elle. Je le prouverai.

— Ce n'est pas si simple, l'avertit Nick.

— Pourquoi pas ?

Mack se tenait désormais devant elle.

— Parce que, dit-il avec une patience exagérée, tu l'as attaqué.

— Et s'il était le tireur que tout le monde recherche ?

— Ça compte, crois-moi, ça compte. Mais ça comptera davantage si nous parvenons à *démontrer* que c'était lui.

Elle continuait de fixer Mack méchamment.

— Et malgré tout, je n'ai pas le droit d'apporter mon aide pour l'interrogatoire ?

— Non, j'ai promis au capitaine que tu n'y serais pas mêlée.

Elle leva les mains et se frotta le visage.

— Ce n'est pas juste ! grommela-t-elle. J'ai amené le bon gars, et maintenant, il faut prouver qu'il s'agit du bon pour que je n'aie pas d'ennuis.

Le capitaine sortit, considéra Doreen et soupira.

— Tu ne peux pas attaquer les gens…

Lui aussi eut droit à son regard courroucé.

— Donc ce n'est pas grave si Lenny tire sur Mack ?

Le capitaine la dévisagea et la questionna :

— En êtes-vous vraiment sûre à ce point ?

— J'en suis *vraiment* sûre à ce point ! Et Mugs, Thaddeus et Goliath encore plus ! Ce sont eux qui m'ont menée à cette voiture.

— Mais il n'y avait aucune voiture quand nous sommes arrivés sur place.

— Évidemment. Il a probablement demandé à quelqu'un d'autre de la déplacer.

— Vous avez une preuve qu'elle était là ? l'interrogea le capitaine.

Elle s'immobilisa pour lui lancer un regard noir, sortit son portable, parcourut les photos puis hocha la tête.

— Oui, répondit-elle en lui tendant le téléphone.

Il la considéra puis lui prit le mobile des mains avant d'acquiescer.

— C'est une Camry grise avec une bosse et les deux lettres sur la plaque d'immatriculation. Ça change la donne, mais ça ne signifie toujours pas que c'est lui qui la conduit.

— Non, j'étais apparemment censée attendre qu'il monte dedans et qu'il s'en aille, le railla-t-elle en levant les yeux, exaspérée.

Cela lui valut un regard exagéré du chef, et elle leva les mains de frustration.

— Il a *tiré* sur Mack ! répéta-t-elle.

— C'est pour ça que nous allons le garder, mais nous avons besoin d'une raison de le retenir plus de quarante-huit heures.

Elle fronça les sourcils.

— Dans ce cas, pourquoi je ne peux pas vous aider à arranger ça ?

— Vous êtes déjà dans le pétrin, lui annonça le capitaine d'un ton strict. Vous devez laisser la police s'en occuper.

Elle se mordit la lèvre inférieure et posa les yeux sur Mack.

— Et tu devrais être en train de te reposer chez toi. Tu n'aurais jamais dû commencer par me porter avec ton bras blessé.

Il leva les yeux au ciel face à cette remarque.

— Tu étais en train de le frapper.

— Et il venait te tuer.

— Il essayait de s'enfuir ! rétorqua Mack.

— Forcément ! *Puisque* je l'avais déjà attrapé !

Alors, sachant que ça ne mènerait nulle part, Mack s'adressa au capitaine :

— Je vous promets que je veillerai à ce qu'elle reste chez elle.

— Bon ! soupira le capitaine en pivotant pour faire face à Doreen. Comment vous avez trouvé cet homme ?

— Il était en repérage devant chez Mack. J'ai fait sortir Mugs dans le jardin de Mack pour qu'il puisse se soulager. Quand il en a eu fini, je me suis rendue dans l'allée pour jeter le sac à déjection dans la poubelle, et alors, Mugs et Goliath se sont enfuis jusqu'à s'arrêter devant cette voiture. J'ai immédiatement compris de quel véhicule il s'agissait et quand j'ai voulu retourner chez Mack, ce gars courait vers sa voiture. Je n'ai eu qu'une demi-seconde pour prendre une décision, alors je lui suis rentrée dedans. Ensuite, il a commencé à me traiter de folle et de toutes sortes d'autres noms, donc j'ai continué. C'est là qu'il a commencé à vraiment s'énerver et qu'il s'est mis à se défendre.

— Il m'a prétendu qu'il essayait de t'échapper.

Elle fronça les sourcils.

— Vous savez quoi ? Je crois qu'il a dit un truc à propos du fait qu'il voulait simplement s'en aller… Mais bon, n'importe qui aurait décrété ça.

— Tu l'attaquais ! lui rappela Mack, les lèvres tordues, ce qui lui valut un regard mauvais de Doreen.

— Oui, absolument ! confirma-t-elle en croisant de nouveau les bras sur sa poitrine. Tu te souviens de cette fois où on t'a tiré dessus ?

À cet instant, elle leva les yeux et aperçut le tireur qui sortait d'une pièce pour être emmené dans une autre. Il lui jeta un seul regard et hurla :

— Vous ! Vous êtes la folle qui m'a sauté dessus !

Elle se mit vivement sur ses pieds. Mack réagit immédiatement et la saisit en grimaçant. Le regard de Doreen redevint noir.

— Vous voyez ? Je vous ai prévenu de ne pas vous servir de ce bras-là, le gronda-t-elle avant de considérer de nouveau le tireur. Et vous, vous êtes ce dingue d'idiot qui a tiré sur Chuck et Mack !

La couleur quitta alors le visage de Lenny.

— Quoi ?! (Il observa les autres personnes.) Non, non, non, non, non ! Vous ne pouvez pas être au courant de ça !

Chaque policier dans la pièce se raidit.

— Eux ne le savent peut-être pas, mais moi, si. Et vous, *monsieur*, n'allez pas vous en sortir. Vous n'auriez jamais dû toucher à Mack.

Il la fixa d'un air mauvais.

— Vous ne comprenez pas. C'est une chose qui vous dépasse !

— Oh, assurément ! rétorqua-t-elle, tandis que Mack avait toujours son bras autour d'elle pour essayer de la retenir. Et si vous ne vous mettez pas à causer, vous serez chanceux d'avoir quelqu'un d'autre à qui parler ! s'exclama-t-elle. Chuck est déjà à l'hôpital, et il est peu probable qu'il s'en sorte. Heureusement, Mack a survécu, mais si vous imaginez que revenir pour un second essai va vous conduire quelque part, vous avez tort !

— Et qu'est-ce que ça peut vous faire, à vous, espèce d'idiote ?! rugit-il. Avec ce zoo débile qui vous suit, vous êtes tous cinglés !

— Oui, mais nous sommes en bonne compagnie, alors on s'en fiche !

Il la dévisagea puis secoua la tête.

— Vous voyez ce que je veux dire ? Ce qu'elle raconte n'a aucun sens ! On ne peut même pas l'écouter.

— Oh, ils m'écoutent parfaitement ! déclara-t-elle d'une voix basse. Vous avez attendu Mack ce soir-là, près de Rosemoor, et vous lui avez tiré dessus.

— Ah ouais ? Et pourquoi aurais-je voulu faire ça ?

— Je n'ai pas encore toutes les réponses, mais j'en ai pas mal.

Il ricana.

— Vous n'avez aucune réponse. Vous êtes seulement folle.

— On verra si Chuck finit par se réveiller pour nous parler ou non, et, bien sûr, j'ai effrayé Dante avec mon coup de fil, donc il est prêt à se montrer bavard.

Lenny la regarda, choqué.

— Non, Dante ne ferait pas ça. Nous sommes ensemble dans ce merdier.

— Vraiment ? murmura-t-elle d'une voix ennuyée. Vous voyez ? Vous, les gars, vous avez tellement foi dans les mauvaises personnes...

— Non, Dante ne ferait pas ça. Il a bien trop à perdre.

— Ouais, je suis au courant pour la combine initiale. Rodney recevait des pots-de-vin à l'époque, il y a environ quinze ans, et il est mêlé à l'affaire criminelle qui l'a opposé à son grand-père Vaughn.

— Le vieux Vaughn était coupable, déclara hâtivement Lenny. Comme un tas de gens à ce moment-là. C'était comme une énorme souricière. Si vous ne luttiez pas contre leurs méthodes, vous étiez forcément de mèche. Plusieurs d'entre nous ont fait de la prison à cause de ce cauchemar...

— Je suis d'accord avec vous, indiqua Doreen, mais son

fils Terrence Bowman, qui n'a pas été incarcéré, car il est mort avant, était impliqué lui aussi. Mais était également coupable cette femme que tout le monde pensait trop jeune pour être une criminelle et qui a fini par épouser le petit-fils, Rodney. Votre sœur, Célia.

Lenny la fixait.

— Comment vous pouvez savoir tout ça ?

— Car je parle aux gens, expliqua Doreen en haussant les épaules. Et j'assemble les pièces du puzzle. (Elle se tourna vers le capitaine.) Avez-vous trouvé deux téléphones sur Lenny ?

Il fronça les sourcils.

— Oui.

— Je suspecte que l'un soit le sien, et l'autre, celui de Chuck. Lenny a tiré sur Chuck puis lui a volé son portable.

— Nan, nan, nan, dit Lenny en secouant la tête. Je n'écoute pas. Qu'est-ce que ça a à voir avec moi ?

— Votre dernière combine : le chantage.

Toute couleur quitta immédiatement son visage. Il regarda le capitaine.

— Vous ne comprenez pas ! s'exclama-t-il. Si Rodney découvre que je suis l'un de ceux qui le font chanter, il va me tuer !

— Ah oui ? demanda le capitaine. Alors, vous avez essayé d'assassiner un policier et maintenant, vous vous inquiétez qu'un de ces criminels vienne vous tuer ? Que croyez-vous que nous ayons tous à déclarer par rapport à ça ?

Lenny considéra Doreen puis de nouveau le capitaine.

— Écoutez. Je vous dirai tout, mais vous devez me protéger.

— Et pourquoi ça ? le questionna le capitaine de ce ton ennuyé qui allait parfois bien avec celui de Mack.

— Car ils en auront après moi et qu'ils nous tueront, moi et Nettie. C'est une brave femme. La meilleure de cette famille paumée. Bien sûr, elle a été adoptée, elle n'est pas du même sang, donc peut-être que ceci explique cela.

— Ah ouais ? Pourquoi ne pas nous révéler à qui nous avons à faire ? lui suggéra le capitaine. Car si nous n'obtenons pas toutes les infos, nous ne serons pas en mesure de vous aider.

Le tireur fixa haineusement Doreen.

— Et maintenez-la loin de moi. Elle est folle.

Le capitaine fit la grimace.

— Je vais faire de mon mieux sur ce point, mais même Mack ne parvient pas à la canaliser complètement…

Doreen renifla en entendant ce commentaire.

— Surtout pas après que vous avez tiré sur Mack ! Pourquoi lui ? Pourquoi après tout ce temps ? (Soudain, quelque chose la frappa.) J'ai compris ! s'écria-t-elle. Vous avez fait de la prison avec Pauly, n'est-ce pas ?

La mâchoire de Lenny tomba.

— Comment connaissez-vous ce nom-là ? Personne n'appelle Dante comme ça…

— Nettie, si, rétorqua Doreen. (Elle hocha la tête en remarquant qu'il blêmissait.) Elle est impliquée dans tout ça, elle aussi ?

— Non ! cria-t-il. Ma nièce n'a rien à voir avec ça ! Honnêtement ! ajouta-t-il avant de marquer une pause. Écoutez, nous étions tous coupables jusqu'à un certain point, excepté Chuck, qui a eu des problèmes plus tard quand il a été attrapé pour autre chose. Mais quand Dante est sorti, il était fauché. Il a traîné avec Chuck, mais aucun des deux n'avait d'argent ni de boulot. Alors, ils ont commencé à imaginer une arnaque au chantage, basée sur des infos qu'ils avaient obtenues en prison concernant des gens qui évitaient la taule et restaient loin des radars. Et je voulais en être.

En entendant cela, Mack se raidit derrière elle. Elle compatissait ; c'était dur d'entendre des choses aussi difficiles quand il s'agissait de deux vieux amis.

— Bien évidemment… C'est de l'argent facile, et il est difficile de changer ses habitudes à peine sorti de prison quand il faut lutter pour trouver un emploi rémunérateur.

— Exact, grommela Lenny. Mais ils ont fait chanter les mauvaises personnes.

Doreen hocha lentement la tête.

— Rodney et Célia. Au sujet du beau-fils. (Elle se tourna vers Mack.) Voici le lien entre aujourd'hui et il y a quinze ans. Les Bowman étaient impliqués dans l'arnaque à la construction en tant que responsables, et aujourd'hui ils le sont dans cette histoire de chantage, en tant que victimes.

Lenny regardait fixement Doreen.

— Bon Dieu, comment savez-vous tout ça ?

Elle lui adressa un sourire menaçant.

— Continuez de parler.

— Rodney a payé la rançon à deux reprises avant de comprendre que ça n'en finirait jamais.

— Et pourquoi Mack ?

Il grimaça.

— Car Chuck a dit qu'il lâcherait Mack sur Rodney et que Mack l'avait toujours écouté, qu'il était responsable du fait que moi et mon partenaire Vaughn étions tombés la dernière fois. Et Rodney a décidé, je suppose, que Chuck et Mack devaient être mis hors jeu.

— Que voulez-vous dire par « je suppose » ? demanda Doreen, les sourcils levés. C'est vous qui avez tiré sur les deux. Mais pourquoi revenir une seconde fois ? Pourquoi vous montrer près de chez Mack ? Ou meilleure question encore : pourquoi avez-vous ouvert le feu sur lui en premier lieu ?

Lenny fixait Doreen en serrant la mâchoire. Elle hocha la tête.

— Car Rodney avait quelque chose contre vous également… c'est lui qui a insisté pour que vous finissiez le boulot.

Lenny acquiesça lentement.

— Ouais, il avait bien un truc sur moi et il m'a fait chanter. Mais quand j'ai échoué, il n'a pas voulu s'arrêter et m'a dit que je devais finir le boulot, autrement… (Il opina de nouveau du chef.) Je leur ai tiré dessus, mais je ne voulais pas tuer Chuck. Ni Mack, ajouta-t-il en lui jetant un regard.

— Tant mieux, car vous avez raté votre coup pour les deux. Ça ne me plaît pas de constater que vous avez eu une seconde chance.

Lenny la dévisagea, perplexe.

— Hé ! J'étais dans les arnaques à la construction, plus tard dans le chantage, mais pas le meurtre. J'étais censé les éliminer tous les deux. J'ai flippé quand j'ai vu le sang de Chuck couler, donc je n'avais vraiment pas envie de recommencer. Pourtant, Rodney n'acceptait aucun refus, de personne. Il m'a menacé de me tuer, ainsi que Nettie. Alors, j'ai… essayé. J'ai insulté Mack pour prendre de l'assurance. Mais vous vous trouviez avec lui. Et ces animaux… Ça m'a rendu nerveux, et j'ai manqué ma cible.

Doreen branla du chef.

— Alors, vous avez tiré sur votre propre partenaire de crime, Chuck, à Vancouver. Vous deviez savoir que ce bar était l'une de ses sorties habituelles, par sa proximité avec l'endroit où vous viviez tous les deux. Puis le lendemain, vous avez ouvert le feu sur Mack, mais j'aimerais que vous m'expliquiez comment vous saviez qu'il se rendait à Rosemoor ce soir-là.

Lenny renifla.

— Kelowna est une petite ville, les rumeurs vont bon train. Si vous voulez savoir, j'ai entendu parler de la *fête de Doreen* prévue cette nuit-là. Je me suis rendu à Rosemoor pour en savoir plus, mais je n'ai même pas eu besoin de demander à quelqu'un puisqu'ils avaient mis des affiches pour rappeler à tous les résidents que vous deux ainsi que ce satané zoo seraient présents au cours de cette nuit particulière. Heureusement, j'étais parti depuis tellement longtemps que personne ne m'a reconnu. Tout ce que j'ai eu à faire, c'était attendre Mack.

— Donc vous êtes impliqué avec Chuck et Dante dans le chantage sur Rodney.

Lenny baissa la tête.

— Ouais.

— Puis Rodney a fini par découvrir que vous et Chuck étiez ses maîtres chanteurs.

Lenny soupira.

— J'ignore comment il l'a appris, mais ouais.

Doreen ricana.

— Vous faisiez chanter le mari de votre sœur, ce qui est assez étrange. Ensuite, j'ai découvert que le fils de Célia, le beau-fils de Rodney, est en réalité le fils de son grand-père... Cela fait de l'adolescent le fils de Vaughn, qui a plus de droits sur l'héritage familial que Rodney, n'est-ce pas ?

Lenny déglutit avec peine et acquiesça.

— Ouais, mais je n'ai aucune idée de la façon dont vous avez déterminé ça.

— La nature humaine, répondit Doreen. Et qu'est-ce

que retenait Rodney contre vous pour que vous soyez prêt à tuer un policier afin de garder ça secret ?

Les traits de Lenny se froissèrent, et il donna l'impression d'avoir envie de pleurer.

— Non, ne reculez pas à ce stade, lui intima-t-elle sèchement. Pas après avoir tiré sur mon ami pour préserver votre secret.

Lenny grommela.

— Je voulais simplement mettre tout ça derrière moi. J'avais payé ma dette. Stupide comme je l'étais, je n'ai pas été chopé pour tous mes crimes à l'époque, et Rodney a affirmé qu'il savait comment me faire porter le chapeau et que, cette fois, je tomberais pour de bon.

— Et vous ne vous êtes pas dit que tirer sur un flic vous y enverrait pour toujours quoi qu'il en soit ?

Désormais, il avait vraiment l'air d'être sur le point de pleurer.

— J'ai des infos sur Rodney et Célia. Sans parler d'autres personnes. Sans mentir. Je serais ravi de partager tout ça.

Il regarda Mack et le capitaine d'un air implorant, mais Doreen n'était pas encore prête à le laisser s'en tirer.

— Et Dante ? Est-ce qu'il avait un quelconque lien avec l'agression de Mack ?

Lenny secoua lentement la tête.

— Non, j'ai tiré sur Mack, et Rodney était derrière tout ça.

— Et Célia ? insista Doreen pour que personne n'oublie son rôle dans cette histoire.

Lenny fit la grimace.

— Ouais, elle est pire que Rodney, mais on ne le croira jamais. Écoutez… C'est peut-être ma sœur, et nous étions tous amis à l'époque, mais les choses changent. La plupart d'entre nous ont fait un peu de prison à la suite de cette arnaque à la construction et sont restés en contact. Seule Célia n'a pas été incarcérée. Pourtant, sous ses airs de gentille fille, elle n'hésiterait pas à vous poignarder dans le dos si ça lui permettait d'améliorer sa vie.

— Oh, j'en suis sûre ! renchérit Doreen. Et je suis quasi certaine qu'elle a aussi fait de son mieux pour envoyer son beau-père sous les verrous également, probablement parce qu'il l'a mise enceinte et a refusé de l'épouser.

— Je n'en serais pas du tout surpris. Elle a beau être ma sœur, elle m'effraie toujours. Vous devez me protéger, chuchota-t-il d'une voix rauque en regardant le capitaine. Je vous dirai ce que vous voulez savoir, mais vous devez nous garder en vie, Nettie et moi.

Le capitaine l'étudia alors, puis considéra Doreen et soupira.

— Vous pouvez appréhender Rodney à tout moment, il est du coin, lui dit-elle en souriant. Maintenant, allez chercher Dante. Je suis persuadée qu'il vit à Vancouver, dans le voisinage de Chuck. Cependant, vous le trouverez probablement dans la rue lui aussi.

— Et pourquoi cela ? demanda Mack.

Son bras était toujours à la taille de Doreen, et il la rapprocha de lui. Elle se tourna et enroula les siens autour de lui.

— Car je suis presque sûre, à ce stade, qu'il pense qu'il sera le prochain à se faire tirer dessus, et qu'il va essayer d'éviter ça. Entre toi qui as reçu une balle et Chuck dans le coma, Rodney sait que Dante est encore le dernier maître chanteur encore en vie, qui était impliqué dans cette arnaque immobilière depuis si longtemps. À moins que Dante préfère vous appeler Pauly ?

Lenny déglutit et opina du chef.

— J'ignore comment vous savez ça également ! s'exclama-t-il.

— Nettie a dit quelque chose qui m'a fait réfléchir. Dante est en haut de la liste de Rodney. D'une façon ou d'une autre, celui-ci découvre que Dante, Chuck et Lenny sont ses maîtres chanteurs. Alors bien sûr, Rodney pourchasse Lenny puis Dante, vu que Chuck est entre la vie et la mort à l'hôpital. (Elle considéra le capitaine.) Vous feriez mieux de partir vite pour choper Dante *et* Rodney.

Et là-dessus, le capitaine donna ses ordres. Ensuite, il pivota pour regarder Nick, Mack et Doreen et déclara :

— Ramenez-la chez elle. Et Mack, restez loin des ennuis.

Ce dernier le dévisagea, surpris.

— *Moi*, rester loin des ennuis ?

— À chaque fois que vous vous trouvez avec Doreen, vous attirez les problèmes vous aussi, lui dit le capitaine en secouant la tête. Vous deux, vous faites la paire ! Alors, pourquoi ne pas l'officialiser ?

Là-dessus, il se tourna et s'en alla.

Chapitre 27

MACK, NICK, DOREEN – et ses animaux – finirent par retourner chez cette dernière. Dans deux véhicules séparés. Elle arriva la première. Elle coupa le système de sécurité, entra dans la maison et prépara immédiatement du café. Elle était troublée et stressée. Elle ouvrit la porte de la cuisine et laissa les animaux sortir devant elle, puis elle se tint sur la terrasse pour se masser les tempes.

— Bon sang, Doreen, dit-elle dans sa barbe, ça sent très mauvais, là.

Pour la toute première fois, elle était vraiment passée à l'attaque, et c'était tellement contraire à sa nature qu'elle ne savait même pas quoi en penser. Elle était certaine de pouvoir faire les beaux jours d'un psy… Mais selon elle, ça devait vraiment avoir un lien avec le fait que quelqu'un s'en était pris à l'un de ses amis. Quelqu'un avait blessé Mack. Elle ne pouvait imaginer ce que ça aurait été dans le cas de Nan. D'ailleurs, sa grand-mère avait été blessée récemment, mais pas par balle. Elle entendit des bruits de pas devant sur le seuil de l'entrée, les frères Moreau étaient finalement arrivés.

Elle s'y rendit, ouvrit la porte et demanda :

— Qu'est-ce qui t'a pris autant de temps ?

Alors, elle sentit la pizza. Elle renifla l'air et s'exclama :

— Oh, mon Dieu, à manger !

Mack fit un pas à l'intérieur, tendit les bras et, sans même donner à Doreen l'occasion de se débattre, l'attira contre lui pour l'enlacer. Et il la tint près d'elle.

Derrière lui, Nick lança :

— Laissez passer, laissez passer !

Et il leva les cartons de pizzas par-dessus leurs têtes pour les apporter dans la cuisine.

Réalisant désormais qu'elle pouvait vraiment se détendre, elle se blottit dans les bras de Mack. Quand elle redressa la tête, elle le fixa dans les yeux.

— C'est pour quoi, ce câlin ?

— Parce que tu en avais besoin. (Il leva son menton, se pencha et l'embrassa doucement.) *Ça*, murmura-t-il, c'est pour ta bienveillance.

— Oh ! lâcha-t-elle d'une petite voix. Tu n'es plus en colère contre moi ?

Les lèvres de Mack eurent un tic.

— Tu testes vraiment ma patience, mais la chose que je sais et que j'ai toujours su, c'est que ça vient du cœur. Même le capitaine en est conscient.

Elle soupira.

— Ils vont nous enquiquiner sans relâche pour nous deux, n'est-ce pas ?

— Ouais, ça, c'est sûr.

Elle fit un sourire.

— Tant mieux, lui répondit-elle, tout sourire. Et tu apportes de quoi manger, c'est encore mieux.

Il éclata de rire.

— Mon frère a faim.

Elle regarda vers la cuisine puis revint sur Mack.

— Mais il va partager, n'est-ce pas ?

Le sourire de Mack s'élargit, et il posa son bras valide autour d'elle pour la rapprocher de lui.

— Oui, absolument. Viens. Allons manger.

Et ils marchèrent vers la cuisine puis jusqu'à la porte ouverte pour retrouver Nick assis dehors, entouré de boîtes de pizzas. Il leva les yeux à leur arrivée.

— Et moi qui croyais avoir tout ça rien que pour moi…

— Même pas en rêve, répliqua sans attendre Doreen en s'asseyant à côté de lui et en reniflant les arômes. Mack m'a convertie aux pizzas. J'ai si peu connu ces choses-là dans ma vie avant lui, mais désormais…

Elle posait un œil avide sur les parts.

— Tu vas certainement recevoir ta part maintenant, intervint Mack paisiblement tout en s'approchant pour prendre la plus grosse de l'une des boîtes.

Elle observa Nick qui se servait la deuxième plus grande, puis elle comprit que c'était tout à fait juste, comme ils étaient plus costauds qu'elle et qu'ils avaient acheté les pizzas. Donc elle se comporta comme une gentille fille et s'avança pour prendre la troisième plus grande part.

— C'était difficile à faire, n'est-ce pas ? la taquina Mack.

Elle montra un signe d'agacement.

— J'essaie de me souvenir de mes manières. Depuis que je te connais, tout s'est envolé par la fenêtre.

Il cessa de bouger et la fixa.

— Depuis que tu me connais ?

— Ouais. J'étais parfaite avant.

— Si tu étais parfaite avant, je préfère la version actuelle.

— Celle-ci est plutôt sans entraves, marmonna-t-elle dans sa première bouchée. Émancipée. Elle a trouvé la liberté et, pour l'instant, elle n'a pas vraiment compris comment contrôler certains aspects de sa vie.

— Et c'est très bien, la soutint gentiment Mack. Rappelle-toi, ça prendra du temps.

— Tu as plus de patience que moi. Je devrais le savoir maintenant.

Il sourit et regarda son frère en désignant Doreen de la tête.

— Je t'en parlais.

— Je sais, répondit Nick en étudiant le visage de Doreen. Je n'avais seulement jamais rencontré d'esprit aussi libre avant. Pas comme ça.

— Et ça ne vous arrivera probablement plus jamais, à moins de faire la connaissance de Nan, grommela Doreen. Honnêtement, je ne serais probablement pas ainsi, sans toutes ces années avec mon ex.

— Je peux le comprendre. Votre ex a envoyé une deuxième offre.

Doreen s'immobilisa, bouche ouverte, pizza suspendue dans l'air.

— Sérieusement ?

Nick acquiesça.

— Ouah, vous êtes parvenu à le faire négocier !

— Plus ou moins. Bien entendu, nous avons encore un long chemin à parcourir avant de trouver un terrain d'entente sur tout ça, mais au moins il discute.

— Ça reste un progrès, renchérit Doreen, stupéfaite. Vous devez être doué.

— Évidemment que je le suis ! s'exclama Nick en l'observant, effaré. N'est-ce pas pour ça que vous m'avez engagé ?

— Considérant que vous faites ça gratuitement…, la

railla-t-elle avec un sourire impertinent, en laissant sa voix s'évanouir à mesure que son sourire s'élargissait.

Il secoua simplement la tête et considéra Mack.

— Elle ne cesse jamais les insultes, pas vrai ?

— Non, tout fait partie de cette liberté sans entraves actuelle, expliqua Mack. La plupart du temps, elle est complètement inoffensive.

— Ouais, va dire ça à celui qu'elle a chopé dans l'allée, rétorqua Nick dans sa barbe, ce qui incita Doreen à le dévisager d'un air inquiet.

— Lenny ira bien, n'est-ce pas ?

— Ouaip !

Mack tendit alors le bras, lui prit la main et vérifia ses jointures égratignées.

— On devra t'apprendre à frapper de la bonne manière. Tu cognes comme une fille.

Elle lui lança un regard noir.

— Comme une fille, peut-être, mais n'empêche que je l'ai eu, ce gars !

Il rit.

— Ouais, assurément, confirma-t-il en lui pressant la main affectueusement. Maintenant, nous devons simplement nous assurer qu'avoir ton gars ne signifie pas que tu sois arrêtée par les flics... Et que tu finisses sur le banc des accusés.

— Je sais, admit-elle en fixant la pizza dans sa main. Je suppose que j'ai dérapé cette fois...

— Oui, absolument. Mais de ton point de vue, c'était justifié, et je suis sûr qu'un jury t'innocenterait. J'ignore seulement à quel point le capitaine sera tolérant.

— Il a toujours été bon envers moi, et je n'*essaie pas* d'être difficile. J'*essaie* d'aider.

— Je sais, mais ta façon de prêter main-forte n'est pas vraiment la même que celle qu'il souhaite.

Elle ne savait pas quoi répondre.

— Ce n'est pas fini pourtant, si ?

— Non, pas encore. Ils doivent trouver tous ceux qui ne sont pas encore en garde à vue. Je n'ai pas encore reçu d'infos.

— D'accord.

Presque immédiatement, Mack reçut un SMS. Il baissa les yeux et sourit.

— Célia a été embarquée. Rodney est en cavale. Donc ça fait deux sur trois.

— Bien, acquiesça Doreen. Mais tiens-toi prêt, Mack.

— Prêt à quoi ? demanda Nick, surpris.

Elle soupira.

— Rodney viendra ici.

— Qui ? réagit Nick, interloqué.

— Rodney !

Les deux hommes la dévisagèrent, sous le choc.

— Pourquoi ? la questionna Nick.

— Car il en voudra à moi ou à Mack. Ça ne lui prendra pas longtemps pour nous trouver.

Nick observa Doreen.

— N'est-ce pas lui qui a presque détruit votre porte ?

— Ouais, j'ai conscience que c'est plutôt préoccupant, surtout qu'on ne sait pas vraiment quand il attaquera.

— On ne sait pas non plus *s'il* attaquera, répliqua Mack en pointant un doigt sur elle. Ne laisse pas ton imagination galoper.

— Quoi ? Tu estimes qu'il nous faut plus de preuves ? demanda-t-elle en souriant d'un air insolent.

Et pile à ce moment, une voix derrière elle rétorqua brutalement :

— Ce qu'il te faut, c'est une balle. Tu es bien trop maligne.

Elle regarda Mack pour le voir fixer quelqu'un derrière elle.

— Alors, Mack ? Ne l'avais-je pas dit ?

— Tu l'avais dit, confirma Mack en reposant doucement sa pizza. En tout cas, en grande partie.

Et elle comprit alors qu'une autre personne était concernée.

— Est-ce que je dois me retourner pour voir qui est là ? (Elle se tordit lentement sur sa chaise, la pizza encore dans sa main, et finit par découvrir deux hommes qu'elle étudia un moment.) Vous êtes venus pour me tuer ?

— C'est ce que vous méritez, répondit sèchement Rodney en pointant une arme à feu plus grosse que ce à quoi elle était habituée.

— Bonjour, Rodney. Je ne peux pas prétendre que je sois ravie de vous revoir. (Elle examina l'autre type.) Vous êtes de la famille également, donc vous êtes tous les deux mêlés à cette histoire…

— Pour sûr, confirma l'autre gars qui lui jeta un œil mauvais.

— Et si vous n'étiez pas venus aujourd'hui, vous auriez eu des chances de vous en tirer sans être inquiétés, car nous n'étions pas au courant à votre sujet.

— Vous auriez fini par me mettre la main dessus.

Mack fixa l'autre homme, sous le choc. Puis, comme s'il venait de trouver le nom au fin fond de sa mémoire, il demanda :

— Wilson ?

Ce dernier lui lança un regard méchant.

— Ouais. Vous voyez ? Comme je l'ai dit, vous auriez fini par me tomber dessus. (Il baissa les yeux sur Doreen.) Et vous avez raison, nous sommes de la même famille. Des cousins.

Mack le fixait.

— Tu m'as toujours détesté de toute manière.

— Oh que oui ! Tu étais la star du football ! Le sportif ! Les filles t'aimaient bien.

Mack secoua la tête.

— Non, pas tant que ça. Seulement une, à l'époque. (Il considéra Doreen et haussa les épaules.) Nous étions des bourreaux des cœurs au lycée, mais ce mec la voulait vraiment, lui aussi.

— Hé, ça a simplement semé la discorde à l'époque, intervint Wilson. Quand j'ai su que Rodney venait ici, pour viser ta nana, je devais venir jeter un œil.

— Qu'est-ce qui vous fait croire que je suis sa nana ? le questionna Doreen. De plus, nous avons arrêté votre tireur, Lenny. Lui et Dante sont en train d'être interrogés par la police.

— Ce sont des idiots. Personne ne les écoute.

— Oh ! je crois que les flics les écoutent en ce moment même, pour conclure un marché.

— C'est parfait, répondit Rodney. Nous irons les récupérer dès qu'ils seront relâchés.

— Pourquoi avoir attendu si longtemps pour cette supposée vengeance ? demanda Mack.

— Ça n'aurait même pas dû se terminer comme ça, sauf pour ces imbéciles qui faisaient du chantage. Dante, Lenny, et Chuck, tous des crétins. Voilà ce qui arrive quand les gens stupides se multiplient. Ils sortent de prison, ils ignorent comment gagner leur vie honnêtement, alors ils retournent à ce qu'ils connaissent le mieux. Ils trouvent la personne qui a le plus d'argent, et elle devient leur cible. C'est comme abriter des pigeons. (Puis Rodney regarda Doreen.) Vous vous croyez vraiment maligne, n'est-ce pas ?

— Non. Mais déterminée ? Oui. Un peu obstinée ? Oui, plutôt… (Elle grimaça.) Concentrée et légèrement obsessionnelle compulsive ? Oui. Mais je ne pense pas arriver bien haut sur l'échelle de l'intelligence.

Mack fronça les sourcils face à cette remarque, tout comme Nick. Mais elle les ignora et fixa les deux autres hommes.

— D'un autre côté, quand il s'agit de loyauté, je suis imbattable.

— La loyauté, ça a beaucoup de valeur, confirma Rodney. Tellement dommage que vous n'ayez plus la chance d'être loyale envers une autre personne !

— Oh, je ne sais pas ! J'ai conscience que vous vous croyez à la foire ici, que vous prévoyez simplement de tirer sur nous trois, sans que personne ne soit jamais au courant, ni vu ni connu ! Sauf que votre femme a été embarquée, Rodney. Et les policiers parcourent la ville à votre recherche.

Rodney la dévisagea.

— Ma femme ?

— Ouais, vous n'avez pas eu de nouvelles de Célia depuis un moment, non ? Elle a été embarquée il y a environ une heure.

Ses yeux s'agrandirent d'horreur.

— Impossible, impossible ! Vous ne comprenez pas ! Si ça arrive, il y aura des conséquences !

— Oh, je le comprends bien ! le railla-t-elle en souriant. Et encore plus maintenant qu'elle a été emmenée. Je ne mens pas à ce sujet.

Rodney inclina immédiatement son arme, comme prêt à tirer.

— Vous devriez baisser les yeux avant de faire ça, suggéra Doreen.

— Pourquoi ? la questionna-t-il en baissant aussitôt les yeux avant de les remonter vers elle.

Doreen hocha la tête.

— Vous ne saisissez pas… Quand j'ai dit que je comprenais la loyauté, je ne parlais pas seulement de moi, mais aussi de ceux qui m'aiment et qui me sont fidèles.

Il regarda de nouveau vers le bas et vit Mugs, assis sur son postérieur, qui le fixait, un grognement profond sortant de sa gorge.

— Cette chose ? Je pourrais lui donner un coup de pied et l'envoyer bien loin ! ricana-t-il.

— Vous pourriez, mais vous perdriez alors ce pied.

Il éclata alors de rire. Il releva sa jambe droite vers l'arrière, comme pour frapper Mugs. Wilson commença également à s'esclaffer.

— Bon Dieu, est-ce qu'elle est sérieuse ?

— On verra, marmonna Rodney.

Son pied partit vers l'avant à une vitesse qui incita Doreen à dévisager Rodney, mais Mugs n'était plus là. En réalité, il avait déjà sauté sur la cible qu'il avait en vue pile devant lui. Sa gueule se referma sur l'entrejambe de Rodney, et celui-ci se baissa en hurlant d'agonie tandis que son arme se déclencha sans causer de dommages.

Mack était déjà en mouvement, alors que Wilson fixait Rodney, choqué, et essayait de comprendre ce qu'il venait de se passer. Par conséquent, au moment où Wilson leva son pistolet, il était déjà trop tard. Mack et Nick le saisirent, et Doreen avait déjà ramassé l'arme de Rodney qui avait glissé sur la terrasse.

Wilson lutta pour reprendre le contrôle de son flingue, en hurlant.

— Je vais la tuer et mettre fin à tout ça !

Doreen tourna le revolver dans sa direction.

— Vous croyez vraiment que je vous laisserai ouvrir le feu sur quelqu'un d'autre ?

Mack pivota, considéra Doreen et se pétrifia.

— Doreen, pose ça !

Elle secoua la tête.

— Éloigne d'abord cette arme de lui, rétorqua-t-elle vivement. Il va tirer sur Mugs.

Les frères Moreau comprirent – Rodney braillant sur la terrasse comme un bébé, recroquevillé en position fœtale – que Mugs avait détourné son attention vers le second homme.

— Je vais tuer ce stupide chien ! claqua Wilson.

Avant qu'il n'ait l'occasion d'en dire plus, Goliath sauta toutes griffes dehors et atterrit sur son dos. Il y plongea ses griffes, déchira le dos de Wilson, et la gravité entraîna le poids de son corps vers le bas. Wilson hurla en tombant à genoux.

Mack le fit chuter de tout son long sur le sol et posa un pied sur son dos.

— Maintenant, restez ici ! (Il se pencha et, avec son bras valide, éloigna le pistolet de Wilson avant de regarder Doreen.) Rappelle les animaux.

Immédiatement, elle émit un sifflement aigu. Goliath sauta d'une façon décontractée et, afin d'ajouter des insultes à sa manière avant de s'éloigner de la tête de Wilson, il posa chacune de ses pattes griffues sur le haut de son crâne, avant de marcher tranquillement jusqu'à Doreen. Mugs courut jusqu'à elle en aboyant gaiement, tandis que sa queue tournait de joie comme les pales d'un hélicoptère. Mack observa autour de lui.

— Oh, oh… Où est Thaddeus ?

À la mention de son nom, celui-ci quitta l'épaule de Doreen en plongeant sans bruit vers les deux hommes étendus côte à côte sur la terrasse. Dans un mouvement que Doreen ne l'avait jamais vu faire avant, il lâcha une double ration de fiente sur chaque front, avant d'atterrir à quelques mètres de là, dans l'herbe.

Elle considéra Thaddeus puis se tourna vers Nick et Mack.

— Oh, mon…, dit-elle avant d'éclater de rire.

Mack fixait les animaux.

— Je ne l'aurais jamais cru…

— J'étais là, déclara Nick. Je l'ai vu en direct et *je* n'y crois pas.

Mack s'adressa à Doreen.

— Vous êtes vraiment dingue.

Elle cessa immédiatement de rire et le regarda furieusement. Mais il leva les mains.

— Mais c'est dans le bon sens du terme ! Vous et les animaux, vous faites une sacrée équipe !

— Et la leçon à retenir ici, répondit-elle triomphalement, c'est : ne vous en prenez pas aux gens qui comptent pour moi ni à moi.

Épilogue

Début septembre

IL SEMBLAIT QUE les jours avaient filé depuis ce dernier scénario chaotique dans la maison de Doreen. Aujourd'hui, elle était assise au bord de l'eau, sur son magnifique banc, une tasse de café à la main, Nick d'un côté et Mack de l'autre. Elle se tourna vers ce dernier.

— Comment se passent les séances de kiné ?

— Mieux. Apparemment, j'ai échappé à une vilaine blessure à l'épaule.

— C'est une bonne chose. (Elle hésita avant de demander :) Et qu'en est-il des deux gars qui se sont pointés ici ?

— Rodney a des points de suture à un endroit où aucun homme n'aimerait en avoir, déclara Mack en frémissant, mais il va complètement se rétablir puis ira directement en prison.

— Et l'autre, Wilson ?

— Il aura de grandes marques pendant quelques jours sur le dos et la tête, mais il est déjà sous les verrous, lui apprit Mack. Ce que j'aimerais savoir, c'est comment tu as appris à Thaddeus à lâcher une fiente sur tes attaquants comme ça.

Elle fit la grimace.

— Je ne lui ai pas appris. Il a fait ça de lui-même.

Mack secoua simplement la tête tout en observant l'oiseau en train de déambuler devant eux sur le chemin, puis sauter sur des pierres pour en bondir.

— Thaddeus semble totalement inoffensif désormais.

Doreen se mit à rire.

Pendant ce temps, Goliath et Mugs étaient étendus sous le soleil, se prélassaient, se comportaient simplement comme les héros qu'ils étaient.

— Tu sais, j'ai vu ces animaux obéir de bien plus de façons avec toi que je ne l'aurais cru possible, dit Mack. Et pourtant, j'ignorais totalement qu'ils étaient capables de telles actions.

— Moi aussi, renchérit-elle. Et je le pense. Tout est une question de loyauté. Pour une raison qui m'échappe, j'ai été bénie d'avoir leur amour *et* leur loyauté. Et je travaille dur pour ne jamais faire quoi que ce soit qui gâcherait ça.

Nick lui tapota l'épaule et ajouta :

— Pas seulement *leur* amour. Un tas de gens en ville vous aiment également.

Elle lui adressa un sourire triste.

— Mais apparemment, il y a bien plus de gens qui ne m'aiment pas, déplora-t-elle, alors c'est une bénédiction en demi-teinte.

Nick sourit.

— Quoi qu'il en soit, vous trouverez bien plus de personnes de votre côté que contre vous.

— Je suppose… Ça prend seulement du temps.

Les deux frères acquiescèrent.

— Et il faut que je remette le capitaine de mon côté, ajouta-t-elle. Mais je ne suis pas sûre de savoir comment m'y prendre…

— Ce n'est pas qu'il n'est *pas* de ton côté, la corrigea Mack avec précaution. Il veut simplement que tu restes loin de nos affaires quand il s'agit de procédures légales, afin qu'il puisse clore un dossier et que des criminels ne soient pas relâchés à cause d'un vice de forme, lui expliqua-t-il avec un air entendu.

— Alors, si c'est pour le côté légal…

— J'ai conscience que cet aspect légal ne signifie pas grand-chose pour toi, mais nous ne voulons pas travailler en vain et finir par voir partir tous ces mecs, libres.

Doreen opina du chef.

— Je pourrais bien me tenir pendant quelques jours, suggéra-t-elle. Peut-être que le capitaine me pardonnerait alors.

— Il n'y a rien à pardonner, faites simplement profil bas.

— D'accord. Je devrais y arriver. (Elle étudia Mack un moment.) Tu es en congé encore quelques jours. Et si on réessayait de faire du paddle ? Si ton état le permet…

Elle se tourna vers Nick.

— Je ne sais pas où nous pourrions vous trouver une planche, mais si vous voulez venir avec nous, ce serait chouette.

— Ça serait génial, confirma Nick en hochant la tête et en levant sa tasse de café pour montrer son accord.

Et quand les hommes se levèrent pour s'en aller, un véhicule arriva.

— Oh, oh…, souffla Doreen.

— Quoi, « oh, oh » ? la questionna Mack.

— C'est le véhicule du capitaine.

— Oh !

Mack marcha alors vers lui pour aller lui parler. Doreen traversa la maison et sortit sur le porche de devant.

— Un problème ? demanda-t-elle au capitaine.

— Pas vraiment, commença ce dernier, mais je me demandais si je pouvais vous parler.

Elle parut surprise, mais répondit :

— Absolument !

— Hum… et seule, si possible, si je puis me permettre.

Elle regarda Mack qui haussa les épaules.

— Nous allions partir.

Sur ce, Mack et Nick montèrent dans leur véhicule. Mack lui fit signe de l'appeler plus tard.

Elle sourit et opina du chef, puis guida le capitaine jusqu'à la maison.

— Vous voulez un café ?

Il hésita avant de faire oui de la tête.

— Si ça ne vous dérange pas. J'ai comme qui dirait…, commença-t-il avant d'hésiter de nouveau.

— J'ai des ennuis ? le questionna-t-elle sans ambages.

Il la considéra, surpris, puis sourit.

— Non, vous n'en avez pas. Mais à cause des soucis dans lesquels vous vous *mettez*, j'ai une faveur à vous demander.

Elle fronça les sourcils.

— Oui, bien sûr. Que puis-je pour vous ?

— C'est une affaire non résolue.

Elle afficha un sourire lumineux.

— J'adorerais travailler sur une autre affaire non résolue !

— Elle concerne mon cousin. Il a été tué il y a plusieurs années… En réalité, il a été assassiné dans son jardin.

— Dans son jardin ? répéta-t-elle, appréciant déjà l'idée, mais tâchant de dissimuler le sourire sur son visage.

— Ouais, dans les tournesols.

— Oooh… *Réduit au silence dans les tournesols…*

Il hocha lentement la tête.

— Je suppose, si c'est comme ça que vous voulez considérer les choses.

Elle acquiesça.

— C'est comme ça que je les vois. J'ai besoin de détails, de plus de détails, dit Doreen en tapant dans ses mains pour éviter de les frotter d'allégresse, tout en lui jetant un œil. Et vous me pardonnerez d'avoir attaqué Lenny si je résous cette affaire ?

Il rit.

— Il n'y a rien à pardonner. C'est grâce à votre point de vue unique et à votre façon de voir les choses que je suis ici aujourd'hui. Si vous m'aidez dans cette affaire, croyez-moi, j'aurai une dette envers vous.

— *Menace dans les tournesols*, nous voilà ! s'écria-t-elle.

Mugs aboya, Goliath miaula, et Thaddeus répéta joyeusement les mots de Doreen.

C'est la fin du tome 18 de *Jolis Jardins Maudits, Vengeance dans les rosiers.*

Découvrez *Menace dans les tournesols : Jolis Jardins Maudits, tome 19*

Jolis Jardins Maudits : Menace dans les tournesols, tome 19

Une nouvelle saga cosy mystery de l'auteure best-seller de *USA Today*, Dale Mayer. Suivez la jardinière et détective amatrice Doreen Montgomery et ses amusants (et vraiment adorables) chat, chien et perroquet, tandis qu'ils attrapent les meurtriers et résolvent des crimes dans la merveilleuse ville de Kelowna, en Colombie-Britannique.

Du luxe à la misère… Les cœurs commencent à guérir… Les amitiés commencent à éclore… mais pas pour tout le monde !

Doreen sait que sa relation avec le capitaine de la police s'est toujours trouvée sur un terrain glissant. Elle les a aidés à résoudre des enquêtes, mais a quadruplé leur boulot et se met constamment en travers de leur chemin. Alors, personne n'est plus surpris que Doreen quand le capitaine passe par là et lui demande une faveur personnelle, concernant une affaire non résolue de sa propre enfance.

Tandis qu'il se rétablit lentement de sa blessure, le caporal Mack Moreau apprend que le capitaine s'est arrêté à la maison de Doreen pour lui demander un peu de son temps. Curieux, Mack est d'autant plus stupéfait d'apprendre les détails de cette visite. Il veut aider, mais une histoire vieille de quarante ans ne laisse pas grand-chose derrière elle permettant de commencer une enquête.

Doreen a conscience qu'échouer à élucider une affaire doit arriver *parfois*… Mais elle va beaucoup œuvrer pour que ça ne soit pas le cas cette fois-ci, pas alors que le capitaine a personnellement requis son aide. Par conséquent, accompagnée de ses bestioles, Doreen file en courant… en laissant Mack l'observer – et s'inquiéter – dans son sillage.

Le tome 19 est disponible !

Pour en savoir plus, visitez le site web de Dale Mayer.

https://geni.us/DMSFRSilenced

Note de l'auteure

Merci d'avoir lu *Vengeance dans les rosiers : Jolis Jardins Maudits, tome 18* ! Si vous avez apprécié le livre, merci de prendre un moment pour laisser votre avis.

Chers lecteurs,

J'aime avoir de vos nouvelles, alors n'hésitez pas à me contacter sur mon site web : www.dalemayer.com ou sur ma page d'auteure Facebook. Pour être informés des nouvelles parutions et des offres spéciales, inscrivez-vous à ma newsletter ou suivez-moi sur BookBub. Si vous souhaitez rejoindre mon groupe de lecteurs, voici la page d'inscription sur Facebook.
http://geni.us/DaleMayerFBGroup

À bientôt,
Dale Mayer

À propos de l'auteure

Dale Mayer est une auteure de best-sellers au classement de *USA Today*, connue pour ses romances militaires sur les forces spéciales, sa série *Psychic Visions* et sa série *Jolis Jardins Maudits*, dans le genre cozy mystery. Ses romances contemporaines sont vibrantes d'émotion et de passion (série *Broken But… Mending, Hathaway House*). Ses thrillers vous laisseront à bout de souffle (séries *By Death* et *Kate Morgan*) et ses comédies romantiques vous feront rire aux éclats (*It's a Dog's Life*, une novella hors-série, et la série *Broken Protocols* avec Charming Marvin, le chat).

Elle laisse libre cours aux séries qui lui viennent… dont certaines sont carrément folles, enfreignant toutes les règles et croisant différents genres !

En plus de ses romans de fiction, elle écrit également des textes documentaires dans de nombreux domaines, dont la rédaction de CV, le jardinage de loisir et le système de crédit immobilier américain. Elle a récemment publié la série professionnelle *Career Essentials*. Tous ses livres sont disponibles aux formats papier et ebook.

Contactez Dale Mayer en ligne

Site web de Dale – www.dalemayer.com
Twitter – @DaleMayer
Facebook Page – geni.us/DaleMayerFBFanPage
Facebook Group – geni.us/DaleMayerFBGroup
BookBub – geni.us/DaleMayerBookbub
Instagram – geni.us/DaleMayerInstagram
Goodreads – geni.us/DaleMayerGoodreads
Newsletter – geni.us/DaleNews